KB199670

나는 인간입니다

나는 인간입니다

초판 1쇄 펴냄   2022년 9월 20일
초판 2쇄 펴냄   2022년 12월 1일

지은이   원장경
발행인   박민홍
책임편집   허문원
디자인   양동엽
인쇄   디앤와이 프린팅
발행처   그래비티북스
등록   2017년 10월 31일 (제2017-000220호)
주소   06312 서울시 강남구 논현로 38 (개포동, 다우빌딩 2층)
전화   02-508-4501
팩스   02-571-4508
전자우편   say2@cremuge.com
ISBN   979-11-89852-31-3 03810

그래비티북스 _ 주식회사 무게중심의 출판 전문 브랜드입니다.

나는인간입니다

원장경
호러판타지 장편소설

GRAVITY BOOKS

차례

나는 인간입니다

1
가장

나는 가장이다. 한 가정을 책임지는 사람으로서 한 회사의 직원이고, 한 나라의 국민이자, 한 노부부의 유일한 자식이며, 두 아이의 유일한 아빠이다. 그리고 한 여자의 남편이다. 가족들 먹여 살린다고 발버둥 치는, 그런 뻔한 가장이다.

회사는 가장을 좋아했다. 월급이 필요한 사람이고, 더부려 먹어도 되니까. 내 값싼 비굴함은 상습적 야근만큼이나 당연했다. 연봉계약서는 21세기 노비 문서였다.

회사만 갔다 하면 온몸을 얻어맞는 기분이었다. 어깨도, 허리도, 목도 아팠다. 머리는 무겁고 코는 답답했다. 정장 벨트를 차고 온종일 앉아만 있는데다가 스트레스까지 겹치니, 소화불량은 출근 효과 같은 거였다.

종일 모니터에 시달리고 나오면, 밤은 더 어두웠다. 눈을 가늘게 뜨는 습관이 생겼다. 뜨겁지도 않은 음식을 후 불어 먹는 것처럼 저절로 나오는 행동이었다. 안경알 뒤로 눈두덩을 문지르면서, 두 눈이 몇 년만 더 버텨 주길 바랄 뿐이었다.

욱여넣은 저녁밥이 채 소화되지도 않은 채로 퇴근하다 보면 이게 뭐 하는 짓인가 싶기도 하지만, 집에 도착해 잠든 아이들 얼굴을 보면 소화가 시작됐다. 퇴근 효과다. 녀석들 볼때기를 마구 문지르고 싶어지지만, 살짝이라도 건드렸다가 행여 녀석들이 깨기라도 하면 아내에게 혼나니까 꾹 참았다.

열 살 난 큰딸은 참 똘똘했다. 밥도 잘 먹고, 생떼도 안 부리고, 아내나 내가 빨래라도 개고 있으면 두다닥 뛰어와서 같이 개곤 했던 게 아마도 서너 살 때부터였다. 육아가 너무 쉬워서 이래도 되나 싶을 정도였다. 둘째는 남자애라 그런지 힘도 성질도 보통이 아니었지만, 그보다 강한 건 부드러움이고, 그게 녀석의 엄마였다. 아내는 강자의 여유와 기다림으로 둘째를 다뤘고, 야생동물이던 녀석은 6년의 세월과 함께 인간이 되어 갔다.

나는, 우리는 월급이 필요했다. 나는 회사에서 원하는

삶을 살아야 했다. 그러려다 보니 아이들 생일에조차 야근이나 출장을 가곤 했다. 아내가 아이들을 낳은 날이라는 게 더 고마워 어떻게든 저녁 시간이라도 같이 보내고 싶었는데, 그렇게 하지 못한 게 두 번, 세 번, 이제 열 번은 된 것 같다. 아내는 실망하는 아이들을 겨우 달래곤 했다. 전화기 너머로 "알아서 할게."라는 아내의 목소리와 말투는 항상 사무쳤다. 큰애 피아노 연주회라던가 둘째가 힙합댄스 배틀에 나가는 것도 못 봤다. 세상이 좋아져 동영상으로야 받아 보긴 했지만, 직접 보는 거랑 비교나 될까.

퇴근 시간은 보통 열 시였다. 해외 영업 시차는 좋은 구실이었다. 툭하면 야근이고, 일 좀 더 했다 싶으면 자정이었다. 어쩌다 정시 퇴근이라도 하면 방학처럼 고마웠다. 고마울 일이 아닌데도 고마웠다. 느지막이 집에 들어가면 아이들의 자는 모습이나 겨우 볼 수 있을 뿐인데도, 희한하게도, 회사 생활이 길어질수록 그나마도 다행처럼 느껴졌다.

그러니까, 그때도 난 늦게나마 집에 가는 길이었다.

② 사고자

멱살 잡힌 듯 일어나니 햇빛이 눈을 때렸다. 시력을 빼앗긴 것 같았다. 눈을 뜨고 싶은데 그럴 수 없으니 얼굴이 구겨졌다. 눈가를 더듬는데 안경이 없었다. 난 눈도 못 뜬 채로, 그렇게 있었다.

갑작스러운 두통이 뇌를 찢을 것처럼 굴었다. 아파서 심호흡이 저절로 됐다. 철 수세미 긁는 소리가 났다. 공기가 코를 타고 머리 뒤편으로 넘어갔다. 숨을 힘껏 들이쉬고, 내쉬었다. 쇳소리가 또 났다.

호흡에 집중하니 두통은 금세 사라졌다. 너무 말끔하게 사라져서 오히려 어이없었다. 드디어 눈을 뜨는데 세상이 새하얗게 밝았다. 그토록 찾고 싶던 안경은 구겨지고 금 간 채 기어 손잡이에 끼여 있었다. 급히 안경을 들어 쓰는데 렌즈 너머가 뿌옜다. 맨눈이 더 선명했다. 안경을 내려놓고 둘러보는데……

주변은 온통 구겨져 있었다.

숨이 가빴다. 빨리 나가고 싶었다. 문이 열리지 않아 문손잡이를 신경질적으로 잡아당기니 부러지고 말았다. 시동은 당연히 안 걸렸다. 핸드폰은 바지 주머니에도, 조수석에도 없었다. 심장이 부풀어 터질 것 같았다. 발버둥 치다 앞 유리를 차버렸는데, 통째로 나가떨어지고 말았다.

허둥지둥 기어 나오는데 심장이 요동치고 손발에 힘이 빠져 미끄러지고 말았다. 보닛을 굴러 아스팔트 바닥에 등으로 떨어졌다. 눈앞이 캄캄해지며 숨이 멎었다. 굳은 채로 눈 몇 번 깜빡이니 시야가 돌아왔다. 높고 구름 한 점 없이 투명한 가을 하늘이었다. 숨통이 트이며 기침이 나왔다.

8차선 도로에 구겨진 차들이 뒤엉켜 있었다. 몇 중 추돌인지 감도 안 왔다. 차들은 짓밟힌 캔처럼 납작했다. 내 차도 은박지처럼 구겨져 있었다. 첫 아이 태어나던 해, 아기가 성인이 되어 이 차로 도로 주행 연수까지 하면 좋겠다고 생각했었던, 그런 계획이 담긴 차를 내가 망가뜨렸다.

아스팔트 바닥은 첫아이가 태어나기도 전에 샀던 원피스처럼 무지갯빛이었다. 구겨진 자동차에서 나오는 엔진오일과 부동액, 석유였다. 비릿한 내음이 코를 비집고 들어왔다. 달궈진 아스팔트 때문에 더 그랬다. 자동차도, 바닥도, 냄새도, 온갖 것이 뒤엉켜 있었다. 어지러움에 난 구겨진 차에나마 잠시 기댔다.

눈을 질끈 감았다 떴다. 구부정한 시야로 내려다본 내 모습, 거의 매일 입는 흰 셔츠와 검은 정장 바지는 곳곳이 찢어져 있었다. 찢어진 옷을 공연히 매만지는데 손이 이상했다. 멍이 들었는지 어쨌는지 얼룩덜룩 여러 색이 섞여 있었다. 사이드미러를 꺾어 얼굴을 비췄다.

거울을 보고 난 내 눈을 의심했다. 눈 흰자는 깨진 유리처럼 충혈된 회백색이고, 검은자는 먹구름 낀 것처럼 어지러웠다. 피부색은 초록과 보라가 곰팡이처럼 섞여 있었다. 난 정신 나간 사람처럼, '이게 뭐야, 됐고, 집에나 갔으면 좋겠는데.' 따위를 중얼거렸다. 지금이 무섭고 싫었다. 어서 도망치고 싶었다. 어떻게 된 일인지 몰라도 상관없었다. 여긴 다 버리고 그냥 빨리 가족들이나 보고 싶었다.

나도 모르게 어제, 그 오후부터의 기억을 더듬었다. 사이드미러 속 나와 눈이 마주쳤다. 거울을 마주 보고 있으니, 내 생각들은 어느새 잘게 쪼개져 시계 방향으로 회오리를 그리며 빨려 들어갔다.

3

회사원

회사에서 가장 많이 보는 건 벽에 걸린 시계였다. 피곤함에 눈을 힘주어 감았다 뜨거나 안경알을 닦는 것 외에는, 난 주로 시계를 쳐다보곤 했다.

시계를 보고 있으면 시간은 천천히 간다. 그때는 보통 난 가만히 있었다. 퇴근 시간을 앞둔 경우는 특히 그랬다. 심각할 정도로 아무 소리도, 아무 움직임도 내지 않았다. 책상에 앉아 카드형 명찰만 목에 건 채로 그저 가만히 있었다.

그러다 조심스러운 발걸음이 뒤통수로 느껴지면, 한숨이 나왔다. 그런 움직임은 이 회사에서 막내뿐이었다.

"저, 박 과장님⋯⋯."

그 앳된 목소리는 언제 들어도 적응이 안 됐다. 쭈뼛

거리다가 혀로 입술 한번 핥고 어깨를 움츠리며 말을 꺼 냈을 녀석. 동생처럼 대하자니 너무 어리고, 부하 직원답 게 대하자니 역시나 저런 목소리에는 마음 편하게 뭐라 고 할 수도 없었다. 괜히 내가 더 어색해, 난 막내를 돌 아보지도 않았다.

앞만 보며 명찰을 잡아 올렸다. 벗으려고 한 건데, 줄 이 목에 걸려 컥 소리를 냈다. 하여튼 이 명찰은 글씨체 부터 색깔까지 도통 마음에 들지 않았다.

"바쁘십니까……?"

목에 걸린 명찰이나 빼내고 있는 사람이 누가 봐도 바 쁠 리 없었다. 보기 드문 칼퇴근이 막힐 것만 같은 불길 한 예감에, 난 일부러 더 뒤돌아보지 않았다.

"그냥 존재하고 있다……."

즉시 후회했다. 저따위 대답이라니, 도대체 내가 왜 그 랬는지 나조차도 이해할 수 없었다. 난 벌떡 일어나 가 방 챙기는 척 두 손 모아 주섬거렸다. 사실 가방에는 넣 은 것도 넣을 것도 없었다. 명찰을 던져 넣으니 달그락 가벼운 소리만 났다.

"오늘…… 이사님…… 회식……."

저 '이사님' 소리만 들리면 나도 모르게 한숨이 나오며 턱이 들렸다. 누구의 동의도 없는, 멋대로 억지 회식이었다. 난 고개를 위로 꺾은 채 가방을 툭 놓았다.

오 이사는 회식을 가장한 단체 기합을 늘 금요일 저녁으로, 그것도 매번 갑작스럽게 정했다. 아주 고약한 악취미다. 나는 또 한숨을 내쉬고 앞으로 고개를 숙였다. 그때 책상 위 거울, 거울 속 나와 눈이 마주쳤다. 그 김에, 난 참 오랜만에 '나'를 쳐다보게 됐다.

깊다는 소리를 자주 들었던 눈은 다크서클 때문에 푹 꺼져 보였다. 크고 넓고 쌍꺼풀까지 있으니 더 음침해 보였다. 튀어나온 미간에 코로 이어지는 부분까지 좀 솟아 있는데, 누군가 '은근히 콧대가 있단 말이야.'라고 말한 적 있었다. 선명하던 인중도 입술 선도 이제는 다 흙빛이었다. 턱선은 진작에 무너졌고, 안 그래도 탄력 없는 피부를 수염이 비집고 나와 있었다. 이놈의 거울이라는 물건은 내가 얼마나 관리를 안 하고 살았는지 알 수 있게 해줬다.

문득 내려다본 내 몸, 불룩한 배에 얇은 팔이 꼭 거미 같았다. 스파이더맨 말고, 그냥 거미. 하긴, 쳐진 거미줄 안에서만 왔다 갔다 하는데 다를 건 또 뭘까. 더 안타까웠던 건, 그 마당에도 관리 좀 해야겠다는 생각은 들지 않았다는 것이다.

막내가 불편해하고 있다는 건 말로 하지 않아도 알 수 있었다. 내가 고개를 꺾다가 한숨을 내쉬고 또 한숨을 내쉬었으니 더 그럴 것이다. 녀석 때문에 내쉰 한숨은 아니었지만, 그렇다고 해명할 생각도 없었다. 나는 여전히 뒤를 돌아보지 못한 채 일부러 더 나직하게 목소리를 냈다.

"회식은 니미…… 알았다."

녀석이 꾸벅 인사하고 돌아서는 건 보지 않아도 알 수 있었다. 난 놓았던 가방을 집었다가 다시 던졌다. 또 한숨이 나왔다. 오늘은 한 달여 만의 칼퇴근이었는데, 아이들과 아쿠아리움 갔다가 돈가스 먹기로 했던 약속을 또 못 지키게 됐다.

아내에게 문자를 보냈다. 오늘도 못 가게 됐다, 약속 못 지켜서 미안하다, 그런 내용이었다. 애들 좀 잘 달래줘, 같은 말을 썼던 것 같기도 했다.

* * *

단골 고깃집엔 나를 포함해 총 여섯 명이었다. 나, 팀원 네 명, 그리고 테이블 끝 상석을 꿰차고 앉은 우리의 주적 오 이사.

팀원들 표정은 어두웠다. 아무 말도 없었다. 불판의 주먹고기는 지글거리고 있었다. 연기를 일으키는 고깃덩이는 테이블 정가운데 있고, 테이블을 빙 둘러 직원들이 앉아 있으니, 고깃덩이가 우리의 연결체라도 되는 것 같았다.

TV에는 싸움 끝에 직장 상사를 생니로 깨물어 버린 이야기가 나오고 있었고, 고기는 계속해서 타들어 가고 있었지만, 채널을 돌리거나 고기를 뒤집는 것에 신경을 쓸 수 있는 사람은 아무도 없었다. 지나치게 조용해서 고기 타는 소리가 계산대까지 들리는 듯했지만, TV에 나오는 뉴스 리포터의 격양된 목소리 덕분에 이 침묵은 조금이나마 덜 어색하게 느껴졌다.

오 이사야 분위기 조성하느라 어색한 침묵을 만들어 냈겠지만, 그러든지 말든지 난 뉴스에 귀를 기울이고 있었다. 갑질에 시달리던 부하 직원이 해외 출장에서 복귀하자마자 난데없이 상사의 목덜미를 깨물었다는 이야기에, 나도 확 깨물어 버릴까 생각했다. 피식 웃음이 나왔다. 그때 귀를 뚫고 들어온 커다란 한숨 소리에, 뉴스를 향한 내 집중이 풀렸다.

오 이사는 술기운인지 열불이 난 건지, 붉은 낯빛의 얼굴로 숨을 몰아쉬었다. 그럴 때마다 불판 아래 숯이 빛을 냈다. 고기는 더 타들어 갔다.

"그래서, 오늘은 몇 잔이라고?"

벌주는 일주일에 한 잔씩, 4주째다. 아무도 대답 안 했다. 대답하기 싫은 거다. 알면서 왜 묻는 건지는 모르겠지만 눈이 마주쳐 버렸고, 난 존대하기 싫어 일부러 말끝을 흐리며 말했다.

"넉 잔 정도⋯⋯."

"넉 잔이면 넉 잔이지, 정도는 뭐냐?"

말꼬투리까지 잡아 가며, 오 이사는 과장된 표정 위에 비꼬는 억양까지 끼었었다. 팀원들의 관자놀이가 움찔거렸다. 그들도 표정 관리하느라 애먹었다. 오 이사가 얼굴을 쑤욱 들이밀었을 때, 그 끔찍함에 숨이 턱 막혀 나도 모르게 질끈 눈 감았다. 볼이 빵빵해지도록 숨을 모았다가 푸 내쉬니, 그제야 숨통이 열렸다.

"오 이사님."

감았던 눈을 뜨자마자 그의 못생김에 또 놀랄 뻔했지만 난 애써 표정을 굳혔다.

오 이사는 참 볼품없었다. 비어 있는 정수리를 감추느

라 애써 길러 넘긴 옆머리는 기름져 엉켜 있고, 이죽거릴 때마다 드러나는 크고 누런 이빨과 잇몸에, 들창코 콧구멍은 그의 안경과 같은 사각형이었다. 안 그래도 작은 눈에 도수 높은 뿔테 안경까지 쓰고 있으니 눈을 볼 수 없었다. 눈을 볼 수 없으니 도대체 무슨 생각을 하는 건지 모르겠고, 그러니 무슨 말을 하는 건지도 알 수 없었다. 쓰는 억양도, 강해 보이고 싶은 건지 일부러 남쪽 사투리를 쓰는데, 정체성 없이 난잡하게 섞여 있어 어설프기 짝이 없었다. 기본적으로 비호감인데 감정까지 쌓이니, 안 그래도 못생긴 얼굴이 더 못생겨 보였다.

세상 누구도 따라 할 수 없는 오 이사만의 독보적 '못생김'은 심장을 뚫고 들어오는 침투력이 있었다. 저런 면상으로 뭔가를 비꼬고 빈정대는 건 가히 파괴적이었다. 그런 오 이사가 갑자기 얼굴을 밀고 들어오면, 난 기생충이라도 본 것 같은 얼굴이 됐다. 하려고 한 게 아니라, 저절로 그렇게 됐다. 표정 조심 좀 하라고 팀원들이 귀띔하곤 했는데, 저 얼굴을 보면 그게 안 됐다.

난 겨우 표정을 관리해 내고, 숨을 가다듬고, 그제야 말문을 열었다.

"지금 전 세계적으로 정세가……."

"세계? 세계에에? 세계까지 신경 써주시고, 우리 박 과장님, 팔자 좋으셔어?"

오 이사는 기다렸다는 듯 말을 잘라먹고 또 빈정대며 고개를 흔들어대는데, 하마터면 주먹 날릴 뻔했다. 이 인간과의 대화는 사막의 부채질만큼이나 소용없었다. 그는 정말 생긴 대로 놀았다.

그래도 참는다. 난 숨을 고르며 주먹에 잔뜩 차올랐던 힘을 풀었다. 매번 한계까지 차올랐다가도, 결국은 참게 된다. 회사원은 된다.

"팔자 좋으니까, 마셔! 다섯 명, 사 오는 이십, 그러니까…… 스무 잔."

오 이사의 소맥은 비율마저도 못생겼다. 팀원들 표정이 꿈틀댔다. 오 이사는 눈을 안경 사이로 치켜뜨고 직원들의 표정을 낚아챘다.

"표정 보소, 꼽냐?"

오 이사는 말마다 위협을 섞는, 학교나 군대에 하나씩은 섞여 있는, 재미라곤 1원어치도 없는 선배 짓거리를 골라서 해댔다. 막내는 올빼미 눈이 되어 곁눈질만 했다.

그렇게 오 이사의 '꼬장'이 시작됐다. 요약하자면, 치킨집을 하라느니, 편의점을 해도 이것보단 낫겠다느니,

왜 할 줄도 모르는 영업을 한다고 와서 월급 도둑질이냐는 것이었다. 이어 옷차림부터 시작해서 외모, 머리 모양, 성별까지, 인신공격만이 이어졌다. 업무적인 얘긴 없었다. 그럴 수밖에, 업무적인 건 알지 못할 테니까.

팀원들은 표정 하나 없었다. 이따금 목젖만 오르내렸을 뿐인데, 아마 욕을 삼켰을 것이다. 다들 하고 싶은 말을 삼키느라 굳게 다문 입에 힘만 들어갔다. 불판 위의 덩어리 고기는 까맣게 타들어 가고 있었다. 혼자 이죽거리며 나불대던 오 이사는 갑자기 표정을 굳혔다.

"이것들이, 표정 관리 똑바로 안 해?! 싫어? 싫으면, 그러면! 실적을! 회복을! 시켜 놓던가! 그러면 이따위 것도 안 하잖아?!"

오 이사는 화를 내며 날 쳐다봤다. 오 이사의 제물은 늘 나였다.

"……야, 박 과장. 금요일 저녁마다 이게 뭔 짓이냐? 이거 다 네 탓이야. 알아?"

오 이사가 술잔을 내밀었다. 가득 찬 폭탄주가 흘러내렸다. 소주를 얼마나 섞었는지, 글라스엔 거품의 흔적이 없었다.

"자! 잔들 들어! 단합합시……."

오 이사의 말이 끝나기도 전에 난 먼저 술을 들이켰다. 오 이사의 눈초리가 따가웠다. 나머지 직원들도 날 쳐다만 볼 뿐이었다. 비율도 엉망인데 그새 미지근해져서 맛없었다. 두 잔을 넘어 셋, 네 잔을 먹고, 다섯 잔째를 들이켰다.

"……어이, 박 과장. 뭐 하는 짓이야?"

다섯째 잔을 끝내자 올라오는 트림을 조용히 내보내느라 미간이 찌푸려졌다. 난 얼굴을 구긴 채로 잠긴 목으로 말했다.

"애들이 무슨 죕니까. 그냥 제가 다 먹겠습니다."

쾅! 오 이사의 주먹이 테이블을 쳤다. 폭탄주 몇 잔이 엎어졌다. 그의 얼굴이 숯불만큼이나 달아올랐다. 폭탄주들은 바닥에 흩뿌려져서야 비로소 거품을 냈다. 그동안 난 여섯째, 일곱째 잔을 비웠다. 오 이사의 얼굴은 금방이라도 터질 것만 같았다. 그때 나는 아까보다 빠르게 여덟째 잔을 들이켰다. 잔을 내려치듯 테이블에 놓고 보니 오 이사는 눈을 꽉 감고 있었다.

마침 핸드폰이 울렸다. 아내 전용 벨 소리. 나는 전화기를 들며 말없이 나갔다. 오 이사의 눈초리에 등까지 따가웠지만 굳이 돌아보진 않았다.

가게 문밖에 나가 심호흡하고 있자니, 그새 전화가 끊겨 다시 통화 버튼을 눌렀다. 따가운 눈초리는 내내 가게 문을 뚫고 나오고 있었다.

"오늘은 꼭 이 얘기를 해야만 할 것 같아서."

아내가 먼저 말문을 뗐다.

"매번 아이들한테 이런 상황에 대해서 수습하는 거, 괜찮아. 당신도 힘들 텐데. 당신도 정말 노력하는 거 알아. 근데…… 애들한테는 당신이 점점 나쁜 아빠가 되어가는 걸 내가 언제까지 막아 줄 수 있을지는 모르겠어. 애들을 이해시키는 데는 한계가 있을 것 같은데."

난 잠자코 있었다. 말을 하기 싫어서가 아니었다. 할 말이 없었다. 아내 말투는 그녀답게 차분했고, 내용도 간단명료했다.

"그리고 그걸 보는 나도 너무 안타깝고…… 좀…… 그래."

난 "응." 정도로 간단하게 대답했다. 사실 길게 할 말도 없었다. 다만 이렇게 전화까지 해서 얘기하는 아내의 모습이 생소했을 뿐이다. 몇 마디 말이 더 오고 갔지만, 갑작스레 들이부은 술 때문인지 집중이 안 됐다.

끊기 전에 아내는 한 마디 덧붙였다.

"……오 이사 잘 해결하고."

가슴이 미어졌다. 난 어느 때보다 아내에게 더 미안했고, 그만큼 오 이사는 더 미워졌다.

아내는 늘 이랬다. 나를 이해하려 노력했고, 부드러웠다. 아내가 나에게 잔소리하고 나무라거나 혹은 차라리 짜증이나 화를 냈다면, 그랬으면 차라리 덜 미안했을 수도 있는데.

그새 테이블 분위기는 꽤 진정된 것 같았다. 난 다시 들어가서는 앉지도 않았다. 앉기 싫었다. 오 이사는 관자놀이에 손을 얹은 채로 눈을 질끈 감고 있었다. 혼자 잔뜩 쏘아붙이고 본인이 힘든 척하기, 역시 뻔한 패턴이었다.

"다 여러분을 위한 거야. 회사가 살아야 우리가 살지. 응?"

원래도 밉던 오 이사가 이런 소리 할 때는 특히 더, 더욱, 더더욱 미워 보였다. 나는 아무 소리 없이 아홉째 잔을 들었다. 실은 여차하면 싸워 버릴 생각이었다. 이날은 왠지 그랬다. 술이 가득 찬 컵을 가만히 보고 있으니, 확 한 대 쳐 버릴까, TV에 나온 사람처럼 나도 진짜 확 깨물어 버릴까, 명치가 타오르는 기분이었다. 고기 타는 소리가 점점 커졌다. 손이 떨렸다. 잔이 흔들리니 술이 넘쳤다. 손이 젖었다. 손에 닿는 술은 뜨거웠다.

주변의 소리가 조금씩 멀어졌다. 잔을 손에 쥔 채로 숨을 내쉬었다. 내뱉는 숨이 무겁게 깔리는 듯했다. 숨결에 알코올이 가득했다. 숨을 후, 하, 두 번 정도 고르다가 술잔을 입에 붙였다.

안 되겠다, 이것만 마시고 대들어야지. 그때 누군가 팔을 잡았다.

"과장님, 그만……. 이사님 가셨어요."

문득 정신이 돌아왔다. 날 붙잡은 장 주임의 서글서글한 눈에 덩달아 숨이 가라앉았다. 임 대리와 하 대리는 긴장이 풀린 자세였고, 막내는 조심스레 집게를 들었다. 고깃덩이는 꽤 타서 불판과 한 몸처럼 붙어 있었다.

미간을 다 구길 정도로 눈을 세게 감았다 뜨니 이제야 빈자리가 눈에 들어왔다. 피식 웃음이 나왔다. 뜨거웠던 명치가 부질없게 느껴졌다. 술잔을 내려놓으니 짬밥 좀 되는 임 대리와 하 대리가 분위기 전환용 푸념을 늘어놨다. 이번에도 계산 안 하고 도망쳤다, 영수증 처리 언급도 없었다, 뭐 그런 얘기였다.

이때 오 이사가 다시 문을 열고 고개를 들이밀자 임 대리와 하 대리는 조용해졌다. 난 흘끗 보고는 아예 눈을 돌려 버렸다. 저런 얼굴에 소비되는 내 시력이 아까웠다.

오 이사는 가만히 막내를 쳐다봤다. 막내는 다른 사람, 특히 나의 눈치를 봤다. 난 막내의 집게를 받아들고 휘휘 흔들었다. 하 대리는 집게에 맞춰 고개를 끄덕거리며 막내에게 윙크하더니 가도 된다고 대신 말해 주었다.

막내가 꾸벅 인사하고 나가자 우린 한동안 말이 없었다. 유리문 밖으로 오 이사와 막내가 완전히 사라지는 것을 확인하고 나서, 하 대리는 괜히 옷을 털었다.

"하 참내, 막내가 꼬붕도 아니고."

"개인비서도 아니고."

임 대리도 맞장구쳤다. 그사이 나는 들었다 놨던 잔을 보고 있었다. 진한 폭탄주의 투명함 너머로 타고 있는 고깃덩어리가 보였다. 손에 든 집게로 불판에 붙어 버린 고깃덩이를 단숨에 떼어 내 뒤집으니 치익 핏물 튀는 소리가 났다. 고기 반쪽은 새까맣게 타 있었다.

"적당히들 먹고, 영수증 꼭 챙겨 와."

집에 가는 게 좋을 것 같았다. 지금이라도 가면 아이들 데리고 아쿠아리움에 갈 수 있을지도 모르는 일이었다. 술기운이 점점 더 오르겠지만, 그리 늦은 시간은 아니었다.

살짝 휘청이려는 걸 애써 숨기고 일어나며 넥타이 매듭을 헤쳤다. 그리고 벗어나기 좋은 핑계를 댔다.

"애들 보러 갈래."

* * *

회사 주차장 구석은 내가 이 근처에서 유일하게 좋아하는 공간이었다. 가로등 빛이 닿지 않아, 담배 빨아들일 때 번쩍이는 불씨가 재미였다. 적당히 취한 채로 그 깜빡임을 보고 있으면 차분해졌다. 불이 유난히 빛날 때, 고요함 속에 담배 타는 소리만 들리는 것도 좋았다.

꽁초를 던져 불씨가 바스러지는 순간을 즐기는 편이었다. 난 불씨가 더 풍부하게 튀도록 각도를 조절하곤 했다. 피우던 담배를 튕기는 순간 그게 돛대였음을 알고 두어 번만 더 피울걸 후회했다. 에라, 담뱃갑도 던졌다. 빈 담뱃갑은 비어 있는 소리를 냈다.

가을밤 공기는 아직 차가웠다. 갈 곳 잃은 두 손은 헐렁한 정장 재킷 주머니가 제자리였다. 회사 야외 주차장엔 아직도 차가 많았다. 건물은 거의 모든 층의 불이 켜져 있었다. 재킷 주머니에 손을 넣느라 어깨가 움츠러들고 목을 비죽 내민 불편한 자세를 굳이 유지하면서도, 고개 젖혀 건물을 올려다보다가 투덜거렸다. 회사가 이 모양인 이유가 첫째로 오 이사, 둘째도 오 이사, 셋째로 애매한 위치라는, 대충 그런 내용이었다. 혼잣말인데도 말투에 술기운이 섞여 있었다.

때마침 전화가 울렸다. 대리기사가 회사 주차장을 못 찾겠다는 얘기였다. 큰길가 편의점에서 기다리라는 말로 전화를 끊으며, 그럼 그렇지, 회사가 안 풀리는 탓은 이 위치 때문이라고, 난 또 투덜거렸다.

운전석에 오르기 전, 고개를 세차게 흔들어 저었다. 미간과 콧등에 주름이 갈 정도로 눈을 세게 감았다가 뜨기를 반복했다. 정신 차려야 할 때 쓰는 버릇이었다. 그렇게 하면 진짜로 정신이 드는 것 같았다. 늘 있었던 일인 것처럼 난 망설임 없이 운전석에 올랐다. 큰길 앞 편의점, 거기까지만 가면 되는 일이었다. 전화기를 조수석에 던져 놓고 시동을 걸었다. 안전 벨트 경고음이 울렸지만 그냥 출발했다.

이 정도 술기운이 날 방해할 순 없었다. 내 능숙한 핸들링에 차는 부드럽게 움직였다. 액셀은 살살, 핸들은 천천히, 미끄러지듯 주차장을 나와, 골목을 지나, 큰길을

앞에 두고 신호를 기다려 좌회전 신호에 턴을 하려는데
전화기가 울렸다.

　조수석의 전화기를 집어 들고, 다시 정면을 봤을 때,
불쑥 튀어나온 검은 형체가 내 차를 덮쳤다.

　쾅!

＊ ＊ ＊

　여기까지가 내가 기억하는 어제였다.

4
괴물

사이드미러에 비친 눈은 내 눈인데도 보기 힘들었다. 몸은 보기엔 온통 멍든 것 같았는데, 아프긴커녕 팔다리를 돌리고 허리를 꺾어도 오히려 꿈처럼 가벼웠다. 사지 멀쩡한 것만도 다행이었다. 난 아파서도, 앓아누워서도 안 되는 사람이다. 회사 다녀야 하고 월급 받아야 한다.

사고의 규모 때문인가, 이상한 내 모습을 들여다봐서 그런가, 어울리지 않는 날씨 때문인가, 머리가 다시 아파 왔다. 두개골을 안에서 밖으로 때리는 것 같았다. 머리가 들렸다 떨어졌다, 위아래 좌우 멋대로 흔들렸다. 눈앞이 깜빡이면서, 빨개졌다 거메졌다. 시야도 머리도 마구 흔들리는데, 그 찰나…….

픽!

세상이 빨갛게 번쩍였다. 두통이 사라졌다.

머리가 맑아졌다.

이마를 만졌다. 구멍이 있었다. 손에 묻어 나오는 피가 짙었다.

몸이 기울었다. 팔다리가 움직이지 않았다. 눈이 감기지 않았다. 눈알도 움직이지 않았다. 말도 나오지 않았다.

온몸이 굳었다. 그대로 바닥에 누웠다. 그때 저 멀리 총구에서 피어오르는 연기를 보았다. 이때 난 알았다.

나는 죽었다.

아파서도 앓아누워서도 안 되는 내가, 죽었다.

* * *

깜빡, 시야가 들어왔다. 난 누워 있었다. 바닥에 버려진 카메라처럼, 고정된 채로 한 곳만을, 죽었는데도 보고 있었다.

가열된 공기가 귀를 스치는 소리도, 그 공기에 섞인 먼지 냄새도 느껴졌다. 다만 몸은 없는 것 같았다. 입을 벌리고 있는지 다물고 있는지도 알 수 없었다. 눈을 감을 수도 없었다. 그저 보고 듣고 맡고만 있었다. 아예 이렇게 돼 버리니 아무 생각도 들지 않았다. 이게 죽음인가, 했을 뿐이었다. 생각 자체가 없는 것 같았다. 억울하거나 무섭지도 않았다. 그냥 아, 이런 거구나, 그뿐이었다. 하늘은 맑고 햇빛은 계속 눈을 찌르고 있었다.

스무 명 정도의 중무장한 사람이 아스팔트 아지랑이를 뚫고 다가왔다. 화약 냄새가 풍겼다. 처음 보는 옷차림과 무기와 군화였다. 두 놈이 불쑥 코앞까지 얼굴을 들이밀었다. 차라리 눈을 감고 싶었다.

"으아, 생긴 꼬라지 봐라."

턱수염 자글자글한 녀석이 날 발로 밀었다. 몸이 구르며 시야도 반 바퀴 돌았다. 옆에 있던 하얗고 마른 녀석은 좀 더 가까이에서 날 꼼꼼히 뜯어보더니 말했다.

"어디 보자, 머리 구멍…… 확인. 죽은 것 같긴 한데…….''

"구멍 하나 더? 고고?"

"확인의 확인을 해야지."

턱수염 녀석이 허리를 펴더니 총구를 들이댔다. 철커덕 장전 소리가 심장을 쳤다. 환청처럼 쿵, 무거운 소리도 마음에 짙게 깔렸다. 그때 고개를 번쩍 쳐든 건 녀석들이었다.

놈들은 표정이 굳더니 내게 향했던 총구도 거뒀다. 이 때 쿠궁, 쿵, 무거운 소리는 점점 겹쳐 들리더니, 사방으로 어지럽게 울렸다. 무장한 녀석들은 긴장한 모습으로 소리의 근원지를 찾으려는 듯 눈을 굴렸다.

쿵, 쿠쿵, 쿵, 불규칙하게 무거운 소리는 내 마음의 소리가 아니었다. 뭔가 두툼한 걸로 자동차 천장을 때리는 소리 같기도 했다. 그때 무장한 녀석 중 하나가 소리를 질렀다. 하지만 내가 볼 수 있던 건, 녀석들이 어딘가를 향해 다급히 총질하며 뒷걸음치는 모습뿐이었다. 쨍쨍한 햇빛 속에서도 불꽃은 잘 보였다.

놈들은 이내 시야에서 사라져 이제 소리만 들리는데, 총소리와 끼에엑 비명, 다급한 발소리, 툭탁, 퍽, 팍, 살 부딪히는 소리가 사방에서 섞여 소란스럽고 복잡했다. 뒤이어 뭐가 계속 지나가는데, 높고 빨라서 제대로 못 봤지만, 맹금류라기엔 날개가 없고 맹수라고 하기엔 두 발로 뛰며 원숭이라기엔 옷을 입고 있었다. 내 눈을 또 의심했지만, 본 게 맞다면, 그러니까, 사람이었다.

'그들'은 알아보기 힘든 속도로, 믿을 수 없는 높이로, 하늘을 나는 것 같기도 하면서 땅을 파헤치는 것 같기도 한 자세로, 이상한 소리를 내며 날 뛰어넘었다.

높이 뜬 놈들은 총소리에 이어 후두둑 떨어지곤 했다. 바닥에 콱 박히며 피와 살점이 사방으로 터져 나한테까지 닿았다. 떨어진 몸뚱이의 충혈된 눈이 나와 마주치기도 했다. 정말 눈 감고 싶었다.

그때 짧지만 강한 비명이 귀에 꽂혔다. 목숨이 통째로 실린, 비장하고 잔인한 소리였다. 소름이 고막에까지 돋는 기분이었다. 이어 굉음이 땅과 함께 울리고, 아스팔트와 자동차 파편이 숱한 살점과 뒤섞이며 시야를 삼켰다. 충격에 내 몸도 굴렀다. 작은 먼지가 눈알에 붙어 앞이 안 보였다. 이어 후두둑 쩌억 하는, 녹진한 소리가 귓속에 달라붙었다.

잠깐은 고요했다. 이내 냄새가 풍겼다. 소리도 그렇지만 냄새는 더욱 막을 길이 없었다. 핏방울이 뿌옇게 떠다니는 것만 같았다. 공기 중에 잔뜩 섞인 피의 냄새를, 온몸이 굳은 채로, 눈알도 움직이지 못하는 채로 들이쉬고 있는데, 이상하게도 기분은 괜찮았다.

그때 가까운 곳에 쿵, 묵직한 발소리가 엄습하더니 거대한 그림자가 날 덮었다. 시야로 쑥 들어와 날 내려다보는 그것은 거구의 인간, 아니 인간인지 뭔지 모를, 두 발로 서 있는 커다란 무언가였다. 햇빛을 등져 검은 실루엣인데 눈빛만은 번뜩이는 그것은 나를 보고 있었다. 눈을 감고 싶을 때 감을 수 없는 건 끔찍한 일이었다.

한참 있던 녀석은 숨을 쿵 내뱉곤 시야에서 벗어났다. 그림자가 걷히자 다시 햇빛이 쏟아졌다. 뒤이어 아스팔트 바닥을 흔드는 진동과 함께 아까의 '그들'이 나타났다. 수십은 되는 '그들'은 벼룩처럼 뛰며 괴상한 숨소리를 냈다. 아까처럼 자동차 지붕 밟는 소리가 여러 번 나더니, 다시 조용해졌다.

정적은 한동안 이어졌다.

* * *

조용한 가운데 뭐가 자꾸 웅얼거렸다. 자동차 라디오였다. 그 차의 주인은 무사히 살아 도망쳤을지, 아니면 나처럼 여기 어딘가에 쓰러져 라디오를 듣고 있을지. 이 와중에 드는 생각은 그런 차가 한 대뿐이라 다행이라는 것이었다.

여러 대였다면…… 어휴.

* * *

라디오 소리가 조금씩 선명해졌다. 다 알아듣진 못해
도 간간이 귀에 꽂히는 말이 있었다. 해가 또 뜨고 지면
서 대부분 알아듣게 되다가, 이젠 라디오 켜진 자동차가
어디 있는지까지 알 수 있을 것 같았다.

내용이야 주로 긴급한, 이를테면 지금 벌어진 일들에
관한 이야기가 주를 이뤘다. 원인을 알 수 없는 전염병으
로, 피부색이 변하고 힘이 비정상적으로 세지기 때문에
극도로 위험하며, 이성을 잃은 채 사람을 공격하고 깨문
다, 물리면 전염된다, 감염자끼리 뭉쳐 다닌다, 마치 야
생동물 같다, 비감염자는 서울 남부로 대피 중이다, 뭐
그런 내용이었다.

고깃집에서 봤던, 직장 상사를 깨물어 버렸다던 그 뉴
스가 기억났다. 나를 뛰어넘던 '그들'이 생각나면서 거울
에 비쳤던 내 피부색도 떠올랐다. 난 언젠지 모르게 감
염됐나 보다. 그래서 총을 맞았나 보다. 그럼 가족들은
어쩌지.

근데 생각이 잘 굴러가지 않았다. 그저 감각만 있었다.

* * *

　해가 지고, 해가 뜨고. 그걸 두어 번 반복하다가 라디
오는 꺼지고, 다시 고요한 틈에 이번엔 빗소리가 귀를 채
웠다. 도로의 온갖 것이 섞여 흘러오며 얼굴을 훑었다.
눈알에 붙었던 먼지가 씻겨 내려가며 시야가 다시 맑아
졌다. 세상을 다시 보니 반갑긴 했다. 좀 지나니 물이 벌
게졌는데, 냄새로 보나 색깔로 보나 핏물인 것 같았다.
몸을 움직일 수 없으니 흘러오는 핏물을 정통으로 맞았
다. 코나 입으로 좀 들어간 것 같기도 했다.

　핏물은 점점 진해지더니, 한참 지나니까 다시 맑아
졌다.

　비는 꽤 오래 내렸다.

* * *

　하늘을 원 없이 봤다. 회사 다니는 동안엔 통 못 보던
거지만 막상 보고 있자니 금방 질렸다. 하늘은 맑고 푸르
고, 세상에 햇빛은 가득한데, 난 여전히 감각만 남은 채
로 누워 있었다.

눈은 뜨고 있는데 점점 아무것도 안 보고 있었다. 시선을 그저 허공에 맡긴 것뿐이었다. 갑자기 큰딸이 태어나던 순간이 화면처럼 떠올랐다. 바탕인 푸른 하늘은 점점 잿빛이 되어가고 있었다. 아, 이런 걸 주마등이라고 하나, 갓난애를 두고 어쩔 줄 몰라 하던 아내의 모습이 보였다. 물론 나도 당시엔 인생을 바쳐 책임져야 할 여자가 둘이나 된다는 사실이 겁나기도 했다.

이어 아들이 태어난 장면으로 바뀌었다. 이때 아내는 아이를 안는 것도, 기저귀를 가는 것도 능숙해 보였다. 나도 한층 여유로웠던 것 같다. 승리감마저 느꼈다. 애 둘이면 충분히 성공한 인생 같았다. 대한민국에, 이 지구촌에 이로운 일이었다.

아내를 처음 만나던 순간이 지나갔다. 아내는 머리를 숙이고 있었다. 살랑거리는 커튼 틈으로 햇빛이 비집고 들어오니, 그녀의 얼굴을 가리고 있던 검은 생머리는 갈색으로 빛났다. 거기가 커피숍이었나. 아, 도서관이구나. 아닌가, 어디지, 주마등이 뭐 이래. 문득 아내에게 미안해져 난 괜히 주마등을 탓했다.

서류를 보지도 않고 빠꾸 먹이는 오 이사, 눈치만 보는 안쓰러운 팀원들, 어두워진 바깥과 10시를 가리키는 시계, 혼자 남은 사무실, 담배, 담배, 커피, 담배, 집 거실 소파엔 곯아떨어진 아내. 가족 먹여 살리려고 붙어 있는 회사 때문에 가족을 돌보지 못한다는 것, 그 기분이 고스란히 스며들었다. 회사에, 더 정확히는 월급에 목매느라 참고 살아왔던 세월의 아쉬움이 뼈마디 사이사이로 파고드는 것 같았다. 이럴 줄 알았으면 오 이사 뺨이라도 한 번 후릴걸 그랬다.

* * *

해가 뜨고 지는 걸 강제로 보다가, 웬 소리에 정신이 들었다. 여전히 눈알조차 움직이지 못하고 있었지만 신경은 온통 소리 쪽에 가 있었다. 무거운 자동차 지나가는 소리와 함께 땅이 흔들려 내 시선도 같이 떨렸다. 사람들 여럿의 발소리와, 작은 목소리가 들렸다. 세상이 이상해지면서 공기마저 바뀌어 버린 건지, 속닥거릴 뿐인데도 목소리는 꽤 잘 들렸다.

가벼운 발소리가 다가오더니 웬 꼬마가 시야로 들어왔다. 우리 둘째 또래나 됐을 법한 아이는 특유의 멍청한 표정으로 날 한참 보다가 내 얼굴로 손을 뻗었다. 그때, 글자로 표현할 수 없는 비명과 함께 한 여자가 아이를 낚아챘다.

사람들이 따가운 눈초리로 여자를 나무랐다. 여자는 제 입을 틀어막았다. 아이가 울기 시작했다. 여자는 자기 입을 막았던 손으로 아이의 입을 틀어막았다.

라디오에서 들은 대로, 이들은 비감염자였다. 피부색도 눈초리도 깨끗했다. 사람들은 나를 쳐다보지조차 않았다. 행여 찰나라도 날 본 사람은 몸서리를 치며 고개를 돌렸다.

이들은 어디로 가고 있는 걸까. 내 가족들은 잘 있을까. 아내, 아이들은 과연 살아는 있을까. 어딘가로 가고 있다면, 잘 가고 있을까. 정말 보고 싶었다. 아니, 그저 생사라도 알 수 있다면 좋을…….

그때 척추 아래에서 스파크가 튀었다. 전기 흐르듯 짜릿하게 온몸으로 퍼지면서 등뼈 타고 혈관으로 퍼지더니 손끝 발끝에 이어 정수리에 닿았다.

몸이 덜덜 떨리고, 정신을 잃었다.

＊ ＊ ＊

어둠 속에서 나는 소파에 잠들어 있는 아내를 들어 올렸다. 안방 침대로 데려다 놓으려 했다. 그때 정신이 확 들었다. 꿈이었다. 깨고 나니 길가에 홀로 누워 있는 나만이, 누운 채 그대로 팔을 접어 올리고 있을 뿐이었다. 팔을 다시 내려놓다가, 이 왠지 모를 어색함에 몸을 퍼뜩 일으켰다. 난 앉은 채로 주변을 둘러봤다. 목이, 팔이, 몸이 움직였다.

도로엔 시체들이 함부로 나뒹굴고 있었다. 아니, 시체도 아니었다. 철 지난 고깃덩이일 뿐이었다.

앉은 채로 멍하니 있다가 몸을 일으켰다. 머릿속이 구름처럼 뿌옜다. 스팀다리미가 뇌 주름을 펴고 지나간 것 같았다. 구름 걷힌 가을 하늘은 여전히 투명했다. 입속에서 이물감이 느껴져 퉤 뱉으니, 손가락 두 마디 정도 되는 그건 누군가의 살점이었다. 입속을 몇 번 더 혀로 더듬다가, 입맛 좀 다시고, 그러고 있자니 정신이 조금 드는 것 같았다.

난 살아 있었다.

살아 있음이 오히려 어색했지만 해야 할 것부터 떠올랐다. 갈 곳은 정해져 있었다.

내가 너무나 잘 아는 곳으로 달렸다. 인간의 형체였

던 '그들'처럼, 마치 벼룩처럼 그렇게, 자동차를 밟고 벽을 넘어 달렸다.

얼른 집에 가고 싶었다. 집에 가서 확인하고 싶었다. 변해 버린 이 도시가 내 가족들에게는 아무 짓도 하지 않았길 간절히 바라며, 난 그저 달렸다.

＊ ＊ ＊

현관에서 정신이 들었다. 어떻게 왔는지까지는 기억에 없었다.

아무도 없다는 것쯤은 그냥 알 수 있었다. 열어 뒀던 현관문이 등 뒤로 무겁게 닫혔다. 신발도 벗지 않고 들어갔다. 유리 조각 밟는 소리가 났다.

손바닥만 한 액자가 떨어져 있었다. 깨진 유리 사이로 아내, 큰딸, 작은아들, 그리고 나까지, 웃고 있었다. 신발장 위에 뒀던, 어느 때인가부터 눈여겨보지 않던, 당연히 있어야 할 곳에 있었던 그런 가족사진이었다. 난 유리 조각을 걷어내고 액자 속 사진을 꺼냈다. 가만히 사진을 보고 있자니 아내가 선택한 길이 보이는 것만 같았다.

움직이는 아내의 잔상을 따라갔다. 아내는 안방 붙박

이장에서 배낭을 꺼내고, 부엌으로 갔다. 침착하게 물 먼저 챙기고, 찬장에 들어 있는 각종 캔 음식, 그리고 플라스틱 용기로 된 꿀, 코코넛오일, 땅콩버터를 담았다. 둘째녀석 때문에 평소엔 숨겨 놓는 초코바도 꺼냈다. 잘 안 먹는 커피믹스도, 비싸서 모셔둔 위스키도 챙겼다. 바닥엔 흩어진 커피믹스와 위스키 박스가 있었다.

가스레인지 옆의 칼꽂이는 깔끔하게 비어 있었다. 아내는 부엌칼도 챙겼나 보다. 아이들 방의 옷장 서랍도 열려 있었다. 비어 있는 거실 서랍은 비상용 구급상자와 상비약이 들어 있던 곳이었다. 화장실엔 흘린 칫솔, 치약, 휴지 같은 몇 가지 자잘한 물건들이 바닥에 흩어져 있었다. 마지막으로 아내는 애들을 데리고 다급하게 나가다가 액자를 건드려 떨어뜨린 것이다.

환상이 끝나자, 거실엔 나 혼자 서 있었다. 잠깐이지만 반가웠고, 뒤이어 찾아온 것은 약간의 안도감이었다. 그녀는 여느 때처럼 최악의 상황에서도 최선을 해냈다. 가족사진을 보는 것만으로도 휴식이 되면서 원동력이 됐다. 하긴, 그 회사생활을 버틸 수 있었던 것도 다 가족 덕분이었다.

때마침 구름이 걷혔는지 베란다 통유리로 햇빛이 들

어왔다. 어둡던 집이 훨씬 밝아졌다. 세상은 뭐라고 할지 궁금했지만 리모컨을 찾아 눌러봐도 TV는 켜지지 않았다. 몸을 일으키며 사진을 주머니에 넣으니 크기가 딱 맞았다. 너무 딱 맞으니 조금만 움직여도 구겨질 것 같아 신경 쓰였다.

"조금만 기다려. 아빠가 간다."

말로 내뱉으니 힘이 더 솟았다. 온몸이 근육 덩어리로 변한 것 같았다. 딱히 갈증이 심한 건 아니었지만 냉수의 차가움을 느끼고 싶었다. 야심 차게 부엌으로 가 냉장고를 열었다가, 생전 처음 맡는 냄새에 다시 닫고 말았다.

문득 이어지는 퀴퀴한 냄새가 코를 뚫었다. 냄비째로 가스레인지 위에 놓인 카레와 미역국이었다. 내가 숙취로 고생할 때 그나마 먹는 거라서 아내가 해 놓곤 했다. 이번에도 내가 된통 당할 걸 알고 해 놓은 거였다. 애써 만들어 준 걸 맛도 못 봤으니 안타까움이 사무치면서 음주운전을 한 내가 원망스러웠고 억지 술을 먹인 오 이사가 미웠다. 냄비에선 생전 처음 맡아 보는 독한 냄새가 풍겼다.

냄새라는 것은 참 불공평했다. 보기 싫은 거야 눈을 감아 버리거나 고개를 돌려 버리면 되는데, 냄새를 피하려면 숨을 참는 수밖에 없었다. 난 심호흡 뒤 숨을 참고는 냉장고를 열고 물병만 꺼내고 문을 닫았다. 냄새는 당분간 머물러 있는 것 같았다. 숨은 입으로 쉬어야만 했다.

페트병 물은 냉기가 아직 있었다. 뚜껑을 따고 거침없이 들이켜다 뱉고 말았다. 알 수 없는 약품 냄새에 플라스틱 냄새까지, 도저히 마실 수 없었다. 새 페트병조차도 마찬가지였다. 냉수 한 모금 제대로 못 먹고, 얼굴에 목덜미는 다 젖고 말았다.

화장실에서 물기를 닦다가 거울과 마주쳤다. 어두우니 더 괴물 같았다. 그새 얼굴 살이 눈에 띄게 빠져 있었다. 두 팔을 세면대에 기댄 채 고개를 숙였다. 어쩌다 이런 일이 생겼나, 다시 원망스러움이 고개를 들었다. 그놈의 오 이사가 억지 회식만 잡지 않았다면……, 아니, 회사 위치가 대리기사가 찾아올 수 있을 정도만이라도 됐다면……. 그렇게 공연히 남 탓을 해봤지만, 사실 알고 있었다. 내가 문제였단 걸.

음주운전 자체가 잘못이었다. 하지 말았어야 했다. 익숙함에 건방졌었다. 가장이라면 더더욱 그러지 말았어야 했다. 그때 운전대를 잡지 않았다면 지금쯤 난 가족들 곁을 지키고 있었을 거였다. 내가 나를 위험에 빠뜨린 것이다. 거울을 보자니 괜히 면목 없어 고개를 숙였다.

거울 밑에서 뭔가가 반짝였다. 세면대 위에 놓인, 역시 내 것만큼이나 투박하고 무늬 없는 결혼반지였다. 아내는 원래 그랬다. 귀고리나 목걸이, 팔찌는커녕 심지어 가방도 잘 안 들고 다니는 사람이었다. 그런 그녀의 반지를 가만히 보고 있자니, 프러포즈 '당했던' 날이 떠올랐다. 둘이 술을 종류별로 마셨던 어느 날, 그녀가 소주병 뚜껑 밑에 달린, 심지어 명칭도 모를 그 꼭지 부분을 떼다가 내 왼손 약지에 감아 줬었다. 그때 난 심각하게 반해 버려서, 그 '반지'를 좋다고 하루를 더 달고 다니다가 살이 다 쓸렸고, 아쉬워하며 결국 버리고 말았는데, 심지어 내가 버린 것도 아니고 당시 여자친구였던 아내가 빼앗듯 버렸었다. 그러고선 시간이 어떻게 흘렀는지도 모르게 여기까지 왔다. 결국 난 아내에게 프러포즈 한번 제대로 해준 적이 없었다.

이제 내 차례다. 이번엔 내가 끼워 줘야지 생각하며, 그녀의 반지를 내 왼손 새끼손가락에 끼웠다. 약속처럼 꼭 맞으니 괜히 뿌듯했다. 이 반지를 돌려줄 그때를 상상하니 낯간지러워 벌써 용기가 안 나지만, 꼭 한쪽 무릎을 꿇고 반지를 올려드릴 것이다. 당연히 아내는 웃겠지. 웃었으면 좋겠다.

눈앞의 현관문은 마치 우리 사이를 가로막는 첫 번째 관문 같았다. 아침 출근길에는 참 열기 힘든 문이었다. 문 자체가 무거운 건지, 짊어진 삶의 무게감인지, 단순히 출근하기 싫어서 그랬는지는 모르겠지만. 그랬던 문이 지금은 가벼웠다. 무의식중에 콧대로 손이 갔지만 안경이 없어 어색했다. 난 보는 사람도 없는데 괜히 더 힘차게 문을 열었다.

꽉 찬 햇빛과 함께 복도식 아파트 특유의 풍경이 펼쳐졌다. 그런데 아파트 단지에 심어 놓은 나무와 그 이파리, 멀리 길 건너로 보이는 버스 정류장 표지, 층층이 내려다보이는 다른 아파트 외벽이 평소와는 다른 색이었다. 각막에 핑크색 형광펜을 엷게 바른 것 같았다. 혹시 내 눈이 이상한가 싶어 몇 번 깊게 깜빡였지만, 그대로였다.

밖을 더 보려고 복도 난간에 허리를 걸쳤다. 주차장 구석의 음식물 쓰레기통이 생소했다. 오며 가며 봐왔겠지만, 눈으로만 봤고 머리까진 닿지 않았던 것 같다. 음식물 쓰레기를 버려 본 게 언젠지. 아내가 버리러 갈 때 따라서라도 가볼걸. 같이 가겠다고 했으면 반응이, 아내는 분명 실없다 했겠지. 내심 즐거워하지 않았을까. 상상만으로도 작은 행복감에 발끝이 간지러웠다. 이제야 후회되다니, 후회하고 있는 지금이 또 후회스러웠다. 문득 매일 보던 별것 아닌 것들이 며칠 만에 전부 추억이 된 것 같았다. 아직 전세대출도 다 갚지 못한 이 아파트가, 이 주변의 사소한 것들이 그리워질 것 같았다. 지금이 마지막일 것만 같았다.

　너무 몰두했는지, 어느새 나는 난간 밖으로 상반신을 다 내놓고 있었다. 옆에서 난간을 올라오려고 애쓰는 두 아이가 보이는 것만 같았다. 까르륵거리는 소리마저 들리는 것 같았다. 난 위험하다고 혼잣말로 중얼댔다. 이러니까 애들이 자꾸 따라 하잖느냐며 혼내는 아내의 목소리까지 들리는 것만 같았다. 난 웃으면서, 마치 진짜 있을 것만 같은 아내를 향해 고개를 돌렸다.

　그때 난 놀라 뒤집히고 말았다.

　뒤에는 기괴한 몰골의 여자가 서 있었다.

5

이웃 사람

인사는 좋은 거다. 이 아파트로 이사 온 순간부터 난 죄다 인사하고 다녔다. 쉬운 일만은 아니었다. 생각보다 많은 용기가 필요했다. 그렇게 안면을 트다 보면 썩 반갑지 않은 질문을 당하기도 했다. 하지만 난 멈추지 않았다. 인사는 그 자체로 장점이 더 많다고 생각했고, 그들은 나의 이웃이며, 나 또한 그들에게 이웃 사람이라는 생각이었다.

복도 끝 집에 사는 여자는 작은 체구에 수줍음이 많았다. 내 또래 정도였는데, 인사하면 처음엔 움츠러들며 고개만 까딱, 눈도 잘 마주치지 않았다. 얼굴을 머리로 다가려 턱만 겨우 보이던 그런 사람이었다. 그러던 그녀가 인사가 반복되면서 조금씩 미소를 보이더니 나중엔 눈웃

나는 인간입니다

음을 지었다. 반복된 인사로 이웃의 반응이 바뀌었다. 이런 게 사람 사는 세상이지 싶었다. 이 악물고 회사에 붙어 있는 것보다, 오 이사에게 뭔가를 설명하는 것보다 백배는 보람찼다.

그러던 그녀가 서 있었다. 나와 비슷한 피부색과 흰자 위로, 초점 없는 눈동자로 나를 쳐다보고 있었다.

난 복도식 아파트 8층 난간에 매달려 있었다.

"안녕⋯⋯하세요⋯⋯?"

날 빤히 쳐다보는 그녀의 눈에 초점이 생겼다. 인사 따위, 괜히 했다고 생각했다. 그때 그녀는 눈을 풀더니 흐느적거리며 돌아갔다. 그녀가 돌아가 준 것만으로도 감사하며, 난 입을 다물고 있기로 했다.

난간을 올라오는 건 팔 하나만으로도 쉬웠다. 철문이 괜히 가벼운 게 아니었다. 복도 끝 집까지 다다른 이웃집 여자는, 초점 없는 눈으로, 열린 문으로 들어갔다 나오기를 반복했다. 마치 뭔가를 기다리는 듯한 모습에 잠깐 시선이 갔지만, 변해 버린 사람은 뒤로 하고 어쨌든 난 내 갈 길을 갔다.

엘리베이터는 정전으로 멈춰 있었다. 출근 전쟁이 떠올랐다. 출근은 마치 야구 같아서 찰나의 차이로 세이프냐 아웃이냐가 결정되곤 했고, 오래된 직장인의 아침은 분 단위로 계획돼 있으니, 이놈의 엘리베이터가 고장이라도 나 있으면 십중팔구 지각이었다. 지각 자체야 좀 해도 문제 될 게 없었지만, 오 이사가 그 파괴적인 얼굴을 들이밀며 빈정댈 것이 분명했기에, 오로지 그것 때문에 싫었다. 그 치명적 면상은 한 번이라도 덜 보는 게 건강에 이로웠다.

계단으로 뛰어 어느새 1층. 엘리베이터보다 빠른 기분이었다. 늘 이러면 출근 지각도 없을 것만 같았다. 담 결린 것만 같던 어깻죽지도 안 아프고, 만성적으로 내뱉던 마른기침도 안 나오고, 뭔가 들어차 있는 것만 같던 코도 뚫려 있었다. 주변의 냄새도 더 잘 느껴졌다. 시원한 콧속의 느낌에, 나는 아파트 입구에서 숨을 들이쉬었다. 세상의 내음이 느껴졌다.

이 마르고 뜨거운 기운, 이게 햇빛 냄새인가 보다. 비 냄새는 맡아 봤어도 햇빛 냄새는 처음이었다. 젖은 아스팔트 냄새는 있어도 마른 아스팔트 냄새는 생소했다. 자동차 타이어 냄새, 나뭇잎 냄새와 나무 기둥 냄새도 났다. 그 안에 미세하게 섞여 있는, 특히 끌리는 냄새……

사람 냄새! 바로 알 수 있었다. 지극히 인간적인 그것은, 한 번도 먹어 본 적 없는 맛있는 음식 냄새 같기도 했다. 지나간 지 얼마 안 된 냄새라는 것까지 알 수 있었다. 난 곧바로 냄새를 쫓았다. 마음이 급해, 코가 먼저 가고 몸이 따라갔다.

발이 저절로 움직였다. 발걸음만큼이나 가슴도 빨리 뛰었다. 평소 으스스한 느낌에 애써 외면했던, 빛바랜 빨간색 바탕에 흰 글씨로 쓰인 '대피소' 세 글자가 지금은 반가웠다. 내려갈수록 오래된 아파트 특유의 곰팡내가 짙어졌다. 사람 냄새도 짙어졌다. 닫혀 있는 철문 틈으로 새어 나오는 냄새는 마치 눈에 보이는 것처럼 형광 분홍색으로 허공에 투명 솜사탕처럼 퍼져 있었다. 그건 몽환적이고 신비로운 느낌까지 풍겼다.

어느새 문 앞에 다다랐다. 문득 망설여졌다. 도로에서 날 본 사람들처럼, 거울로 본 내 모습대로, 이 사람들마저 날 무서워하고 외면할 때 난 어떻게 해야 좋을까. 쿵쾅대는 심장 소리가 발소리보다 컸다.

일단 부딪혀 보자, 대피소 철문을 망설임 없이, 다만 조심스레 열었다. 문틈으로 오래된 먼지 냄새가 훅 일었다.

내부는 뻔한 사각형 콘크리트 벽으로 천장까지 5미터

는 돼 보였다. 정면 벽 가운데엔 30센티 정도 폭의 반지
하 창문이 바깥 흙바닥과 연결돼 있었다. 천장 형광등
이 꺼져 있는데도 창문으로 들어오는 햇빛 덕분에 그나
마 밝았다. 햇빛 사이로 헤엄치는 먼지들은 서로 엎치락
뒤치락했다.

그리고, 사람들이 있었다.

일부러 보이지 않으려는 것처럼, 사람들은 그림자 짙
은 쪽에 붙어 있었다. 얼추 50명은 됐다. 고개만 들이밀
고 있던 나는 문 안으로 살살 들어갔다.

이렇게 많은 사람 앞에 서 본 건 처음이었다. 회사에
서 등 떠밀려 프레젠테이션할 때도 이런 기분은 아니었
다. 사람들 앞에 선다는 건 언제나 힘든 일이었다. 저절
로 두 손 모아 공손하게 서게 됐다.

우리 가족은 보이지 않았다. 아쉬웠지만 멀리, 혹은 이
미 안전한 곳에 갔다는 뜻일 수도 있으니 더 잘된 걸 수
도 있는데 그래도 아쉬웠다. 조용함 속에 철문만이 끼익
녹슨 소리를 냈다.

이들과 눈을 마주치는데, 그 누구도 소리 내거나 움직
이지 않았다. 젊은 엄마 품에 안겨 있는 갓난아기조차 잔
뜩 숨죽인 채 날 보고 있었다.

내가 먼저 말을 걸어보기로 했다.

"저기요……."

그때부터 시끄러워졌다.

아우성에 비명에 온갖 높낮이의 목소리들. 재미없도록 반듯하게 각진 콘크리트 벽에 소리가 부딪혀 더 시끄러웠다. 당황한 나는 손사래를 치며 죄송하다고 연거푸 말했지만 소용없었다. 사람들은 울고불고 미쳐 날뛰었다.

난 딱히 잘못한 것도 없었지만 하여간 일단 사과부터 했다. 진정하라는 당부는 혼잣말일 뿐이었다. 확실한 건, 이들은 날 싫어하고 있고, 그 이유는 사고 직후 변해 버린 내 겉모습 때문이었다. 그 정도는 나도 생각이 있으니 알 수 있었다. 다만 하나, 아직 딱히 뭘 한 것도 아닌데 이렇게까지 반응하니 그게 조금은 섭섭했다.

손을 좀 과하게 흔드니 사람들은 더 혼비백산했다. 그때 한 남자가 온몸을 던져 내게 달려들었다. 난 남자를 안아 들듯 받았다. 내 몸에 매달린 남자는 날 꽉 껴안으며 외쳤다.

"도망쳐! 전부 도망쳐!!"

그의 외침은 흡사 비명 같았다. 얼핏 50대에서 60대 정도로 보였는데, 쭈글쭈글하고 빛바랜 갈색 캡모자 때문에 나이가 더 들어 보였다. 얇은 팔과 주름진 손등에, 그 거죽 위로 튀어나온 핏줄이 애처로웠다. 이 아저씨도 분명 억지 회식이나 끌려다니면서 본의 아니게 주량을 늘려 갔겠지. 내 지금이자 미래 같아 문득 서글퍼졌다.

옆의 아내와 딸로 보이는 두 여자는 차마 나한테 접근하지 못하고 서로 끌어안은 채로 발을 동동 구르며 울고 있었다. 남자는 또 외쳤다.

"여보! 어서 가! ……이 자식, 가만히 있어!"

난 아까부터 가만히 있었다.

"아빠!!"

"아가, 엄마 잘 모시고! 가! 어서!"

남자는 급기야 목소리가 갈라지며 이상한 고음이 나는데도 멈추지 않았다. 듣고 있기 힘들었다. 내 목이 다 아픈 것 같았다.

난 가만히 있었다. 실은 나야말로 어찌해야 좋을지 몰랐다. 여기서도 똑같이, 아까 무장한 사람들과 피난민에게 당했던 괴물 취급을 또 당하고 있다. 내 목소리에 한 번만 집중했다면 달랐을 텐데, 오 이사도 그렇고, 사람들은 좀처럼 남의 말을 듣지 않았다. 거참, 어쩌면 사람들은 같은 언어를 쓰고 있을 뿐 서로를 이해하지 못하고 있는지도 모른다. 다급한 상황일수록 제대로 소통해야 하는 건데, 어째서인지 사람들은 다급할수록 그 반대로 행동했다.

나머지 사람들은 내가 들어왔던 문으로 도망쳐 나가느라 정신이 없었다. 혼자만 죽어라 도망가는, 네모난 안경에 수염이 덥수룩한 젊은 과체중 남자 하나는 그 큰 몸뚱이를 이용해 사람들을 밀치며 선두로 갔다. 혼자 살겠다고 버둥거리는 인간의 눈초리는 참 섬뜩했다. 녀석 때문에 한 노파가 넘어지기도 하고, 한 여자가 안고 있던 어린아이가 튕겨 나가기도 했다. 네 살이나 됐을까 싶은 아이는 바닥에 나동그라졌는데, 차마 울지도 못하고 있었다.

난 중년 남자에게 껴안긴 채로 조용히 지켜보고 있었다. 가만히 있으라는, 이다지도 필사적인 남자의 기대를 차마 저버릴 순 없었다. 썩 좋은 기분은 아니었다. 비쩍 마른 중년 남자의 품은 그다지 포근하지 않았고, 냄새도 별로였다.

도망치는 사람들의 소리는 점점 멀어졌다. 대피소도 고요해졌다. 날 껴안은 아저씨, 아내로 보이는 중년 여자, 딸로 보이는 소녀, 나, 이렇게 네 사람만 남았다.

난 아저씨를 가만히 보고만 있었다. 이쯤 되면 진정 좀 해야 하지 않나 싶었다. 아저씨 역시 천천히 고개를 들었다. 그는 뭔가 의아하다는 얼굴로 날 쳐다봤다. 나와 아저씨는 눈이 마주쳤고, 난 이제 드디어 대화를 좀 해보나 싶었다.

그때 문밖에서 두텁게 울리는 남자의 비명에 아저씨는 움찔 몸을 숙였다. 계단으로 우당탕 철퍽 소리가 이어지더니, 덩어리 하나가 아직 닫히지 않은 대피소 문에 부딪혔다. 아까 그 네모 안경 과체중 털보였다. 하여간 끝까지 도움 안 되는 녀석. 사실 좀 고소했다. 몸집도 큰 놈이 혼자 살겠다고 눈깔은 돌아가서 남들 밀쳐대면서 설치더니 제 몸무게 못 이겨서 계단에서 미끄러졌나 보다. 새끼 꼴좋다. 이제 일어나서 또 남 탓이나 하겠지 싶어 쳐다보고 있었다.

기절이라도 한 건지 털보 놈은 움직이지 않았다. 그때 혼잡한 소리가 되돌아왔다. 이내 사람들이 다시 대피소 안으로 우르르 들어왔다. 순식간에 몰려온 사람들은 우리를, 나와 중년 남자를 지나쳤다. 딱 우리만 피해서 갔다. 그들은 반대편 벽에 바짝 붙어, 작은 반지하 창문으로 어떻게든 나가려고 안간힘을 썼다. 사람들이 나갈 때마다 창문이 막혀 햇빛이 끊겼다. 사람들의 아우성 속에서 햇빛이 점멸하는 지하실 광경은 영화 속 세상 같았다.

창문에 한 할머니가 끼이고 말았다. 사람들은 할머니를 억지로 밀어댔고, 그녀는 고통스러워했다. 노인네가 알아서 움직이게 놔뒀으면 벌써 나갔을 텐데, 괜히 사람들이 밀어붙이니 오히려 차렷 자세로 끼여 오도 가도 못하게 됐다. 할머니는 점점 더 짓눌려 괴로워했고, 사람들의 아우성도 심해졌다. 사람들은 할머니 탓을 했고, 할머니는 늙어서 민폐다, 죽어야지, 같은 말을 했다. 저러다간 진짜 죽을 수도 있을 것 같았다.

보고만 있을 순 없었다. 난 아저씨를 부르며 그의 어깨를 흔들었다. 그 아저씨는 날 더 꽉 끌어안았다. 하긴, 애당초 말이 통했다면 저 할머니도 저렇게 창문틀에 끼여 있진 않았을 거다. 힘주어 몸을 비트니 아저씨의 포박이 풀렸다. 그의 얼굴에 당황이 가득했다. 그사이 난 창문으로 다가갔다. 왠지 지금의 나라면 뭔가 할 수 있을 것 같았다. 몸에선 힘이 넘치고, 그래서 그런지 자신감도 있었다.

내가 움직이자 사람들은 더욱 아우성쳤다. 내가 사람

들 틈으로 가면 사람들은 우르르 멀어졌다. 몇몇은 비명을 지르며 주저앉기까지 했다. 난 그들을 진정시키려고 손짓하다가, 일단 할머니 먼저 돕기로 했다.

내가 가까이 가자 할머니는 그 불편한 자세 와중에도 자꾸만 나를 발로 찼다. 난 억울하게 얻어맞으면서도 할머니를 붙들어 살살 잡아당겼다. "놔라, 이놈아." 등의 말을 외치며 괴로워하던 할머니가 창문에서 빠져나오자, 난 할머니를 대피소 바닥에 내려놓았다. 좀 전까지 죽어야지 하던 할머니는 누구보다도 빠르게 도망갔다.

난 다시 창문으로 가 창문틀을 잡았다. 손아귀에 힘을 주니 조금씩 뜯겼다. 난 계속 힘주어 당겨 결국 창문을 통째로 뜯어냈다. 사람들은 놀라 멈춘 채 날 쳐다보고 있었다. 창문틀을 손에 든 채로 나는 어색하게 미소만 지었다. 사람들은 넓어진 창문 밖으로 분주하게 도망쳤다. 뜯어낸 창문틀은 대피소 구석에 세워 뒀다.

그때 중년 남자가 다시 달려왔다. 나를 향해 또 온몸을 날리는 아저씨의 비장한 얼굴에 난 뒷걸음쳤다. 그 바람에 아저씨는 내 몸통쯤부터 미끄러지며 모자가 벗겨졌다. 그의 얼마 남지 않은 머리카락이 땀과 기름에 젖은 채로 갈피를 못 잡고 있었다. 아저씨는 그렇게 내 다리에 매

미처럼 매달렸다. 주름진 갈색 모자가 바닥에 뒹굴었다.

 "어딜 가느냐?! 가려거든 나부터 죽여라!"

 근육이라곤 찾아볼 수 없는 몸으로, 떨리는 목소리는 삑사리 나고 눈빛은 흔들리지만, 가족을 위해 온전히 목숨을 내던지는 이 볼품없는 사나이의 외침이 가슴을 후볐다. 동질감에 어떻게든 도와주고 싶었지만, 아저씨의 곁을 지키던 중년 여자와 소녀는 이제 보이지 않았다. 조금 기다렸다가 이 아저씨랑 같이 가도 됐는데, 내 말을 들어주질 않으니 안타깝지만 나로서도 어쩔 수 없었다.

 사람들의 소란이 멈추지 않는 가운데, 난 주머니에서 가족사진을 꺼냈다. 사람 말을 듣질 않으니 보여주면 어떨까. 허리를 굽혀 아저씨에게 가족사진을 내밀었다. 하지만 그는 눈을 질끈 감은 채 같은 말만 반복했다. 한숨이 절로 나와 나는 허리를 들다가, 그 김에 사진 한 번 보고, 보물 같은 사진 행여 닳을까, 도로 넣으려 했다.

 그때 퍼억, 뒤통수가 묵직하게 흔들렸다. 눈이 번쩍하더니 캄캄해졌다. 가족사진은 놓치고 말았다. 사진은 바닥을 타고 미끄러져 저만치 멀어졌다. 고개 돌려 보니 눈물범벅이 된 소녀, 아저씨의 딸이 쇠 파이프를 들고 있었다. 소녀는 날 무진장 싫어하는 눈이었다. 난 억울한 마음을 담아 소녀를 쳐다봤다. 이런 종류의 통증은 꼭 반 박자 뒤에 와, 난 불붙은 뒷머리를 부여잡고 이제야 신음하며 얼굴을 찌푸렸다. 그때 부인이 튀어나와 소녀를 가로막고 섰다.

"감히 누굴, 죽일 수 있으면 죽여 봐, 이 나쁜 놈!"

말은 세게 했지만 그녀도 온몸을 떨고 있었다. 소녀의 쇠 파이프를 든 두 손도 떨렸다. 이들은 가냘프기 짝이 없었지만, 이 순간만큼은 우러러 보였다. 나는 아픈 내색도, 억울한 티도 못 내고 어떻게 해야 좋을지 생각하다가, 떨어진 가족사진이나 얼른 챙겨서 내가 먼저 도망쳐야겠다고 생각했다.

다리에 힘을 넣었다. 아저씨의 팔이 또 쉽게 풀렸다. 그는 계속해서 날 붙잡으려고 허우적거렸다. 나는 그런 아저씨의 손을 피하려고 또 뒷걸음쳤다. 그게 반복되다 보니 발 구르는 모양이 꼭 탭댄스 같아 나도 모르게 조금 웃고 말았는데, 소녀와 부인의 흐느낌이 심해졌다. 아저씨는 허우적대다 멈춘 채 그대로 주저앉아 있었다.

그때 뒤가 저릿하며 이상한 기운이 또 뒤통수에 닿았다. 몽둥이는 아니고, 뭔가 있는 것 같은데 어두워 잘 보이지 않았다. 부인 뒤로, 쇠몽둥이를 어설프게 들고 얼어 있는 소녀의 뒤로, 또 다른 인간 형태가 서 있었다. 작은 체구에 긴 머리카락의 실루엣. 묵직한 기운. 이질적인 냄새. 냄새이자 기운.

이웃집 여자였다.

그 틈에 부인은 날아가듯 움직여 아저씨를 안았다. 두 부부는 부둥켜안은 채 가만히 있었다. 창문으로 들어온 햇빛이 그들을 감싸기까지 하니 마치 보호막 같았다. 그들은 아무 소리 없이 그저 껴안고만 있었지만 수만 가지 대화를 하는 것 같았다.

그때, 이웃집 여자가 펄쩍 뛰었다.

순간 시간이 느려진 것 같았다. 생각할 겨를은 없었다. 난 소녀가 들고 있던 쇠 파이프를 자연스럽게 건네받듯 빼앗고, 그대로 한 바퀴 돌아 휘둘렀다. 덤벼드는 이웃을 그렇게 야구공 치듯 날려 버렸다.

그 한 방으로 정리됐다면 편했을 텐데, 대피소 구석 끝까지 날아간 이웃은 몇 번 뒹굴다 아무렇지도 않게 일어나더니 바로 광견병 걸린 개처럼 달려들었다. 이웃의 눈빛은 레이저처럼 따가웠고, 실핏줄 가득한 눈은 또렷하게 빛나 총명하고 확고해 보였다. 그 목표가 나라는 것도 알 수 있었다.

움직임이 빠르고 갑작스러워, 난 파이프를 떨구고 이웃 여자를 붙들었다. 우린 그렇게 뒤엉켜 싸웠다. 불과 몇 걸음 옆의 일가족 세 사람은 여전히 부둥켜안고 있었다. 이웃 여자가 행여 저 가족에게 뛰어들까, 난 더욱 꽉 붙들었다. 그럴수록 그녀는 더 심하게 몸부림쳤고, 그 바람에 우리 둘은 또 뒹굴었다. 둘 다 바닥에서 퍼덕거리다 보니 뱅글뱅글 돌고 있었다. 바닥에서 먼지가 일었다. 먼지가 자꾸만 들어와 입안이 텁텁했다.

우린 서로 때렸다. 난 아파 죽겠는데 이웃은 달리 아파하는 기색 없이 완전 무표정이었다. 그게 더 분하고 약이 올랐다. 난 오른손잡이인데 왼손으로 때리다 보니 이렇게밖에 안 되는 거라고 말하고 싶었다.

아저씨 일가는 가만히 보고만 있었다. 내가 지금 누구 때문에 이렇게 싸우는데! 어차피 도움 안 될 거면 하다못해 빨리 도망이라도 치라고, 다급함에 난 손짓하다 못해 소리를 지르고 말았다.

"아, 뭐 하고 있어?! 빨리 가요!"

그러는 사이 몇 대 더 얻어맞았는데 그게 그렇게 억울했다. 이웃의 팔을 붙드니 맞잡은 손이 부들부들 떨렸다. 햇빛이 결혼반지 두 개를 쓰다듬고 지나갔다.

그때 부인이 주저앉더니 울음을 터뜨렸다. 지금 그러고 있을 때인가 싶은데도 부인은 내가 잘못했다, 내 잘못이다 하며 흐느꼈다.

"내가 잘못했어, 여보. 우리 딸, 내가 정말 잘못했어. 805호 엄마 따라갈걸, 가자고 할 때 갈걸, 괜히 고집을 부려서 내가……."

내 귀를 의심했다. 805호, 우리 집이다!

"805호?! 나! 나 805호! 나!!"

난 반사적으로 소리쳤다. 당황하니까 말도 제대로 안 나와, 이웃 여자를 붙든 채 소리만 빽빽 질렀다.

"나 805호라고! 저거, 저거 좀 봐! 저거! 사진!!"

난 아까 소녀에게 맞아 놓쳐 버린 가족사진을 가리키며 목청껏 소리 질렀다. 저들은 여전히 부둥켜안은 채로 벌벌 떨고만 있었다. 나는 저 가족들을 향해 연거푸 내 뜻을 외치며 몸을 틀어 손짓하다가 균형을 잃고 말았다. 이웃은 그 틈을 파고들어 뒤에서 내 목을 졸랐다.

그때 소녀가 벌떡 일어나 부인과 아저씨를 잡아 일으켰다. 난 잠깐만 기다려 달라고 말하고 싶었는데 목이 졸려 못했다. 난 내 목을 조르는 이웃의 얼굴을 치고, 주춤하는 순간 힘껏 내팽개쳤다. 그때 이웃은 빙글 돌더니 나를 깔고 앉아 버렸다. 그녀는 이를 갈더니 날 마구 때렸다.

"잠깐만!!"

내 목소리에 소녀가 뒤를 돌아봐 주었다. 고등학교나 졸업했을까 싶은 얼굴이었다. 소녀는 내 눈을 보고 있었다. 그녀가 내 말을 들어주려는 것 같아, 나는 소녀를 향해 소리를 질렀다.

"얘야! 내가 그 팔백…….."

이웃이 내 입을 때렸다. 내 말은 또 끊기고 말았다. 근데 이때 이웃의 시선은 내가 아닌 그 가족에게 가 있었다. 뭔가 굉장히 갈망하는 눈으로 그 가족을 쳐다보며, 이웃은 절규처럼 소리를 질렀다. 마치 이웃 여자도 저 가족들이 가지 않기를 바라는 것 같았다.

이웃은 나를 내팽개치더니 소녀 방향으로 무릎을 폈다. 순간 또 모든 게 느려졌다. 이웃이 땅에서 솟아오르려는 그때, 이번엔 내가 그녀를 붙들었다. 이웃의 추진력이 얼마나 셌던지 내 몸도 덩달아 솟았다. 내가 이웃의 팔을 확 잡아 끌어당기니, 이웃은 팔이 잡힌 채로 뛰어 오르는 힘 때문에 몸이 꺾이며 어깨와 팔과 허리에서 우드득 소리가 났다. 그사이 소녀는 화들짝 놀라더니 문

밖으로 사라졌다.

아까 아저씨가 그랬던 것처럼, 나는 이웃을 잡아당겨 온몸으로 꽉 껴안았다. 나가 버린 소녀의 뒤로 철컹, 대피소 철문이 닫혔다. 잠시 조용하던 이웃은 이내 귀가 터질 듯한 고함을 질렀다.

나 또한 이 여자가 미웠다. 이 여자 때문에 저들의 얘기를 못 들었다. 이 여자만 아니었어도 우리 가족, 805호 얘기를 해볼 수도 있었다. 어디로 갔는지 정도는 물어볼 수도 있었다.

그녀는 숨을 헐떡거리며 나를 노려봤다. 나도 이웃을 노려봤다. 이웃의 눈빛이 끓어올랐다. 그녀는 먹잇감을 놓친 맹수처럼 살의를 뿜었다. 그녀의 몸부림은 더 거칠어졌고, 난 더 버텼다. 내가 그렇게 껴안고 있는데도 그녀는 지치는 기색 없이 주먹을 휘두르다, 두 손으로 내 몸통을 움켜쥐었다.

작고 가냘픈 몸 어디에서 이런 힘이 나오는지. 열 개의 손가락이 이빨 같았다. 이대로는 진짜로 죽을 것 같았다. 몸에서 힘이 빠져 나는 넘어지고 말았다. 이웃은 계속 내 몸에 손가락을 후벼넣으며 삵처럼 하악질했다. 그녀의 숨결에서 달콤하리만치 지독한 피비린내가 났다.

그 순간의 틈, 난 반사적으로 그녀의 팔꿈치 밑으로 내 팔을 넣고 단번에 펴면서 들어 올렸다. 그러자 그녀의 팔이 꺾이며 아귀힘이 빠졌다. 그때, 난 바닥의 쇠 파이프를 집어 이웃의 팔 틈에 엇갈리게 쑤셔 넣고 남은 힘을 단번에 짜냈다.

뼈 으스러지는 소리를 직접 듣긴 처음이었다. 이웃의 팔뼈가 살을 뚫고 튀어나왔다. 동물 울부짖는 소리가 났다. 몸부림치는 그녀의 눈에 핏기가 돌았다. 난 이때 빠져나왔다.

이웃은 무릎 꿇은 채 울부짖었다. 이내 소리가 잦아들고, 더 무서운 얼굴로 변해 거칠게 숨을 내쉬었다. 이웃의 머리통은 내 허리 높이에 있었다. 그녀의 핏빛 물든 눈이 내게 꽂히는 순간, 나는 손에 쥔 쇠 파이프를 있는 힘껏 휘둘렀다.

6
소시민

나는 보통 사람이다. 돈, 권력, 힘 같은 건 있어 본 적도 없는, 흔히 '개미'라고 부르는, 우리네 사람일 뿐이다.

위기는 불시에 찾아온다. 보통 사람에겐 특히 그렇다. 나도 개미답게 대비했다. 다달이 보험료 몇 개 내고, 일정 금액 저축하고, 건강검진, 자동차 점검도 받으라면 받고. 특별한 일에 대비하며 목록을 채우는 것조차 일상의 루틴이 되어 버린, 난 그런 소시민이었다.

그 목록에 이런 종류의 위기는 없었다.

위기라고 하기엔 말도 안 되는 일이었다. 짧은 시간 동안 이상한 일만 겪었다. 믿기지 않는 일을 연달아 겪어서 그런지 오히려 별일 아닌 것처럼 느껴지기도 했다. 갑자기 서 있는 것조차 힘들었다. 난 대피소 한가운데 주저앉

앉았다가, 아예 벌러덩 누웠다.

죽었고, 살아났고, 죽을 뻔했고, 죽였다.

실감이 안 났다. 얼마나 지났다고. 오래돼 빛바래 버린 잔상 같았다. 내가 겪은 게 맞는지 심지어 의심스럽기까지 했다. 힘이라도 없었다면 난 또 꼼짝없이 죽었다. 저기 누워 있는 게 나였을 수도 있었다.

왼손이 반짝였다. 결혼반지 두 개가 햇빛을 머금었다. 그러고 보니 아내에게 배웠던 거다. 팔 꺾는 거, 마운트에서 빠져나오는 거. 세상에 미친놈이 많다며 아내가 가르쳐 줬었다. 기억 저편에 남아 있었는지 몸 어딘가에 녹아 있었는지, 이렇게 내 목숨을 살렸다. 여기 있지도 않은 아내가 날 살렸다. 덕분에 살았다고, 만나면 꼭 말할 것이다. 이야깃거리가 하나 늘었다. 결혼반지에 묻은 먼지를 닦아 내고, 휘어 버린 쇠 파이프를 지팡이 삼아 일어났다.

대피소 문을 열자 털보가 있었다. 팔뚝에는 물린 자국이 있었고, 목은 아예 뒤로 돌아가 있었다. 불쌍하면 로드킬 당한 동물이 불쌍했지, 이놈은 하나도 안 불쌍했다. 난 털보의 다리를 대충 잡아끌어 대피소 안으로 던졌다. 생각보다 가벼운 녀석이 무거운 짐짝 소리를 냈다. 쇠 파이프도 던져 넣었다. 짤그랑 쇳소리가 귀를 찔렀다.

문고리를 잡으니 차가운 감촉이 싸했다. 어두운 대피소 안으로 멀리 하얀 게 보였다. 맞다, 사진! 당장 달려가 주웠다. 먼지 범벅인 게 속상해 입김으로 살살 불어 먼지를 털었다. 시체 두 구는 대충 취급했는데 사진 하나는 이렇게 소중했다.

아저씨의 주름진 갈색 모자도 있었다. 집어 들었다. 주인을 다시 만나게 되면, 아니 꼭 다시 만나서 돌려줘야지 생각했다.

계단을 올라오자 눈이 부셨다. 햇빛은 여전한데 주변은 생소했다. 매일 지나던 곳인데 어느 쪽도 나를 반기지 않는 것 않았다. 혼자라는 사실에 더 그런 것 같았다. 나도 가족과 함께이고 싶었다. 누구라도 내 편이 있었으면 좋겠다. 이 모자의 주인이 부러웠다. 들고 있던 모자를 머리에 얹었다. 눌러 쓰니 눈부심이 덜했다.

아스팔트 길로 올라오자 희미하게나마 사람 냄새가 있었다. 공중에 떠다니는 형광 분홍색. 눈에 보이는 것만 같은 냄새. 이 흔적을 쫓아가며 냄새를 맡으면 또 사람들을 찾을 수 있을 것 같았다. 난 힘차게 달렸다.

작은 아파트 단지를 지나 동네를, 도로를 지났다. 달

리는 동안에도 내 오감, 아니 다섯 개가 넘는 여러 가지 알 수 없는 감각들이 날 인도했다. 냄새가 눈에 보이는 것 같으면서, 진동이 귀에 들리는 듯하고, 소리가 피부에 닿았다.

두 발로 뛰던 나는 문득 팔다리를 다 써 보고 싶어졌다. 왠지 더 편하고 빠를 것 같았다. 문득 아이들과 함께 보던 만화영화가 생각났다. 야생에서 자란 인간 꼬마애가 여러 종류의 동물과 함께 소통하고, 동물처럼 생각하고 행동하고, 인간사회에 편입되려 노력하다 결국 야생으로 되돌아가는 그런 내용이었다. 주인공 꼬마는 팔다리로 네발짐승처럼 뛰었다. 8차선 도로에서 뛰어다니던 괴물 녀석들도 그런 모습이었다. 지금 내 몰골로 그렇게까지 했다가는 '그들'과 똑같아 보일 거였다. 난 인간답게 두 발로만 뛰기로 마음을 굳혔다. 잡다한 냄새만큼이나 잡다한 생각이 머릿속에서 사슬처럼 이어지는 사이, 어느새 버스 다섯 정거장만큼 뛰어왔다. 주변을 둘러보며 난 일부러 더 두 발로 섰다.

우리 집에서 걸음으로 20분은 넘게 걸리는, 한쪽은 6차선, 한쪽은 4차선 도로가 교차하는 사거리였다. 귀퉁이마다 5층, 10층짜리 건물이 있고, 은행, 핸드폰매장, 병원, 안경원, 편의점, 학원, 태권도장 등이 있는, 있을 건다 있어 사람도 꽤 돌아다니는 곳이었다. 지금은 불도 다 꺼지고, 자동차는커녕 사람보다 많던 비둘기 하나 안 보였다. 불법 주차가 없어 한층 넓어 보이는 도로가 어색했다. 고작 며칠 만에 변해 버린 세상이 두 눈으로 보고 있으면서도 믿기지 않았다.

사거리를 지나치려다 돌아왔다. 편의점을 눈으로 보니 잊고 있던 허기와 갈증이 아우성쳤다. 이럴 때일수록 깨끗한 정신을 유지해야 하는 것이 맞지만, 담배 한 모금이 사무치게 그리웠다. 마침 문도 열려 있었다.

편의점 문을 열자마자 온갖 냄새가 장풍처럼 밀려와 난 스프링처럼 튕겨 나왔다. 중고등학교 실험실이나 병원 입원실이나 응급실에 배어 있는 냄새 같기도 하면서, 지방 출장 때 들르는 자재 공장 냄새, 생수 페트병에서 났던 약품 냄새와 플라스틱 냄새, 붕산 냄새, 바닷가 비린내, 낙엽 타는 냄새, 스티로폼 녹는 냄새, 비닐 타는 냄새가 콧속을 멋대로 돌아다녔다. 살면서 한 번도 거슬려 본 적 없는 각종 첨가물과 방부제가 굳이 씹지 않았는데도 느껴졌다. 확인차 다시 문을 열었다가 바로 닫았다. 다시 숨 참고 담배와 라이터만 확 챙겨 나왔다.

내 몸이 저런 건 먹으면 안 된다고 온 힘을 다해 거부하는 것 같았다. 이제 더는 음식을 먹을 수 없게 되어 버린 건지, 이제 뭘 먹어야 좋을지 고민하며 자연스레 담배를 물고 불을 붙여 한 모금 마시려던 나는 그것조차도 퉤 뱉어 버렸다. 기침과 재채기가 동시에 터지는데, 이러다간 내장까지 튀어나올 것 같았다. 태어나 맛본 것 중 최악이었다. 맥주와 더불어 20년 넘게 둘도 없는 친구였지만 지금만큼은 꼴도 보기 싫었다. 계속되는 기침 때문에 난 허리도 펴지 못하고 있었다. 담배와 라이터는 내팽개쳤다.

바닥에 앉아 탄식하다 고개를 드는 순간, 짭조름하면서 고소한 내음이 번쩍 코를 스치며 동시에 건너편 건물이 눈에 확 꽂혔다. 나도 모르게 달려 1층에 들어서니, 한층 짙어진 냄새는 위에서 내려오고 있었다. 난 홀린 듯 냄새를 향해 뛰었다.

어느새 올라온 4층은 텔레비전으로 가득 차 있었다. 비싸서 엄두도 못 내던 것들이 무너져 깨지고 부서져 있었다. 그리고 그 구석에서 풍기는 냄새…….

시체가 있었다.

하나, 둘, 셋…… 넷. 맛있는 냄새라고 생각했던, 고소하고 달콤하면서도 짭조름했던 그것은 저 피범벅 시체들로부터 풍겨오고 있었다. 난 당연한 듯 시체로 다가서다 고개를 세차게 흔들어 저었다. 아무 생각 없이 몸이 멋대로 움직였다. 잠깐이지만 정신을 잃은 것 같았다. 미간과 콧등에 주름이 갈 정도로 눈을 질끈 감았다가 뜨기를 어지러울 정도로 반복했지만, 맛있는 냄새가 자꾸만 아찔했다. 다시 고개를 흔들다 눈을 떴다.

손에 피가 묻어 있었다. 어느새 이리 가까이 왔는지도 모르겠지만, 냄새가 날 끌어당겼다. 내가 왜 이러지, 고개를 더 세게 흔들었다. 그리고 그사이 손에 묻은 피를 핥았다.

의식하지 못했다. 손을 핥다가, 화들짝, 내가 더 놀랐다. 이게 무슨 짓인가 싶어 손을 털었다. 난 한동안 피투성이인 손을 쳐다보다가 구석의 정수기로 달려가 손을 씻었다. 얼마 남지 않은 물통의 물이 꿀렁였다. 물과 섞인 피가 하얀 바닥에 퍼졌다. 손을 씻으며 입맛을 한 번 더 다셨다. 희미하게 남아 있는 피의 맛과 향은 편의점 냄새와는 비교도 안 되게 좋았다. 난 또 고개를 흔들었다. 손을 박박 씻고, 입까지 헹궜다. 고개를 또 흔들었다.

한참 고개를 흔들다 멈추니 현기증이 왔다. 쓰러진 텔

레비전들이 하수구에 물 내려가듯 회오리쳤다. 그때, 사람 하나를 가릴 정도로 크고 비싼 텔레비전의 화면이 켜지는 듯했다.

발랄한 댄스 음악과 함께 이름도 모를 걸그룹이 춤을 추고 있었다. 처음 보는 소녀들인데 몸놀림이 익숙했다. 우리 딸이 겹쳐 보이다가, 어느새 소녀들은 사라지고 내 딸만이 남아 춤추고 있었다. 아내가 보내 준, 내 핸드폰에 숱하게 저장된, 핸드폰에서 노트북으로 옮겨 백업까지 시켜 둔, 수백 번은 돌려 봤던 모습이었다.

그 애는 걸음마보다도 춤을 먼저 췄다. 기어 다니면서도 그루브를 탔다. 나만의 착각일 수도 있겠지만 그 감동은 어쩔 수 없었다. 사람들에게 자랑하고 싶은 걸 참는 게 힘들었다.

큰애는 나와 다르게 남들 앞에 서는 걸 즐겼다. 유치원 때부터 학교에 가기까지 춤이건 노래건 기회만 있으면 놓치지 않았다. 아내는 그런 아이를 학원이나 기획사에 보내자고 했지만 난 반대했다. 뭐든 재능과 끼로 보일 때라고 생각했고, 저러다 말겠지 싶었다. 그런 내 생각은 얼마 전까지 변함없었다.

이 순간 어째서인지 생각이 바뀌었다. 난 내 딸에 너무 연연한 나머지, 아이의 미래를 위한답시고 자유와 가능성을 억압했던 것 같다. 아이를 붙잡고 학원이든 뭐든 보내 주겠다고 말하고 싶었다. 이 일과는 상관없지만 담배도 끊겠다고 할 수 있었다.

화면이 꺼지며 상념에 젖었던 내 정신도 돌아왔다. 딸이 춤추는 걸 더 못 보니 아쉬웠지만, 팔자 좋게 망상에나 빠져 있을 때는 아니기도 했다.

거리로 나왔다. 사거리에 서서 방향을 찾았다. 세상이 빙빙 도는 것 같았다. 누가 방향 좀 가르쳐 줬으면 했다. 비뚤어진 보도블록, 애매한 표지판, 칠 벗겨진 차선이 눈에 거슬렸다. 저렇게 눈에 띄는 것들이 이제야 머리로 들어왔다. 난 그동안 세상에 너무 관심이 없었나 보다.

그래도 혹시 모르니, 마음만은 급해서 어느 방향이든 힘껏 달렸다.

7
동료

달리는 와중에도 감각이 바짝 서 있었다. 저 멀리 보이지 않는 곳의 낙엽 굴러가는 소리가 들리는 듯했고, 커다란 건물 뒤편의 흔들리는 나무가 보이는 것 같았다.

세상을 더 높은 곳에서 볼 수 있으면 좋을 것 같아 무심코 하늘을 향해 뛰었다. 몸이 붕 떠 4,5미터짜리 신호등만큼 올라가니 덜컥 겁부터 나면서 중심이 안 잡혔다. 허공에서 팔만 허우적대던 난, 허리를 신호등 위에 부딪히고 접혔던 몸이 튕겨 바닥으로 떨어졌다. 고통 때문에 모든 감각이 무채색처럼 굳었다. 높이 뛰는 것보다 더 중요한 건 잘 떨어지는 법이었다.

신체 능력은 믿기 힘들 정도였지만 아픈 건 똑같았다. 누운 채로 저 높은 신호등을 올려다보고 있자니, 안 죽은 것만으로도 신기했다. 조금 쉬니까 괜찮아진 건 더 신기했다.

다시 일어나 달리면서, 낮은 곳부터 밟아 뛰어올랐다. 금세 익숙해져 도로 신호등과 이정표까지 올라왔다. 기둥 타고 벽도 타고 3층짜리 건물도 타고 그러다 건물에서 건물로 뛰었다. 베란다 문틀과 에어컨 실외기들이 도와줬다. 몸이 받쳐주니 마음도 단단해졌다. 겁나지 않았다.

7층 건물 옥상에서 내려다본 세상은 온통 분홍색이었다. 붉은색으로까지 보이는, 진한 분홍색이었다. 길바닥을 형광펜으로 칠해 놓은 것 같았다. 이 희한한 것은 방바닥 머리카락이나 화장실 구석 거미줄처럼, 별로 신경 안 쓰이다가도 집중하면 눈에 띄었다. 아까 아파트 복도에서 밖을 내려다봤을 때, 그리고 대피소 가는 길에 보였던 것과 같았다. 어디는 옅고 어디는 짙었다. 사람들이 지나간 후에 남는 흔적임을 이제 확실히 알 수 있었다. 흔적이 비교적 짙게 남은 길을 머리에 담아 두려고 난 한동안 그곳을 쳐다봤다.

내려오는 것도 얼마 걸리지 않았다. 원숭이처럼 벽 타고 한 박자 만에 내려와 기억해 놨던 길을 따라 달렸다. 달리다 보면 어딘지 모르게 되고, 그러면 다시 근처 건물

위로 올라가 훑어보고 다시 내려오고 그렇게 몇 번 하니 어느새 도시 한복판 빌딩 숲이었다.

여기부터는 분홍색 흔적이 잘 보이지 않았다. 올라가서 보면 좋을 것 같은데, 건물이 전부 높은데다가 매끈하기까지 해서 엄두가 나지 않았다. 난 입장을 돌려 생각해 보았다. 내가 쫓기는 처지라면 어디로 갔을까. 내가 저들이라면 어땠을까.

순간 빌딩 샛길 하나에서 인간의 기운이 강하게 풍겼다. 왠지 대피 중인 사람이라면 갔을 법한 은밀한 길이 있었다. 공기마저 숨죽이고 있는 것처럼 조용했다. 길을 따라 달리다가 관성 때문에 주체가 안 되면 두 손 두 발로 방향을 틀었다. 굳이 의식하지 않아도 벌써 몸이 알아서 벽을 타고 넘었다.

그때, 시야 끝으로 누군가의 붉은색 운동화 발이 스쳤다.

조용히 따라 들어가니, 있었다. 작은 공터에 사람들이 뭉쳐 있었다. 100명은 되는, 아니 200명일 수도 있다. 대피소 사람들보다 몇 배는 더 많아 보이는데도 약간의 웅얼거림을 포함해 훨씬 질서 있고 조용했다. 이들은 샛길을 통해 건물 뒤편으로 넘어가려는 것 같았다.

사람들과의 거리는 약 스무 걸음 정도였다. 숨을 삼켰다. 모자를 눌러쓰고 가장 뒤처진 한 남자 뒤로 섰다. 정의감 넘쳐 보이는 짧고 빽빽한 백발의 남자는 맨 뒤에서 사람들을 독려했다. 질서를 잘 지키면 더 빠르다, 거기까지만 가면 대한민국 군대가 지켜준다, 그런 얘기였다. 빽빽하게 선 그의 백발 사이엔 땀방울이 송송 맺혀 있었다. 백발을 가만히, 그냥 가만히 보고 있자니, 이유는 알 수 없지만 아내가 떠올랐다.

　아내가 계속 떠올랐다. 난 그 이유를 생각해내려 애썼다. 그때 눈앞에 보이는 '백발', 귀에 꽂힌 '군대'라는 단어, 그 두 개가 의식과 함께 회오리처럼 뒤섞였다.

　아내는 반 백발이다. 스물 후반 무렵부터 새치가 꽤 있었는데, 크게 신경 쓰지 않았다. 나 또한 그야말로 '간지'라고 생각했다. 마흔쯤 되니까 백발이 반도 넘게 덮였는데, 확실히 멋있었다. 쇄골까지 오는 백발의 가르마 머리는 그녀 특유의 어려 보이는 얼굴과 어우러져 오히려 새로운 멋을 이루었다. 사람들은 일부러 그렇게 염색한 거냐고 묻기도 했다.

　그런 그녀가 특히 '간지'를 풍길 때가 있었는데, 날 만나기 이전의 이야기였다. 내가 직접 볼 순 없어 안타깝지만, 아내는 사격술이 만발이라고 했다. "난 20발 중 4발이라, 사격 때마다 얼차려 받았는데." 했더니 그녀는 웃으며 "솔직하네."라고 말했었다.

그녀는 특전사 중사 출신이라고 했다. 7ㅇㅇ, 7로 시작하는 세 자리 숫자 부대인데, 특별 임무 뭐 그런 걸 수행했다는데 군필자인 나조차도 잘 모르는 부대였다. 그녀는 해외 파병도 다녀왔다. 맞다, 아내의 사막 군복이 아직 집에 있을 것이다. 아내를 포함한 술자리에서는 특이한 부대 '썰'을 남자가 아닌 여자에게 듣는 진귀한 광경이 나오곤 했다.

아내는 온갖 생존기에 능했다. 연애 시절 첫 여행지인 펜션, 분명 호숫가라고 해서 예약했더니 웬걸 산속 깊은 곳이었다. 픽업 차를 타고 가는 내내 나는 미리 생각해 왔던 놀잇거리들을 할 수 없게 돼 아쉽고 미안했는데, 막상 갔더니 그녀가 더 많은 것을 보여주었다. 불 지피기, 땔감 구하기, 먹을 것 찾기, 반합 밥 짓기에, 그녀의 각 잡힌 삽질은 아직도 강렬한 이미지다. 사람의 삽질 자세가 아름다워 보일 줄은 몰랐다. 펜션 주인조차도 그녀의 야전 능력에 감탄했다. 다 지났으니 얘기지만, 산 깊은 곳이라 오히려 더 좋았다.

술을 종류별로 먹었다는 날, 아내로부터 프러포즈를 받았다는 그 날, 그게 바로 이 날이었다. 이런 모습을 무서워하지 않고 같이 즐거워해 주고 좋아해 줘서 고맙다며, 그녀는 그녀답게 프러포즈를 해 왔다.

"내 평생의 동료가 되어 줄래?"

군대 색이 채 다 빠지지 않은 당시 그녀의 말투에 난 세게 반해 버렸고, 프러포즈를 '받은', 세계에서 몇 안 되는 남자가 되었다. 아이들 키우느라 정신없어서 잊고 지냈던 아내의 모습. 그렇게 난 그녀의 새치가 지금의 반백발이 되기까지 동료로서 함께해 왔다.

그녀를 올려다보고 있자면, 그 백발은 내겐 마치 후광과 같았다.

생각에 잠겨 있는 찰나, 백발의 남자가 고개를 뒤로 돌려 날 보더니 얼어 버렸다. 아차! 아내 생각에 깊이 빠져 버려 나도 모르게 고개를 들고 있었다. 남자는 숨을 가쁘게 쉬더니 탄식 같은 욕설을 내뱉었다. 사람들은 그 소리에 신속하게 반응했다. 앞에 있는 사람 전부가 뒤를 돌아봤다.

"나는 그…… 그게 아니라……."

난 최대한 '그들'과 다름을 보여주고자 표정을 풀고 두 손을 들어 손바닥을 보여주며 흔들었다. 사람들은 오들오들 떨고 있었다. 누군가는 급기야 울음을 터뜨리기까지 했다. 그런데 사람들의 시선이 이상하게 나보다 훨씬 뒤에 닿아 있었다. 난 그들의 시선을 따라 천천히 뒤를 돌아보았다.

나 또한 울상이 되었다.

어느새 '그들'이 포진해 있었다. 다급해진 이 순간, 아무 소리도 들리지 않는 것 같으면서 세상이 느려진 것 같았다. 내 뒤의 '그들'은 하나둘씩 도약을 준비하듯 무릎을 구부리고 있었다. '그들'은 무표정이었지만 왠지 즐거워 보였다.

그때 온몸이 굳으며 숨이 막혔다. 팔다리가 떨렸다. 소변이 나올 것 같았다. 무언가 나를 때리듯 짓누르는 것 같았다. 목이 저절로 움츠러들고 눈이 내리깔렸다.

그때 그놈이 들어왔다. 며칠 전 8차선 도로의 검은 실루엣.

코너를 꺾어 걸어 들어오는, 2미터는 돼 보이는 녀석이 풍기는 기운은, 그 기운만으로도 내 얼굴을, 온몸을 밀어내는 것 같았다. 죽어 있는 날 내려다보던, 그림자로 날 덮었던 그 녀석이었다. 본능이 아우성쳤다. 세포 하나하나가 저놈은 위험한 놈이라고 외쳤다. 녀석은 사람들을 보더니 멈춰 서서, 눈을 크게 뜨고 상체를 더 꼿꼿이 일으켰다.

키만 큰 게 아니라 모든 게 너무했다. 팔은 사람 허벅지만 하고, 목은 어찌나 두꺼운지 귀에서부터 시작되는 것 같았다. 목 양옆의 승모근만 해도 보통 사람 어깨만 했다. 머리카락은 박박 밀어 흔적만 남아 있고, 눈은 부글부글 끓어오르니 마주 보기 힘들었다. 지금같이 변해버린 모습이 아니었더라도, 일상에서 만났어도 무서웠을 사람이었다. 진짜 무슨 늑대나 호랑이, 고릴라 보는 기분이었다. 다 찢어진 옷 때문에 더 그래 보였다. 기원전 로마에나 살았어야 할 놈이었다.

그리고 그때 봤다. 저 덩치 녀석의 입꼬리가 꿈틀거린 것을.

덩치 녀석이 먼저 뛰어들었다. 이어 괴물들, '그들'도 날 뛰어넘어 사람들에게 달려들었다. 혼비백산한 사람들 사이, 덩치 녀석은 어느새 사람들 한가운데를 파고들어 잡히는 대로 휘둘러댔다. 연약하기 짝이 없는 인간들은 놈들에게 붙들려 힘없이 나부꼈다.

개중엔 의아하게도 습격을 멈추고 문득 멍하니 어느 한 곳만 응시하는 '그들'도 종종 보였는데, 그 시선엔 꼭 사람이 있었고, 그 사람은 이내 다른 '그들'에게 결국 당하고 말았다.

사람들의 눈에는 죽음이 가득했다. '그들'의 눈초리는 생기 가득했다. 사람들은 저항조차 못 했다. '그들'은 신나서 날뛰었다. 난 아무것도, 심지어 가만히 보는 것조차 할 수 없었다.

'그들'은 이번에도 날 건드리지 않았다. 전부 날 뛰어넘어 사람들에게 달려들었다. 난 이 보기 힘든 광경을 피해 고개를 돌렸다.

거기에 낯익은 사람이 있었다.

오 이사와, 그 옆엔…… 막내까지.

8
사회인

보자마자 알 수 있었다. 옷은 다 해어지고 안경도 쓰지 않은데다가 피부색이 엉망이 됐는데도, 세상 어디에도 없을 저 얼굴은 틀림없는 오 이사였다. 많은 사람 속에 섞여 있는데도 눈에 띄었다. 가장 만나기 싫은 사람인데, 그런데…….

반가웠다.

막내도 피부색은 좀 그렇지만 앳된 얼굴에 강아지 눈망울은 여전했다. 이름을 부르고 싶었는데 떠오르지 않았다. 사실 난 녀석의 정확한 나이도 몰랐다. 얼굴만 겨우 알아보는데, 그래도 반가워서 난 그들에게 달려가려했다.

하지만 반가움은 금방 사라졌다. 오 이사와 막내는 나

를 향해, 더 정확히는 내 뒤의 사람을 향해 흐트러진 머리
와 해어진 옷을 휘날리며 희번덕거리는 눈으로 달려왔다.

"막내야, 오 이사……님?"

이들만은 끔찍한 일을 저지르지 못하게 막는 것이 동
료로서 할 일이었다. 나중에 이 빌어먹을 상태를 치료하
고 나면, 우린 분명히 치료될 거니까, 그때 가서 후회할
일은 말려야 했다. 난 달려오는 오 이사를 잡으려 손을
뻗었다. 그새 오 이사는 날 지나쳤다. 그를 미처 잡지 못
한 내 손은 옆의 막내에 닿았다. 막내의 팔을 잡으려다가
손이 미끄러지며 팔에서 옷깃으로 흐르고, 결국 막내의
머리채를 잡고 말았다.

휘청하더니 멈춰 선 막내가 천천히 고개를 돌렸다. 녀
석의 눈에 살기가 들어차는데, 마치 들짐승, 아, 대피소
에서 싸웠던 이웃 여자 같았다.

"마, 막내야! 나……."

순간 번쩍 내 허리가 꺾이며 몸이 하늘로 치솟았다. 그
때 막내의 이력서 한 부분이 떠올랐다. 자격증 칸에 달랑
'태권도 4단'뿐이라, 스무 살 넘은 녀석이 운전면허증도
없느냐고 핀잔을 줬었다. 공중에 뜬 내가 다시 내려오고
있을 무렵, 막내는 회축을 돌렸다. 막내의 오른발이 내

턱에 정확히 꽂혔다.

턱이, 얼굴이 먼저 돌아가고, 나머지 몸이 따라 돌았다. 한참 날아가 바닥에 떨어져, 뒹굴고 뒹굴어 구석에 박혔다. 몸을 일으키려는데 기침이 터지며 시야가 캄캄했다. 아무 소리도 안 들렸다. 고꾸라지며 겨우 팔로 바닥을 짚었다. 안개 같은 먼지구름이 걷히면서 이제야 삭신이 아렸다. 턱을 죄어 오는 통증이 오면서 시야를 가리던 어둠도 걷혔다.

사람들은 반항하고, 누군가는 덤벼 보기도 했고, 필사적으로 빠져나가기도 하며 서로를 지키려고 애썼다. 모두 목숨 걸고 도망치거나 싸웠다. '그들'은 공놀이하듯, 맹수가 먹잇감을 갖고 놀 듯 사람을 가지고 놀았다. 근데 난 무력하게, 그렇게 엎드려 고개만 흔들고 있었다.

막내는 50대 전후로 보이는 남자에게 매달려 있었다. 갓 사회인이 되어 새파란 얼굴로 입사했던 녀석은 마치 기성세대에 보복이라도 하듯 그 남자의 허벅지를 무자비하게 물어뜯고 있었다. 보고 있자니 내가 다 아팠다. 난 겨우 몸을 일으켜 벽에 등을 대고 앉았다.

자기 일에 열중하던 막내가 눈을 번쩍 들었다. 눈이 마주쳤다. 난 움찔 고개를 깔았다가 눈알만 들었다. 녀석의 입가는 검붉었고 검은 눈동자는 맑게 빛났다. 이내 막내는 질려 버린 장난감 팽개치듯 시체를 던졌다. 멀지 않은 곳의 오 이사도 몇 가닥의 머리를 휘날리며 자기 일에 열중하고 있었다.

그때 불현듯 녀석의 이름이 뇌리를 때렸다.

"후…… 훈아!"

나도 모르게 소리쳤다. 목이 바짝 말랐다. 마른 숨을 삼켰다. 막내는 돌아서려다 만 것 같은 어정쩡한 자세로 멈춰 서 있었다.

"훈아! 그래, 이제 생각났다! 네 이름, 훈이……!"

동료 여직원들조차도 시샘하던, 녀석 특유의 작고 도톰한 선홍색 입술은 피 때문인지 더 붉게 빛났다. 그새 볼은 좀 야윈 것 같았다. 리트리버 같던 눈은 붉은 기가 진하게 돌았다.

난 벽에 기대고 앉아 있던 허리를 일으키며 한 번 더 말했다.

"그래, 훈아. 나 알지……?"

막내는 나를 흘끔 보고는 다시 또 다른 도망자에게 매달렸다. 어쩐지 난 맥이 풀려 주저앉았다. 문득 녀석에게 발로 차인 가슴과 턱이, 특히 가슴이 너무 아팠다.

이들은 결국 괴물이었다.

기억도 없고 말도 안 통했다. 오 이사도 막내도 이웃 여자도 그랬다. 그저 사람들에게 달라붙어 물어뜯는 데만 정신이 팔려 있었다. 이 괴물들은 한참 시체를 물어뜯다가 이젠 아무 데나 벌러덩 널브러지더니 휴식을 취했다. 어느새 막내도 자빠져 있었다. 세상 편하게 감은 눈으로 새근거리는 걸 보니 한숨이 더 나왔다. 막내에게 허벅지 뜯긴 사람은 그새 변해 버린 피부로 두리번거리고 있었다.

사람에게 덤벼들어 물어뜯고, 사람은 산 채로 뜯기고, 뜯긴 사람이 잠시 후 다시 일어나 비틀거리고, 맘껏 먹은 녀석들은 행복한 듯 쓰러져 잠드는 꼴을 가만히 보고만 있을 순 없었다. 세상 어딘가에 이것을 연구하고 노력하는 사람들이 분명히 있을 것이다. 그렇게 믿는다. 인간은, 우리는 늘 그렇듯 답을 찾을 것이다. 난 믿는다.

다른 피난민도 어딘가에 많이 있을 거였다. 그렇다면 난 '그들'보다 먼저 발견해서 더 멀리 도망가게끔 만들든지, 치료제든 뭐든 찾아서 이 '괴물'들을 바꿔 놓든지 해야 했다. 그걸 내가 해야 했다. 제정신인 괴물은 나밖에 없는 것 같으니, 내가 해야 했다.

몸은 어느새 다 풀려 움직일 만했다. 내가 회복이 빠르니 이 괴물들도 그럴 거였다. 오 이사도 근처에 있었다. 완전히 나자빠져 있는 꼴이 가관이었다. 이 모양이 되어서까지도 어쩜 저렇게 그대로인지, 정말 한 대 쥐어박고 싶었다. 그러면서 또한 어떻게든 방법을 찾아야겠다는 마음이 더 단단해졌다. 이대로 내버려 둘 순 없었다. 막내를, 오 이사를, 사람들을 이 수렁에서 구해 내야 한다. 평소엔 있는 줄도 몰랐던 동료 의식이라는 것은 이 지경이 되어서야 꿈틀거렸다.

내가 달리기 시작하자 멀리서 귀를 때리는 괴성이 들렸다. 콕 집어 내 귀에 대고 하는 것 같았지만 예민해진 탓이겠거니 했다. 난 속도를 더 냈다. 괴성이 한 번 더 들렸다. 조금 전과는 또 다른, 기막힌 포효였다. 난 멈추지 않았다. 소리가 한 번 더 들렸지만 그냥 달렸다. 그러자 짧고 낮은 소리가 귀에 꽂혔다. 정확하게 나를 가리켜 "야!"라고 하는 것 같기도 했고, "너!"라고 하는 것 같기도 했다. 마지막 경고음 같았지만, 그래도 무시하고 달렸다.

그때 휘잉, 휘파람 비슷한 소리가 가까워지더니 쾅, 묵직한 것이 앞에 떨어졌다. 덩치 녀석인데, 놀랄 새도 없이 녀석은 내 머리통을 두 손으로 잡아 들더니 내동댕

이쳤다. 난 발버둥 한 번 못 치고 모자와 분리되며 멀리 날아갔다. 내 몸이 괴물 무리 한가운데에 떨어져 나뒹굴 때, 덩치는 고폭탄처럼 솟아오르더니 널브러진 내 복부를 내리찍어 버렸다.

고통이 극에 달하니 오히려 아무 소리도 낼 수 없었다. 돌에 찍힌 지렁이처럼 온몸이 꼬였다. 등에 닿아 있던 보도블록까지 깨져 덜그럭거렸다. 입에서 피가 튀었다. 덩치는 발을 들어 나를 털어 내더니 손에 남은 모자를 맨손으로 찢어 버렸다. 녀석은 뒤돌아 걸어가며 킁, 짐승이 숨 뱉는 소리를 냈다. 찢어진 모자 조각이 내 몸과 얼굴에 내려앉았다.

몸이 움직이지 않았다. 아무것도 떠오르지 않는 와중에 우리 가족들만은 무사하길 바랐다. 쏟아지는 졸음에 눈이 자꾸만 감겼다. 난 힘겹게 뜨고 있던 눈을 감았다. 이번에야말로 정말 죽는 건가 싶었다. 그러자 솔직히, 조금은 편해졌다.

9
그들

짧지만 깊은 낮잠이었다. 이번에도 난 살아 있었다. 해는 여전히 높았다. 몇십은 되는 '그들'은 어느새 일어나 똑같은 무표정에 초점 없는 눈으로 삼삼오오 모여 똑같은 모양으로 흐느적거리고 있었다. 멍하니 서 있다가 알 수 없는 따가움에 뒷골에 전기가 튀며 소름이 돋았다. 난 천천히 시선을 돌리다가 굳어 버렸다.

쪼그려 앉은 덩치가 날 쳐다보고 있었다. 늑대 같은 눈초리에 고릴라 같은 몸뚱이로, 두 팔을 바닥에 대고 앉아 있으니 진짜 괴수 같았다. 난 차마 녀석을 쳐다볼 수 없었다. 녀석은 내게서 눈을 떼지 않았다. 감시하는 듯한 저 눈, 난 벌써 이 무리의 일부가 되어 버린 건가 보다. 이제 마음대로 빠져나가지도 못하게 됐다.

처음 마주쳤을 땐 죽어 있었으니 넘어갔다. 이제는 진짜 죽기라도 해야 이 무리에서 나갈 수 있을 것 같았다. 덩치를 못 본 척 딴청 피우며, 난 회사처럼 눈치 봤다. 또 맞기는 싫으니 어쩔 수 없었다. 한참 안 보다가, 다시 슬쩍 눈알만 돌렸다. 또 눈이 마주쳤다. 녀석은 여전히 날 쳐다보고 있었다. 황급히 고개를 돌리고 내가 뭘 할 수 있을지, 뭘 해야 좋을지 고민했다. 이내 난 눈동자에 잡혀 있던 힘을 천천히 풀고 고개를 슬쩍 떨궜다. 먼저 몸에 힘을 빼고 흐느적, 몸을 조금씩 움직였다.

그렇게 난 '그들' 흉내를 냈다. 무표정에 초점 없는 눈으로 똑같이 흐느적거렸다. 덩치 녀석이 아직도 나를 보고 있는지 궁금했지만 또 눈이 마주칠까 무서워 당분간 그냥 이러고 있기로 했다.

조용한 가운데 간헐적으로 괴상한 소리가 들렸는데, 괜하게 입맛을 다시는 소리 같기도 했고, 딸꾹질 소리나 어떤 노래의 추임새 같기도 했다. 교실이나 사무실에서 딸각대는 볼펜 소리처럼 달팽이관을 뚫고 들어와 갈수록 거슬렸다. 날 둘러싼 세상이 저 괴상한 소리로 가득 찼다.

그때 크아앙 포효에 모든 게 멈췄다. '그들'의 눈이 또

렷해졌다. 덩치가 움직였다. '그들'의 고개가 따라 움직였다. 녀석들의 초점 없던 눈동자가 지금은 빛나고 있었다. 덩치가 몸을 휙 돌리니, 그들 전부가 따라 달렸다.

어느새 500도 넘어 보이는 괴물들은 일사불란하게 움직였다. 흐름 타고 움직이는 물고기 떼처럼, 진형 갖춰 날아가는 철새처럼 달렸다. 넋 놓고 보다가 화들짝 나도 따라 달렸다.

오 이사도 막내도 같이 달렸다. 도로는 '그들' 때문에 생긴 먼지가 안개처럼 자욱했다. 나는, 아니 우리는 멈추지 않고 오토바이만큼이나 빠르게 달리는데도 낙오자가 없었다. 멀리 보이는 한강 물결 위엔 햇빛이 내려앉아 있었다. 오 이사와 막내를 당장은 모르는 척할 수밖에 없었지만, 난 그래도 끊임없이 그들에게 관심을 둘 것이다.

내 인생 신조 중 하나는 '남이야'였다. 평소 타인에게 관심이 별로 없고, 누군가가 나에게 관심 두는 건 더더욱 싫었다. 오 이사는 원래 싫었는데 내 일거수일투족에 관심을 보이니 더 싫었고, 선거철마다 연락해서 몇 번 찍을 거냐고 묻는 고등학교 친구 놈이 어이없었고, 1년에 한 번 만나면서 연봉 상승 폭부터 집은 자가인지 전세인지 묻는 대학 동기가 난감했고, 내가 어디서 뭐 하는지를 전화할 때마다 대답할 때까지 캐묻는 친척 형은 답답했다. 그럴 때 늘 속으로 생각하던 것이 바로 '남이야'였다. 남이야 뭘 하든 무슨 상관일까. 난 그들이 뭘 하든 어디에 있건 관심 없는데. 순서가 반대일 수도 있었다. 내가 관심받는 게 싫어서 남에게 관심을 주지 않는 것일 수도 있었다. 뭐가 먼저든 간에, 싫은 건 싫은 거였다.

이렇다 보니 난 아내에게도 큰 간섭을 하지 않았다. 타인 중에서 가장 관심 많은 사람인데도 그랬다. 그녀도 그녀 나름의 삶이 있는 건데, 내가 그녀를 감시할 수도 없는 노릇이고, 무엇보다 우린 한 몸이 아니지 않나. 모든 걸 알기란 애당초 불가능한 일이라고 생각했다. 처음으로 다른 인간의 인생에 온전히 관심 두고 관찰하게 됐던 건 아이들이 생기고부터인데, 그건 다른 얘기였다. 지키기 위해서였지 간섭하기 위해서가 아니었다.

그런 내가 지금 '남'에게 관심을 두고 있었다. 난 '그들'의 손짓, 몸짓, 움직임, 눈빛, 소리, 냄새(향기라고는 칭할 수 없는)를 관찰했다. 그들만의 규칙을 알아내고 싶었다. 내가 살아남기 위해서이기도 했지만, 가족을 찾기 위함이었다. 억지로지만 이 '조직'에 들어온 이상, 그리고 나갈 수 없게 된 이상 이 모든 걸 두 눈으로 똑똑히 보고 낱낱이 관찰하고 이들을 고쳐 줄, 우리 가족들을 지켜 줄 만한 믿음직한 사람들에게 전달해야 했다. 결국에 난 이 지독한 질병을 고쳐 가족의 품으로 꼭 돌아가야 했으니까.

내부 고발자가 되는 한이 있더라도 그래야 했다. 그러려면 관심을 가져야 했다.

이런저런 생각과 함께 달리는 사이, 어느새 멀리 진회색 시멘트 담벼락과 그 위로 얽힌 윤형 철조망들이 보였다. 저것들이 무엇을 뜻하는지 군필자라면 알 수 있었다.

군부대.

그래도 명색이 군대인데, 다 죽을 수도 있는데, 덩치는 마치 좋은 길로 안내라도 하듯 그 담벼락 앞에 서 있고, 이 무모한 무리는 코를 킁킁대며 달려갔다. 내 머리는 따라가지 말라고 하건만, '그들' 속에 섞여 가던 오 이사와 막내는 이미 군대 특유의 시멘트 벽을 간단히 뛰어넘었고, 무엇보다 내가 망설이는 동안 덩치는 줄곧 날 쳐다보고 있었다.

나도 벽을 넘어야 했다.

* * *

병사들은 이미 뜯기고 있었다. '그들'은 총알 따위 무시하고 벽 넘고 언덕 타고 사방으로 들쑤셨다. 실전 경험 없는 어린 병사들은, 아니 설령 있다 하더라도 이런 괴물들의 상대는 될 수 없었다.

곳곳에서 수류탄이 터지고 지뢰가 폭발했다. 맨몸으로 시가지를 뛰어서 가로질렀는데도 '그들'은 지친 기색 하나 없었다. 오히려 싸울수록 생기가 돋았다. 날렵하고 가벼운 몸과 발은 늑대 같았고, 날카롭고 단호한 시선은 사냥하는 독수리 같았다.

그때, 공기 가르는 소리에 바로 옆에 있던 괴물 하나가 풀썩 쓰러졌다. 난 생각할 새도 없이 시멘트 벽 뒤로 숨었다. 쓰러진 괴물의 머리는 형체를 알아보기 힘들었다. 저게 나였을 수도 있다 생각하니 숨이 턱까지 차올랐다.

괴물은 연달아 쓰러졌다. 영화나 게임과는 달랐다. 머리가 날아간 채로 덤벼든다거나, 비장하게 무릎을 꿇으며 쓰러진다거나, 쓰러진 후에도 몸부림친다거나 하지 않았다. 저격총의 명쾌한 격발과 동시에 즉시 누웠다. 그냥 원래 그랬다는 듯 허무하게 풀썩, 끝이었다. 역시 군인들도 나름의 작전이 있었다.

문제는 그 때문에 내가, 나야말로 죽게 생겼다.

덩치는 특히 군복에 미친 녀석처럼 굴었다. 맨손으로 피떡을 만들다 말고 핏대를 세우며 괴성을 질러대곤 했다. 녀석의 입술이 퍼드득 떨렸다. 뭐가 그리 싫은지, 그 증오 가득한 소리는 귀를 타고 들어와 허파까지 조였다. 덩치의 소리에 '그들'도 하나씩 자세를 고쳐 잡기 시작하며 오히려 눈에 핏대를 세웠다. 사냥놀이라도 하는 것처럼 어디론가 튀어 나가더니, 저격수들이 숨은 곳을 귀신같이 찾았다.

나는 이 알 수 없는 분위기에 압도되어 잠시 멍하니 싸움을 지켜봤다. 그때 문득 공기 중 산소처럼 잠시 잊고 있었던 그 분홍색이 눈에 띄었다. 이렇게 보니 숨은 저격수들이 훤히 보였다. 녀석들은 목숨 따위 아끼지 않고 달려들다가 머리가 터져 죽거나, 달라붙어 물어뜯거나 둘 중 하나였다.

덩치는 더 불타올랐다. 몇 발의 총알을 맞고서도, 아니, 맞을수록 더 날뛰었다. 그 불꽃 튀는 눈은 단순한 사냥이 아니라 뭔가를 채우려는 갈망 같았다.

이런 정신 나간 싸움이야 누가 이기든 난 그저 살아야

겠다는 생각뿐이었다. 덩치가 정신없는 틈을 타 도망가는 것도 좋은 생각 같았다. 저격수의 위치에 따라 숨을 곳을 찾는데 허벅지에서 따끔, 전기가 튀었다.

다리를 부여잡고 쓰러지며 즉시 총상임을 알았다. 머리를 맞았을 때와는 느낌이 달랐지만 정신이 아득해지는 건 비슷했다. 얼굴이 구겨지면서 시야가 일그러지고 눈에 핏기가 돌았다.

고개를 세차게 흔들어 제정신을 되찾고 보니 기껏 숨은 곳이 폐타이어 무덤이었다. 다리는 어느새 출혈이 멎어 있었다. 겹겹이 쌓인 폐타이어 너머로, 멀지 않은 곳에서 소총 부리를 겨눈 병사 넷이 천천히 다가오고 있었다. 난 바로 몸을 숨겼지만, 10여 미터 앞의 병사들은 내게 무차별 사격을 퍼부었다. 찢겨 나간 타이어 파편이 흩날렸다.

"잠깐!!"

조용해졌다. 난 손 들고 천천히 일어섰다.

"나 사람이야! 쏘지 말고 말을……."

총알 세례가 이어졌다. 말이 끝나지도 않았는데 이번에도 사람 말은 들어보지도 않고 총을 쏴댔다. 온몸이 저릿한 게 아마 여러 발 맞은 모양이었다. 난 눕고 말았다.

팔다리가 말을 듣지 않았다. 몇 번 죽을 뻔, 아니, 죽어 봐서 그런지 몸도 무감각한데 이제 기분마저 무덤덤했다.

네 명의 병사들은 총을 겨눈 채 다가왔다. 그들은 수술 대의 의사들처럼 날 둘러싸고 얘기를 나눴다.

"눈까리 하고는 씨앙, 징그럽게도 생겼네. 살아 있나?"

"시상하부를 부숴야 한답니다."

"시상 뭐? 또 문자 쓰네, 대학생 티 내냐?"

"뚝배기 깨면 됩니다. 대가리."

"진작 그리 말해야지."

"그냥 쏴 버리지 말입니다?"

"멀리서는 괜찮았는데 막상 보니까…… 어후, 좀 사람 쏘는 것 같기도 하고, 피 튈 것 같기도 하고, 이래저래 낸 몬하겠다. 니가 쫌 해라."

장난꾸러기 같은 앳된 얼굴들이, 하는 말은 섬뜩했다. 고참으로 보이는 녀석이 누군가를 부르자, 작지만 단단 해 보이는 병사가 관등성명과 함께 걸어 나와 개머리판 을 들어 올렸다. 개머리판 그림자가 얼굴에 드리웠다.

'잠깐만'이라고 말하고 싶었는데 입 안에서만 웅얼거 렸다. 단단한 병사는 내 말을 잠시 듣는가 싶더니 피식 웃었다.

"뭘 중얼대. 이놈은 특히 말 많지 말입니다."

병사들 그 누구도 내게 귀 기울이지 않았다. 놈은 이를 악물더니 개머리판으로 내 이마를 찍었다. 골 전체가 흔들려 숨까지 멎는 기분이었다. 순간 눈이, 시야가 사라진 듯 세상이 검었다.

개머리판이 또 이마를 찍었다. 눈에 피가 난 것처럼 세상이 온통 검붉게 보였다. 문득 목 뒷줄기가 뻐근하도록 화가 치밀었다. 손가락이 움직였다. 흙바닥을 손으로 긁었다.

"야! 이 새끼!"

"안 되겠다 마, 쏴 버리자. 다 뒤로 나온나, 피 튈라."

녀석들은 날 겨누며 뒷걸음쳤다. 난 몸이, 마음이 불타오르는 것 같았다. 염통 깊은 곳으로부터 혈액이 끓어오르는 것 같았다. 이를 악물자 뿌드득 갈렸다. 악문 어금니 틈새로 끓는 소리가 삐져나왔다.

난 나도 모르게 뇌까렸다.

"이 개새끼들……."

눈이 불붙은 것처럼 뜨거웠다. 시야가 붉어진 그딴 건 안중에도 없었다. 용기가 폭죽처럼 솟구쳤다. 어린 시절부터 아껴 둔 패기인지, 잊고 있었던 박력인지, 긴 사회

생활에 억눌린 울분일지 모를, 말로 표현 못할 기운이 일어났다. 호흡이 거칠어 제어가 안 됐다.

"나 인간이라고, 이 개새끼들아!!"

목청이 나왔다. 비명 같기도 했다. 쇠 긁는 소리가 섞인, 몸속 장기가 터지는 소리 같기도 했다.

시야가 깜빡였다. 성치 않은 팔다리인데도 몸이 펄쩍 뛰었다. 녀석들의 총구가 연거푸 불을 뿜었다. 총알이 천천히 내 얼굴과 귀와 팔다리를 스치고 지나갈 때, 깜빡이는 시야도 붉게 번쩍였다. 내 손이 녀석들에게 닿으려는 순간, 주먹에 힘이 들어갔다. 병사들의 총부리는 더욱 불을 뿜었다.

그때, 괴물 둘이 나보다 먼저 놈들을 덮쳤다.

오 이사와 막내였다. 병사들은 순식간에 널브러진 시체가 됐다. 난 그대로 바닥에 엎어졌다. 또 이렇게 살았다. 살아 있는 중이었다. 살아 있고 있었다. 오 이사와 막내는 손부터 얼굴까지 피투성이로, 병사들은 순식간에 '처리'돼 있었다. 난 엎어진 채로 몸만 어정쩡하게 돌려 오 이사와 막내를 번갈아 보다가, 바닥에 널린 시체를 보곤 온몸이 저려 힘이 빠져나가며 그대로 퍼졌다.

오 이사와 막내는 그렇게 날 구해 주곤 눈도 안 마주치고 훌쩍 뛰어 어디론가 가버렸다.

잠깐, 날 구해 줬다……?

오 이사와 막내가 정말 날 구해 준 건가? 그냥 보고 있다가 인간이 있으니까 덮친 건가, 아니면 정말 아주 조금이나마 날 기억하고 죽게 생겼으니 도와준 건가?

엎어진 채로 난 눈을 뜨고 있었다. 햇빛이 뒤통수를 찔렀다. 눈이 감겼다. 피 냄새와 화약 냄새는 공기 중에 섞인 채 여유롭게 떠다녔다. 멀리 곳곳에서 터져 나오는 괴성과 비명과 총소리는 자장가 같았다. 만신창이인 몸은 아직도 말을 듣지 않았지만 머릿속으로는 오 이사와 막내가 아른거렸다. 두 사람, 날 알아보지도 못하던, 이제 괴물이 되어 버린 그 둘이 나를 위해 싸우고, 살렸다. 난 둘에게 목숨을 빚졌다.

아파트에서 만난 옆집 여인도 그랬다. 집을 지키고 누군가를 기다리는 것처럼 보였다. 지금 오 이사와 막내는 함께 다니다가 방금 내가 위기에 처했을 때 나타나 도와줬다. 본능이라는 건가, 혹은 책에서나 봤을 법한 무의식 같은 게 남아 있는 걸까? 그래서 옆집 여자는 가족을 기다리느라 집 앞에서 서성거렸던 건가? 오 이사와 막내는 우연이 아니라 정말 '나'라는 사람을 도와주러 온 게 아닐까?

그런데, 그러거나 말거나, 내 의식은 점점 지하 깊은 곳으로 빨려 들어가는 것 같았다.

* * *

여전히 싸움 중이었다.

팔다리는 뻣뻣했지만 몸을 일으킬 정도는 됐다. 실수로 제 편을 쏘는 군인도 있고, 물어뜯고 있는 동료를 차마 쏘지 못하는 군인도 있었다. 물린 군인은 얼마 지나지 않아 군복 입은 괴물이 되었다. 이제 군복만으로는 피아를 식별할 수 없었고, 중기관총은 말 그대로 긁어대니, 싸잡혀 희생된 군인도 꽤 있을 법했다.

괴물들은 멈추지 않았다. 중기관총 사수들도 결국 당하고 말았다. 오 이사와 막내도 군인들을 해치우고 있었다. 둘이 뿌리치기만 해도 군인들은 튕겨 나갔다. 수많은 괴물의 머리가 한순간에 없어지는 모습에, 인형처럼 사지 펄럭이며 나부끼는 군인들을 눈으로 좇다 보니 현실감이 하나도 없었다. 갑자기 이 모든 것이 무슨 게임이라던가 실없는 장난처럼 느껴졌다. 몰래카메라 같은 거였으면 좋겠다고 생각했다. 코미디언이 짜잔 하고 나타나 꽃다발 주면 얼마나 좋을까 생각했다. 이렇게 현실감 없는 현실은 비현실적인 소원이나 빌게 했다.

다리 한쪽만 굳어 있고 나머지 팔다리는 잘 움직였다. 이걸로 확실해졌다. 보통의 사람은 이 싸움에서 이길 수 없다. 차원이 다른 회복력과 생명력, 어지간한 둔기만큼이나 강한 맨손, 무엇보다 이들은 죽음을 두려워하지 않는다. 죽음을 두려워하지 않는 자들을 막을 건 없다. '그들'은 죽는다는 게 뭔지 모르는, 아니 어쩌면 이미 죽은 자들이다. 반면에 군인들은 그냥 사람일 뿐이다. 총과 폭탄과 칼이 죽음의 공포를 막아 주진 못한다.

난 사람인가, 괴물인가, 죽은 자인가. 내 손과 발과 몸이 생소하게 느껴졌다. 흙투성이로 피가 뒤엉긴 팔과 다리를 보니 나야말로 과연 살아 있기는 한 건지 의심스러웠다. 난 고개를 세차게 저었다.

"살아 있어! 그래."

괜히 소리까지 내어 중얼거리는데 손이 떨렸다. 회복이 덜 되어 그런지 기분 때문인지는 알 수 없었다. 떨리는 오른손을 주머니에 넣었다. 손에 사진이 닿았다. 감촉만으로도 마음이 편해지는 것 같았다.

싸움은 한쪽으로 기울고 있었다. 물론 '그들'의 우세였다. 난 당분간 이들에게 붙어서 연명하는 것을 노선으로 삼았다. 더 획기적인 계획과 작전을 찾기 전까진 생존이 최우선이었다. 살아 있어야 뭐라도 할 수 있었다. '그들'을 극복하기 위해 '그들' 속에 있어야 했다.

혼란 속에 비명 같은 외침이 울려 퍼졌다. 후퇴. 병사들은 이런 상황에서조차 "후퇴하시랍니다!" 하는 군대 특유의 존댓말을 썼다. 뒷걸음치는 군인들을 보며 오 이사와 막내는 고개를 갸웃거렸다. 마치 끝나가는 산책이 아쉽다는 듯, 더 놀아달라고 보채는 개처럼 헐떡이다 네발짐승처럼 벽을 타고 지붕을 넘어 쫓아갔다. 저런 둘에게 목숨을 구걸 받다니 참나, 오히려 실소가 났다.

멀리 군인들이 퇴각하는 길목 끝으로 좀 더 진한 분홍빛 안개가 보였다. 병사들의 움직임은 일사불란했다. 게다가 퇴각하는 위치는 입구도 아니고 출구도 아니고, 뒤쪽 산으로 통하는 길이었다.

좁은 산길 초입, 관측되지 않도록 꺾인 길. 강도 높은 불안감이 내 미간 주름 사이로 파고들었다. 그때 전기가 찌릿, 뇌리에 아렸다.

10
살인자

안 된다고, 가지 말라고, 속이 쏟아질 것처럼 소리를 질렀더니 몸이 덜덜 떨렸다. 정작 오 이사와 막내는 어깨춤이라도 추는 것처럼 풀쩍풀쩍 뛰어가고 있었다. 말을 해도 못 알아먹으니 답답해 죽을 지경이었다. 회사에선 각자 다른 의미로 피해 다녔던 둘을 이젠 내가 쫓아가게 생겼다.

그때 천둥소리가 꽝 울렸고, 난 온몸으로 넘어졌다.

땅이 지진처럼 흔들렸다. 공기가 질정질정 울렸다. 망치로 고막을 때린 것 같았다. 수류탄과는 차원이 다른, 이건 지뢰나 폭탄이었다. 여기저기로 흙, 나무, 철조망이 떨어졌고 뒤이어 떨어진 건 팔과 다리였다.

퇴각로에서 멀지 않은 곳에 반쪽만 남은 시체가 널브

러져 있었다. 이때 또 쾅, 연이은 폭발에 반쪽짜리 시체가 나뒹굴었다. 시체와 그 주변의 흙먼지가 서서히 느려졌다. 다시 한번 폭발이 이어지더니, 시체가 공중에 뜨며 그 초점 없는 눈이 나와 마주쳤다.

오 이사였다. 그 팔다리는, 저 몸뚱이는, 오 이사라는 걸 난 알 수 있었다. 순간 급기야 시간이 멈춘 것처럼 느껴졌다. 난 직장생활 내내 함께했던, 직장생활 내내 미워했던, 한 사람을 보고 있었다. 그렇게 미워했었고, 정말 말 그대로 패고 싶었는데.

그런 그가 죽었다.

오 이사는 외로운 사람이었다. 이유는 간단했다. 모두가 싫어했기 때문이다. 외모 때문만은 아니었다. 물론 그렇다고 해도 할 말 없는 표정과 눈초리였지만, 인간은 단지 외모만으로 타인을 꺼리고 그러진 않는다.

오 이사는 사업한답시고 재산 다 말아먹고 집에서 펑펑 놀다가 부인에게 등 떠밀려 들어온 전형적인 낙하산이었다. 사장님 놀이만 하고 싶던 사람이 조직 생활을 하려니 잘 풀릴 리 없었다. 열등감과 자격지심이야말로 그의 유일한 원동력이니 실적에 목숨 걸었고, 실적이란 것은 눈으로 보는 숫자였으니, 숫자놀음에 너무 몰두한 나머지 죽어나는 건 늘 직원들이었다.

그가 자격 미달 낙하산이라는 걸 안 순간부터 나는 그를 향한 인간적 관심을 차단했다. 게다가 직급은 이사, 나 같은 과장 따위가 사람 대 사람으로 친해져야 할 이유는 없다고 생각했다. 난 야근을 핑계로 그와의 사적인 자리를 매번 거절했다.

집에는 가기 싫었는지, 소문에 의하면 부인이 지나치게 뛰어난 탓이라고들 하는데, 늘 부하직원들을 붙잡고 늘어졌다. 어떻게든 식사 자리 한번 만들려고 고집을 부려댔다. 돈이라도 내면 몰라, 문제는 계산도 제대로 안 했다. 하는 수 없이 법인카드를 쓰게 되고, 결정적인 순간에 활동비가 부족해 총무팀에서 지지고 볶는 건 결국 부하직원들이었다. 직원들도 저절로 그와의 시간을 꺼렸다.

오 이사는 점점 자리에 앉아서 영화를 보기 시작했다. 그는 그 짓거리를 꼭 퇴근 시간쯤에 시작했다. 물론 파일 담당은 막내였다. 막내가 회사라는 곳에서 맡은 첫 업무가 불법 다운로드였다.

이사라는 사람이 자리에서 뻗대고 영화나 보고 앉았으면, 물론 나야 그러건 말건 나가 버렸지만, 대리 사원

급들은 퇴근도 못 했다. 모두가 불평하며 눈치를 줘 봤지만 듣지도 않을뿐더러 알아차릴 센스도 없었다. 직원들은 오 이사가 말단직원 시절을 겪어 보지 않아서 그런다는데, 내 생각은 달랐다. 저런 종류는 밑바닥을 겪어 본다고 해서 딱히 배려라는 것이 생기지 않는다. 생겼다 한들 알면서 일부러 더 못되게 굴 수도 있는, 그런 인간이라는 게 내 결론이었다.

그런데 지금 공중에 뜬 그의 시체를 보고 있으니, 보이지 않던 그의 모습을, 이해되지 않던 그의 행동을 이제야 조금 알 것 같았다. 집에 가봤자 좋은 소리는 못 들을 테니 회사에 있었던 거고, 개인 카드는 눈치 보여 당연히 쓸 수 없고, 어떻게든 인정받고 친해지려 발버둥 치다 보니 무리수를 둔 거다. 그의 자발적 해외 출장 덕분에 한 명은 안 가도 됐는데, 그게 나였다. 난 덕분에 집에서 갓난아이를 볼 수 있었다.

그랬었다. 그 또한 발버둥 쳐왔던 거다. 그래서 그렇게 더 외로운 사람이었나 보다. 직급 차이 때문일지, 낙하산이기 때문일지, 난 애초부터 그를 향한 마음의 문을 닫아 두었기에, 그래서 내 눈이 멀어 그를 제대로 보지 못했던 것일 수도 있었다.

멈췄던 시간이 원래대로 돌아왔다. 공중에 부양하던 흙먼지들이 후두둑 떨어졌다. 오 이사는 한 바퀴 더 돌고 떨어졌다. 가슴이 아려오는 느낌과 함께 잠시 떠나갔던 내 의식도 제자리를 찾아왔다. 수류탄 터지는 소리와 총알 지나가는 소리와 비명이 다시금 선명히 들렸다. 눈 뜬 채로 생각에 잠겨있다가 화들짝 주변을 살피는데, 시야가 뿌옇고 흐릿해 눈을 여러 번 깜빡였다.

막내는 살아 있었다. 막내도 망연히 오 이사의 시체를 바라보고 있었다. 그럴 뿐이었다. 사방에서 총탄이 빗발치고 산 자들과 또 다른 자들이 뒤엉켜 서로 죽이고 살아남으려 바쁜 그 현장의 한가운데인데도 막내는 그러고 서 있었다. 총알 몇 개가 막내를 스칠 때마다 피가 튀었다.

"야 이놈, 훈아!"

못 알아들을 걸 알지만 다급해 부르고 말았다. 그런데 그때, 막내가 천천히 고개를 돌렸다. 정확히 나를 향해 눈동자까지 돌렸다. 눈이, 확실히 눈이 마주쳤다. 난 두 발이 꼬여 비틀거리면서도 맹목적으로 막내를 향해 달렸다.

"들려?! 훈아! 그래, 훈아. 거기 위험해, 이리 와……!"

녀석이 그대로 있었다. 말이 효과가 있는 것 같아 희망이 생겼다.

"우리, 어떻게든 살아서……."

그때 녀석은 자세를 낮췄다. 막내의 찌푸린 미간 옆으로 핏대가 섰다. 난 제발 그러지 말라고 소리쳐 빌었다. 내 바람과 달리 막내는 괴성을 내뱉더니 군인들 틈으로 뛰어들었다.

날뛰는 막내는 좋은 표적이었다. 죄다 그에게 총알을 퍼부었다. 막내는 총알을 맞아내면서도 팔을 휘둘렀다. 막내의 몸에서 피가 튈 때마다 내 시야도 붉게 번쩍였다. 분명 눈을 뜨고 있는데 마치 내가 깜박이는 것처럼 세상이 점멸했다. 빨갛게 점멸하던 세상은 어느새 짙게 드리우더니 그 속도가 더 빨라졌다. 햇빛이, 세상 전체가 깜박이는 것 같았다. 명치에 불덩이 같은 것이 맺혔다.

막내가 쓰러졌다. 그때, 몸속의 불덩이가 터지는 것 같았다. 그 불기운은 온몸의 구멍으로 솟구쳤다.

그때 세상 모든 불이 꺼진 것 같았다.

* * *

잠깐 잠들었던 것도 같았다. 필름 끊긴 기분이었다. 고개를 흔들며 눈을 깜빡이는데, 두 손이 피에 젖어 있었다. 옆구리가 아팠다. 어깨도 아팠다. 총상인 것 같았다. 눈으로 확인한 순간 아파서 신음이 나오며 몸이 굽는데, 발밑이 이상했다.

거기엔 내 발에 밟힌 채 숨을 헐떡이는 한 병사가 있었다. 병사는 쿨럭이며 피를 토했다. 화들짝 발을 떼자, 병사는 웅크리더니 가늘고 엷은 숨을 이어갔다. 그가 숨을 내쉴 때마다 흙바닥에 피가 흩뿌려졌다. 난 뒷걸음치다 주저앉았다. 병사의 숨이 잦아들다 멈췄다. 그의 눈은 감기지 않았다.

주변은 온통 갈가리 찢긴 군인들 시체로 가득했다. 움직이는 생명체라곤 날 보며 고개를 갸웃거리는 '그들' 몇 명뿐이었다.

기억이 깜빡였다. 두통이 왔다. 단편적인 장면들이 연기처럼 떠올랐다. 막내가 죽는 모습, 내가 뛰어들던 것, 총을 빼앗아 휘두르고, 총에 맞고, 군인들을 때렸다. 그러다…….

더 알고 싶지 않은데, 자꾸 떠올랐다. 병사들을 해치는 장면이 연이어 깜빡였다. 머리가 아팠다. 누군가 뇌를 쥐어짜는 것 같았다. 그만, 안 돼, 따위를 여러 번 소리 내 말했다. 두통이 가시면서 입술이 떨렸다.

난 살인자가 되었다.

오 이사와 막내의 죽음을 보자 이성을 잃었고 그대로 달려들어 사람을 죽였다. 나도 인간이 아니었다. 난 '그들'과 같은, 괴물이었다. 대피소에서 이미 변해 버린 이웃을 해치운 때와는 달랐다. 혼자 살겠다고 날뛰던 털보 녀석이 죽은 모습을 봤을 때와는 달랐다.

변하지 않은 사람을 죽였다. 내가 직접 내 손으로 저질렀다.

이러다 가족조차 못 알아보는 괴물이 되어 버리면 어떻게 하지. 그럴 바엔 아예 세상에서 없어지는 게 낫다. 이제야 만난 동료를 순식간에 잃고 다시 혼자인데, 저들처럼 말도 안 통하는 진짜 괴물이 되어 버릴 바엔, 정말로 없어지는 게 낫다.

온몸에 힘이 빠졌다. 우는 소리가 나왔다. 눈물은 나오지 않았다. 마른 울음 때문에 몸이 들썩였다. 난 흙바닥에 엉덩이 깔고 구부정하게 앉은 채로 그러고 있었다. 하늘은 어느 날보다도 맑았다. 햇빛이 뒷덜미를 찔렀다. 고개를 가슴팍으로 파묻었다. 오늘의 해는 유달리 오래

직각으로 머무르는 것 같았다.

햇빛을 피하고 싶었다. 겨우 일어나 정신 나간 사람처럼 걸었다. 넘어지지 않을 뿐인 모습으로 어느새 막사 건물에 이르러, 낮은 계단을 기어 통로로 들어가자마자 엎어졌다. 그렇게 한 10미터 정도 기어가다가, 사지를 펼쳐 바닥에 얼굴까지 뻗었다. 차디찬 돌바닥에 시체처럼 누웠다. 낮게 깔린 냉기가 뒤통수를 스쳤다.

바깥의 흙바닥은 햇빛에 빛나다 못해 흰색이었다. 밖에 인기척이 있어 쳐다보니 변색된 녀석 몇이 서성거렸다. 녀석들은 어째 괴물이 되고 나서 더 뭉쳐 다니는 것 같았다. 인간성을 잃어가면서도 무리에 대한 유대감은 있는 건지, 도대체 무엇이 인간성인지, 조금 전 맨손으로 사람을 여럿 죽인 나는 괴물인지 인간인지, 골치가 아팠다. 이 와중에도 난 생각이라는 걸 하고 있구나. 가만히 누워서 잡생각에나 빠져 있는 나 자신이 가증스러웠다. 난 눈만 끔벅이다 차라리 반대로 고개를 돌렸다.

눈을 감았다. 냉기가 머리에 달라붙었다. 특히 머리 쪽이 그랬다. 냉기는 고요하고, 차분했다. 주머니에 손을 넣었다. 사진이 만져졌다. 그때 문득 아내 목소리가 들리는 듯했다.

예전에 아내가 했던 말을 요약하자면 이랬다. 무언가를 생각하지 말라고 하면 무조건 그걸 떠올린다. 이것이 인간 뇌의 역할이며, 하지 말라고 하면 오히려 더 강조한다는 것이다. 그래서 아내는 아이들에게 "울지 마." 대신 "잘 생각해 봐."라고 했던 거고, 내게 "오 이사랑 싸우지 마."라는 말 대신에 "잘 해결하고."라고 말했던 거다. 만약 울지 말라고 했다면 애들은 더 울었을 거고, 내게 싸우지 말라고 했다면 난 그날 분명 오 이사와 십중팔구 싸웠다.

아내가 군인 시절, 빠르게 침투하면서도 숱한 장애물을 피할 수 있었던 건 "나무를 피해."가 아니라 "길을 찾아."였기 때문이라고 했다. 나무에 부딪히면 안 된다는 생각만 가지면 나무에 부딪히게 된다, 길에 집중하면 나무가 안 보인다는 얘기였다. 길에만 집중하면, 길은 생각보다 지나가기에 넓다는 말까지.

그래, 장애물을 피할 생각만 하면 내 뇌는 장애물만 떠올릴 것이다. 좋다, 아내가 알려준 대로 한다. 난 내 길만 생각한다.

뒤통수가 뜨끈해졌다. 덕지덕지 붙어 있던 냉기가 날아갔다. 이제야 막사 내부가 눈에 들어왔다. 군대답게 군

더더기 없었다. 미군과 함께 쓰는 부대라 팻말은 영어로 돼 있었다. CP는 커맨딩포스트, 지휘통제실이고 HQ는 헤드쿼터니까 작전본부……. 그때 눈이 번쩍 뜨였다. 난 홀린 듯 CP로 들어갔다.

문에서 끼익, 오래된 소리가 났다. 난 전화기부터 들었다. 송수화기에는 작은 글씨로 인쇄된 부대 이름과 번호가 붙어 있었다. 아무 번호나 눌렀다. 유선전화라 신호는 있었지만 여러 군데 해봐도 받는 곳은 없었다.

구석 자리 컴퓨터 본체는 열려 있었다. 전역하고 20여 년인데도 거기가 작전장교 자리인 것쯤은 알 수 있었다. 전원 버튼을 눌러 봤지만 역시 켜지지 않았다. 실제상황답게 하드를 떼 갔다. 뒷걸음치다 옆의 종이상자를 발로 차버렸다. 세단된 종이들이 거품처럼 흩어졌다. 종이 잔해를 맞춰 볼까 잠깐 고민이 되긴 했다.

생각해야 했다, '인간'적으로. 내가 여기 병사라면 어땠을까. 상황 발생이나 전투준비태세에서 병사들은 모든 뒤처리를 해야 했을 거고, 원칙적으로 모든 서류는 파기해야 하지만, 상황이 끝나고 다시 돌아왔을 때 서류를 모두 다시 구비해야 한다. 분명 간부가 해야 하는 일이지만 그 모든 일은 병사에게 떠넘겨졌을 것이다. 그러니 다시 돌아올 걸 대비해 중요한 서류 숨겨 놓는 곳을 따로 두었을 것이고, 그곳은 보통……

살짝 벌어진 천장 텍스가 눈에 확 들어왔다. 난 옆에 보이는 책상을 끌어와 올라서서는 천장 텍스 안으로 얼굴을 들이밀었다. 미소가 절로 지어졌다. 그럼 그렇지, 혼잣말까지 했다.

서류철 여러 개가 천장 지지대마다 걸쳐 있었다. 문제는 거리가 있어 팔을 휘저어도 닿지 않았다. 들키면 안 되니까 깊이 숨겨 놨을 것이다. 팔만 허우적대다 포기하고, 대신 십(十)자로 설치된 천장 지지대를 두 손으로 붙들어, 숨 조금 들이쉬고, 으라챠 힘을 줬다.

천장 전체가 뜯겼다. 텍스가 나부꼈다. 서류철은 나비처럼 펄럭였다. 군부대 천장을 부수다니. 그 무섭던 지휘통제실을 엉망으로 만들다니! 험난했던 군 생활을 이제야 보상받는 기분이었다. 높은 책상 위에서 발밑으로는 먼지가 자욱하니 무슨 무대 같았다. 기분이 조금은 나아졌다.

쓸모없어 뵈는 서류철은 창문으로 날렸다. 서류철은 날리는 족족 유리창을 깨부수고 퍼덕이며 떨어졌다. 사병 목숨보다 귀하게 여겼을 전투세부시행규칙, 국지도 발지도 등은 일부러 더 세게 던졌다. 기분이 훨씬 좋아졌다.

하나의 서류철에서 손이 저절로 멈췄다. 아무 표식도 없는 겉면으로부터 왠지 모를 위화감과 무게감이 풍겼다. 서류철을 열자 첫 장부터 주민등록증과 운전면허증, 여권을 비롯한 신상에 관한 것들이 빼곡히 인쇄돼 있었다. 누구이기에 이렇게…….

아, 이 자료, 덩치 녀석에 대한 것이었다.

현재 괴물의 상태에 대한 자료로 시작된 그 두툼한 서류는 '그들'을 역시나 인간이 아닌 존재로 분류했다. 감염 경로는 직접 접촉, 바이러스로 추정. 비교적 멀쩡한 상태의 인간만이 감염. 몸체가 숙주라서 급소는 동일, 즉 심장, 뇌, 호흡기 등이 치명적. 신체적 능력이 수치상으로 인간의 약 5~30배에 달하므로, 죽이지 못하면 몇 분 사이에 회복해서 다시 덤벼든다. 전염성 정신병이거나 뇌 손상을 입히는 바이러스(여기서는 가장 가까운 예로 광견병을 들었다), 혹은 뇌에 기생하는 괴생물체 때문이라는 의견도 있었다. 빙하가 녹으며 퍼진 2만여 년 전 미생물이라는 설도 있었다. 생고기와 피를 즐기고, 이성이

사라진 상태로 행동한다. 즉흥적이고 본능적인 감각으로 모든 판단을 내린다. 동물적으로 강한 자를 알아보고 그것을 중심으로 무리 지어 다닌다며, 그 무리의 우두머리가 바로 덩치 녀석이라는 것이었다.

구정빈이라는 이름의, 나보다 네 살 어린 그 녀석은 타고난 골격과 반사 신경으로 국가대표급 운동선수가 될 몸이었다. 온갖 종류의 운동을 섭렵했는데, 늦둥이 여동생을 보호하려다 맨손으로 상대를 죽게 만들어 과실치사로 퇴출. 집안의 몰락과 병을 얻은 두 부모 등 여러 사정으로 꿈도 결혼도 미룬 채 타고난 몸 하나로 온갖 일을 다 해온 사람이었다. 녀석 역시 가족 하나 지켜보겠다고 많은 걸 포기한 사람이었다.

그의 경력과 유도, 역도, 격투기, 사설 경호, 유흥업소 기도 등에, 주소변경 이력을 끝으로 간결한 가족관계 칸이 있었다. 부모와 동생까지 별다른 정보는 없었다. 다만 전부 '사살'. 사망도 아니고 사살. 마치 임무 완료 딱지 같았다. 비상사태로 자진 복귀한 전역 특수부대원과의 사투 끝에 벌어진 사살이었다. 아무리 괴물이 되었다지만, 그게 구정빈의 눈앞에서 벌어졌다면 과연……? 그렇다면 지금 저자에게 남아 있는 건 무엇일까. 그래서 그렇게 군복에 특히 환장하는 것처럼 보였던 걸까. 내가 위기에 처했을 때 도와주러 왔던 회사 동료 둘의 모습과, 오 이사가 죽은 순간 뛰어들던 막내의 모습이 눈에 선했다. 어쩌면 괴물이 되어 버린 '그들'도, 가족이나 동료에 대한 불씨가 조금은 살아 있는 건지도 모른다.

괴물에 대한 것과 우두머리인 덩치 녀석에 대한 것까지, 이렇게까지 파악이 되어 있을 줄은 몰랐다. 역시 사람들은 호락호락하지 않다. 방법을 찾는 중인 것이다. 믿음이 좀 더 생겼다.

그렇게 구정빈 얘기로 빼곡한 열 장 남짓의 문서가 끝나자, 뒤에 겹쳐 있던 얇은 문서가 팔랑 떨어졌다. 바닥에 떨어진 몇 장 안 되는 서류는 괜한 이끌림이 있었다. 주워 펼친 자료의 첫 장에서 머리가 멎고 말았다.

아내의 모습이 있었다. 맨 앞이 그녀의 얼굴이 담긴 전역증이었다. 한 번 더 확인해도, 주민등록번호까지 그녀가 맞았다. 이게 왜 여기 있나, 싶으면서도 또 전역증 있는 아내라는 특별한 사실이 괜히 조금은 뿌듯했다. 그 외에도 여러 명의 정보가 함께 있었지만 그런 건 당연히 눈에 들어오지 않았다. 내겐 오로지 아내만 보였다.

15년도 더 된 전역증의 조악한 사진 속 아내는 참 앳됐다. 참 하얀 사람인데, 사진 속에선 가무잡잡했다. 전역 직전이라 그런지 눈빛은 사자 같았다. 사진을 보니 그동안 왜 안 보여줬는지도 알 것 같아 피식 웃음이 나왔다. 오늘에서야 그녀의 전역증을 처음 봤다는 사실에 아쉽고 미안하면서 진작 보여달라고 하지 못했던 게 또 아쉬웠다. 같이 봤다면 더 재미있었을 것 같았다.

남다른 전역증, 그래서 그녀가 여기에, 아, 그녀가 나왔다던 '700'의 세 자리 숫자는 '707' 특수 임무 대대였다. 군필자인 나조차도 잘 모르는 특수부대. 아내는 그런 무서운 곳 출신이었다. 그녀는 아이들 엄마이기 전에, 내 아내이기 전에, 특수 군인이었고 무술 능력자이며 생존 및 살상 전문가였다.

아내는 이런 능력이 있으면서도 티 한번 낸 적 없었다. 물론 특정한 상황, 예를 들면 캠핑 같은 데서 범상치 않은 기술들을 보여주곤 했지만, 과거의 자신이 얼마나 특별한 사람이었는지 일부러 드러낸다거나 애써 표현하지 않았다. 그냥 이것저것 하다 보면 그 아우라가 자연스럽게 풍길 뿐이었다. 그럴 때 나는 감탄하며, 이렇게 특출한 스킬이 있는데 아쉽지 않냐고 묻기도 했다. 그녀는 이렇게 대답했다.

"강하고 멋지긴 해. 근데 가정을 이루기 썩 좋은 직업은 아닌 것 같았거든."

　찬란했던 20대를 바쳐 가며 얻은 능력인데도 그렇게 의연하게, 아쉬운 티를 굳이 내진 않았다. 그래서 그런가, 그녀가 기술을 보여줄 때는 유독 신나 보였다. 캠핑만 가면, 바닷가든 산이든 계곡이든 지형에 맞는 온갖 종류의 묘기를 볼 수 있었다. 덕분에 아이들이야말로 벌써 생존 전문가가 다 됐다.

　그녀의 칼 던지기는 정말 일품이었다. 과녁을 정하면 칼이 빨려 들어갔다. 손잡이가 아니라 칼날을 손바닥과 손가락 경계선에 맞춰 잡고 던져라, 나도 배웠다. 근데 내가 하면 꼭 이상한 데로 날아갔다. 온갖 호신술도 그녀가 가르쳐 줬다. 멱살 잡혔을 때, 몸통을 잡혔을 때, 뒤에서 습격당할 때, 권총 빼앗는 방법, 목 조르는 법, 그러고 보니 대피소에서 이웃 여자한테 잡혔을 때 나도 모르게 튀어나온 기술도 그거였다. 날 한참 열띠게 가르치다가, "상대가 흉기를 들었을 땐?" 하더니 뒤도 안 보고 도망치는 그런 위트도 있었다. 가르칠 때 누구보다도 눈이 반짝거리던, 교관으로 남았어도 참 잘했을 사람인데 가정을 이루기 위해 그걸 다 포기한 존재가 내 아내라는 사람이었다.

그런 그녀와 내가 힘을 합쳐 유지해 온 가족이었다. 우리 각자가 가진 모습들을, 가족을 유지하기 위해 서로에게 양보하기도 하고, 스스로가 자신에게 양보하기도 하며 그렇게 버텼다. 그렇게 우린 가족을 지켜왔다.

이런 인생의 동반자를 난 절대 포기할 수 없다. 주머니 속 사진을 꺼냈다. 조금 구겨졌지만 사진 속 아내와 큰딸, 작은아들은 여전히 밝게 웃고 있었다. 몸 어딘가에서 꺼져 가던 불이 다시 켜진 기분이었다. 눈도 머리도 더 맑아지는 기분이었다. 말 그대로, 힘이 생겼다.

예방약과 치료제가 개발 중이라는 말로 이번 서류는 끝났다. 그래, 난 살아남는다. 치료가 빠를수록 우리 가족을 만나는 것도 빨라지는 거다. 난 끝내 가족과 함께할 거다. 그게 내 운명이다. 이 몸을, 피를 바쳐서라도 난 치료받을 것이다.

그렇게 내 결심을 굳히며, 그런데 굳이 아내가 왜 여기에 포함되어 있을까 하는 의구심과 함께 마지막 페이지를 봤을 때…….

뒤통수에 불이 붙은 것처럼 심장이 죄어 왔다.

서류 마지막엔 무슨 장군의 서명이 있었는데, 괴물의

수장 격인 '구정빈 일가 사살의 혁혁한 공'을 인정하여 아내를 비롯한 서류상의 인원들에게 총기 사용과 군부대의 지원을 허가한다는 내용이었다.

난 종이와 펜을 들어 간단하게나마 내가 겪은 일과 주변 상황을 적기 시작했다. 언제 마주치게 될지 모를 '사람'들에게 전해 줄 편지 같은 거였다. 하나둘 써 내려가다 보니 어느새 나는 내게 있었던 일들과 겪은 일, 내가 느낀 기분, 내가 도움이 되리라는 것, 그리고 내 염원이 담겼다. 고작 이면지일 뿐이지만 내겐 부적에 가까웠다. 이게 무사히 전달되기만 한다면 나처럼 아직 의식이 남아있는 감염자가 있다는 걸 알게 될 것이고, 그에 따른 조치가 있을 것이다. 그러면 내가 이 괴물들 틈에서 뭔가 해볼 수도 있는 것이다. 난 단순히 가족을 찾겠다는 마음을 넘어, 저 덩치 녀석이 아내를 알아보고 해칠 수도 있겠다는 두려움과, 그녀를 지켜내야 한다는 절박함을 의욕과 희망으로 바꿔 놓고 있었다.

뒤에는 아내를 위한 편지도 썼다. 손편지, 참 오랜만이었다. 난 손글씨에 꽤 자신 있어, 회사 이력서도 손으로 썼었다. 이메일이 신기한 시대를 지나 이제 손편지가 더 반가운 시대가 됐으니, 아내의 마음을 얻어내는 데도 한 몫했다고 본다. 그만큼 내 글씨는 자신감이기도 했다. 얼굴보다 글씨가 더 잘생겼단 얘기도 들었다. 이 난리가 끝나면, 이제 아내에게 손편지도 더 자주 쓰리라 다짐했다.

쾌 집중한 것 같았다. 시간 가는 줄 몰랐다. 날림 글씨지만 정신없이 쓰다 보니 분량이 꽤 됐다. 난 A4 세 장 되는 종이를 곱게 접으며 한 번 더 염원을 담았다.

그때 끼익, 오래된 경첩 소리를 들었다.

난 분명히 들었다.

11

은인

긴장의 순간엔 자신도 모를 능력이 나오곤 한다. 그 순간엔 숨까지 멎는 기분이다. 난 그게 '인기척'이었다. 회사에서, 멀리 오 이사의 기척이 나를 향해 있으면 난 그걸 느꼈다. 퇴근 시간엔 오 이사를 피해 기척 하나 없이 도망가곤 했다. 남의 기척을 느끼거나 내 기척을 숨기는 것, 손글씨와 더불어 내가 자부하는 능력 중 하나였다.

내가 들은 건 경첩 마찰음이었다. 고양이처럼 문으로 다가가 개처럼 귀를 기울였다. 멀지 않은 곳, 복도 저편 화장실에 기척이 있었다. 난 분명 귀를 문에 대고 있는데, 문 건너편이 눈에 보이는 것만 같았다. 문을 단번에 열고 지휘통제실 밖으로 고개를 내밀었다.

약 10미터 거리에 화장실 표식이 보였다. 그리고 그것,

연분홍빛 안개가 피어오르고 있었다. 바로 가서 문을 열었는데 멍청하게도 거울에 비친 내 모습에 놀라 허둥대다 낮은 문턱에 다리가 걸렸다. 내 외마디 비명과 문 열리는 소리, 타일에 살갗 부딪히는 소리까지 요란한 화음을 내며 넘어졌다.

그래도 조용했다. 분홍빛 안개는 네 개의 좌변기 칸 중 가장 구석에서 풍기고 있었다. 문에 다가가 슬쩍 귀를 댔다. 아무 기척도 없었다. 문을 톡톡 두드렸다. 인간이자 문화인임을 알리는 신호처럼 여겨 주길 바랐다. 여전히 조용했다. 살짝 문을 당겨 봤지만 움직이지 않았다. 문틈은 너무 좁아 안을 볼 수 없었다.

"문 좀 열어 봐. 괜찮아."

아무 반응이 없었다. 난 잠깐 고민하다가, 문 위를 당겼다. 문짝이 통째로 뜯겼다. 군대 시설을 마음대로 부수는 건 꽤 기분 좋은 일이었다. 난 묘한 쾌감이 일어 미소를 짓고 말았다.

앞엔 말로 표현할 수조차 없을 정도로 사색이 된, 음소거로 울부짖는 병사 하나가 있었다. 그럴 만도 한 것이, 문은 뜯겨 나간 데다가 난 미소 짓고 있었다. 나보다 키도 덩치도 커 보이는 병사는 좌변기 옆 구석에 구겨진 채로 눈은 질끈 감고 바들바들 떨고 있었는데, 아직 젖살도 안 빠진 오동통한 볼에 두꺼운 검정 뿔테가 순박해 보였다. 어디서 많이 본 것 같은, 길에서 흔히 보이는 얼굴이라 더 친숙해 보였다. 볼 위의 솜털엔 눈물이 맺혀 있었다.

괜히 말 꺼냈다가 또 역효과 날까 봐, 난 두 손바닥이 보이게 펼쳐 공격 의사가 없음을 알리고 병사가 진정하길 기다렸다. 병사는 이내 눈을 슬쩍 떴다. 가만히 있는 날 보더니 병사는 천천히 호흡을 다듬었다. 난 어색하나마 고개를 한 번 끄떡해 보였다. 그렇게 하면 이 분위기를 조금이나마 누그러뜨릴 수 있을 것 같았다.

병사가 흐느끼기 시작했다. 목 깊은 곳으로부터 꿀렁거리는, 희한할 정도로 못생긴 소리를 내며 울었다. 난 괜히 미안해 눈알만 굴렸다. 그렇다고 마냥 이렇게 있을 수는 없었다. 난 지휘통제실에서 썼던 편지를 꺼내 병사의 눈앞에 펼쳤다. 병사는 눈물을 삼키느라 딸꾹거리기만 했다.

"잘 들어. 잘 봐. 이건 편지야."

앳된 얼굴의 병사 녀석은 커어엌 하는 더 못생긴 소리를 내고는 제 손으로 제 입을 틀어막더니 또 눈을 감아 버렸다. 내 참을성은 점점 바닥나고 있었다. 녀석을 살짝 흔들었다. 호칭을 부르고 싶은데 야, 너, 이런 건 좀 정 없게 느껴지고, 마침 이름표가 눈에 띄어 난 녀석을 "어이, 송 일병." 하고 불렀다.

녀석은 더욱 움찔거렸다. 녀석이 다시 진정되길 기다리는 수밖에 없었다. 답답함에 탄식이 절로 나왔다. 녀석은 또 실눈을 뜨다가 나랑 눈이 마주치자 다시 눈을 감아 버렸다.

"송 일병! 눈 좀 떠 봐, 인마. 자, 이거 봐."

난 녀석의 눈앞에 편지를 흔들었다. 녀석은 보는 건지 아닌지 그저 딸꾹거리기만 했다. 사실 딸꾹도 아니고 커흙, 케흡, 같은 한국어로 표현 불가능한 소리였다.

녀석은 계속 눈치만 봤다. 내 편지 한 번 보고, 나 한 번 보고. 도대체 모르겠다는 표정으로 목젖만 움찔거리고 있었다.

"이것 좀 보라고⋯⋯! 이 새끼, 어딜 보는지 알 수가 있나⋯⋯."

녀석은 처음에만 순박해 보였지, 좀 더 살펴보니 그냥 멍청해 보였다. 맹한 얼굴로 눈빛도 흐리멍덩하고 초점도 깨끗하지 않았다. 놀라고 당황해서 그러는 건지 원래 그런 놈인지는 알 수 없었다. 내가 녀석의 얼굴 앞에 편지를 자꾸만 들이밀자, 녀석은 편지를 보긴 보는 모양이었다. 하지만 이내 눈물과 물음표를 가득 머금은 눈으로 다시 날 쳐다봤다. 아주 짧은 정적이 흐르고, 녀석은 떨리는 성대와 꺽꺽대는 호흡에 맞춰 힘겹게 입을 뗐다.

"아니 뭐, 뭐라고, 커흡, 어쩌라고, 힉, 이 괴물, 새끼야, 케헴, 아니, 살려 줄 거면 빨리 살려 주던가, 씨팔 좆같이 생긴 새끼가, 사람 갖고 노나 씨팔, 개 좆같은 소리만 계속 내고 존나 무서워 죽겠네, 씨파어엉엉엄마……."

"이 새끼 봐라? 야, 인마!"

버럭 화를 냈더니, 욕쟁이 녀석은 으어어 하며 다시 온몸을 움츠리더니만 온몸을 부들부들 떨며 우는 소리를 냈다.

"아니 씨발, 아흑, 살려주세요, 이 씨팔놈아……."

난 녀석의 멱살을 잡아 일으켰다.

"읽어 봐! 인마, 한글 몰라?!"

녀석은 날 한참 보더니, 굉장히 억울하다는 얼굴로 한마디 했다.

"아니, 크흡, 지랄, 자꾸 뭐라고 짖어대, 이 미친, 괴물, 새끼가, 흐읍……."

못 알아듣는다.

눈이 멋대로 깜빡이더니 편지가 손에서 빠졌다. 편지 떨어지는 소리에 정신이 들었다. 녀석은 여전히 주저앉아 훌쩍대고 있었다. 나야말로 이 화장실 바닥에 주저앉아 버릴 뻔했지만, 그럴 때가 아니었다. 애써 정신 차리고, 다시 생각했다.

녀석은, 내 말을 못 알아듣는 거였다. 말이 통하지 않는 거였다. 사람들과 의사소통이 안 되는 거였다. 도로에서, 대피소에서, 빌딩 숲에서, 사람들은 내가 하는 말을 하나도 못 알아들은 것이다. 그래서 사람들에게 그런 반응이 나왔던 거였다.

목소리가 바뀐 걸까? 말 자체가, 아니면 내 머리가 바뀌어 버린 건가? 내가 말을 할 때 사람들에겐 어떻게 들리는 건지, 가족들 만나면 어떻게 해야 하지. 어떤 사람, 군인들, 의사를 만난다 한들, 말이 안 통하는데 뭘 어떻게 하지. 또 두통이 오는 것 같았다. 내가 머리를 흔들 듯 털었더니 욕쟁이 송일병 녀석은 더 갈 수도 없는 구석으로 몸을 더 붙였다.

말 자체가 통하지 않는 녀석을 붙잡고 있는 건 시간 낭비였다. 난 녀석의 야상 왼쪽 가슴 주머니에 손을 넣었다. 놀라 파닥거리는 바람에 녀석의 안경이 떨어지고 말았다. 난 한 손으로 녀석의 두 팔을 잡아 반강제로 진정시켰다.

녀석의 왼쪽 가슴 주머니엔 군용 임무카드가 있었다. 그걸 빼서 바닥에 던지고, 바닥에 떨어진 내 편지를 주워 녀석의 눈앞에 흔들어 한 번 더 강조하고, 그 주머니에 넣고, 찍찍이로 돼 있는 주머니를 잘 봉합했다.

맞다, 안경이 있었지. 주워 주려고 허리 숙이니 시야 끄트머리로 다리가 보였다. 아까 막사 밖에서 서성거리던 '그들' 몇 명이었다. 우리가 이러고 있는 동안 냄새와 소리로 찾아온 모양이었다. 난 천천히 안경을 집어 욕쟁이에게 건넸다. 훌쩍이던 욕쟁이는 안경을 받아 쓰더니 더욱 사색이 되었다. 내가 욕쟁이 녀석을 들고 창문으로 뛰었기 때문이다.

2층 높이에서 떨어진 우리 둘은 서로 얽혀 굴렀다. 욕쟁이는 구를 때마다 비명 대신 욕을 연발했다. 난 구르는 관성 그대로 몸을 일으켜 욕쟁이를 다시 안아 들고 달렸다. 뒤이어 네 개의 형체가 창문을 뚫고 나왔다. 팔다리를 모두 이용해 맹목적으로 쫓아오는 '그들'은 점점 거리를 좁혀 왔다. 놈들은 식량 빼앗긴 들개처럼 쫓아왔다. 진짜 광견병인가 싶을 정도의 모습이었다.

온 힘을 다해도 욕쟁이를 들고 뛰려니 영 속도가 나지 않았다. 녀석은 다소곳이 안겨 두 팔까지 내 목에 감고, 추임새라도 넣듯 간헐적으로 욕설을 내뱉었다. 덩달아 발작처럼 움찔거리기까지 하니, 박자라도 타는 것 같았다. 이대로는 금방 따라잡힐 것 같았다.

두 형체가 나를 앞지르고 있었다. 뒤의 둘은 조금씩 거리를 넓혔다. 포위당했다. 이때 앞의 두 녀석이 속도를 줄이더니, 오른쪽 녀석이 홱 뒤돌며 손을 뻗었다. 난 반사적으로 몸을 틀었다. 괴물의 손이 욕쟁이의 짧은 머리칼을 스치고 지나갔다. 군대식 머리가 아니었다면 벌써 잡혔을 거리였다. 녀석은 갈퀴 같은 손을 계속 휘저었다. 난 몸의 축을 급하게 틀어 버린 나머지 무게중심을 잡지 못했다. 양팔은 무거운 병사를 잡아들고 있어야 하고 지탱할 것이라고는 발놀림뿐이니, 겨우 균형을 잡으려다 보니 옆으로 뒤로 앞으로 왔다 갔다 비틀거릴 수밖에 없었다. 내 마음과 달리 그림자는 경쾌해 보였다.

마침내 중심을 잡고 서니, 네 명, 아니, '명'이라고도 칭하기 어려운 네 구의 괴물은 사냥개가 먹잇감 포위하듯 각각 동서남북을 담당하고 있었다. 녀석들의 눈빛은 마치 '그 재미있는 거 얼른 던져 줘. 그거 맛있는 거지?'

하는 것 같았다. 심지어 있지도 않은 꼬리를 흔드는 것 같았다. 욕쟁이는 외마디 탄식 같은 욕을 내뱉으며 두 팔로는 나를 더 꽉 안았다.

싸워야만 했다. 싸우려면 이 욕쟁이를 내려놓아야 했는데, 놈은 눈 뜬 채 기절한 듯 하얗게 질려 있었다. 슬쩍 내려놓으려니, 놈은 오히려 내게 매달렸다.

"아니, 제발 씨발 놓지 마…… 개새끼야……."

미안할 때나 부탁할 때나 전부 욕을 섞는 녀석이라니. 고마워도 욕으로 대신할 녀석이다. 내가 힘주어 녀석을 밀쳐내자 녀석은 금세 땅바닥에 떨어졌다. 바닥에 닿는 순간에도 녀석은 욕을 잊지 않았다. 우릴 포위한 괴물 녀석들은 천천히 다가오고 있었다.

나와 욕쟁이를 둘러싼 놈들 중 동쪽 녀석은 주둥이는 튀어나온 데다가 안 그래도 기다란 콧등이 더욱 긴 인중까지 이어져 마치 원숭이를 연상케 했다. 서쪽 녀석은 두둑한 볼살과 늘어진 턱살에 다크서클 조합으로 두꺼비처럼 보였다. 남쪽 녀석은 약 180센티미터 남짓 되는 키에 호리호리하고, 감염만 안 됐다면 호감형 얼굴이었다. 유난히 콧수염이 길었는데, 원래 기르고 다니던 녀석 같았다.

문제는 이 녀석이었다. 북쪽을 막고 선 녀석은 양옆 머리를 파르라니 밀고 윗머리만 남겨놓은 뚱뚱한 녀석이었다. 동물은커녕 저팔계가 실존 인물이라면 저런 얼굴이지 않을까 싶었다. 녀석은 배를 내밀고 숨을 거칠게 쉬며 뒤뚱뒤뚱 걸어왔다.

넷을 한 번에 상대하긴 어렵다. 넷은커녕 둘만 되어도, 아니 하나만 있어도 힘들다. 게다가 녀석들은 앞뒤 가리지 않고 덤비는 녀석들이고, 난 이 욕쟁이를 지켜가면서 싸워야 했다. 내가 할 수 있는 것이 무엇일지 난 생각해내야만 했다.

생각. 생각하면 많은 것들을 해결할 수 있었다. 생각하면 거짓말도 할 수 있고, 상황에 따라 위기도 모면할 수 있고, 특정 상황에선 목숨까지도 구걸할 수 있다. 나는 생각한다. 녀석들은 생각할 줄 모른다.

녀석들은 생각을 못 한다! 이제 와 보니, 지금까지 내가 위기를 모면하고 살아남을 수 있었던 건, 저들과 달리 난 '생각'을 하기 때문이었다.

불현듯 무기를 생각했다. 녀석들이 무기나 도구를 쓰는 건 본 적이 없었다. 내가 무기를 가진다면 녀석들을 상대하기 훨씬 수월해질 것이었다. 하지만 여기는 막사 뒤편이었고, 딱히 무기 될 만한 게 없었다.

그때 벨트 버클이 햇빛에 반짝 빛났다.

옅은 눈부심이 왠지 살가웠다. 생일이었나, 결혼기념일이었나. 확실한 건, 아내가 사줬다는 사실이었다. 난 구멍에 거는 핀 형식의 벨트를 선호하는 편이었는데 아내는 내게 버클형 벨트를 줬다. 손가락 두 마디 정도의 버클엔 브랜드 로고가 박혀 있는데, 당시 난 "마음에 쏙 들어."라고, 선물 포장을 뜯고 물건을 보자마자 반사적으로 거짓말했었다. "정말 고마워."도 덧붙였다.

그날, 아내는 내게 벨트 호신술을 가르쳐 줬다. 버클형 벨트를 사준 이유였다.

그 벨트 버클이 지금, 유난히 햇빛을 잘 받고 있었다. 마치 눈길 좀 달라는 것처럼 빛났다. 아내의 선물이 날 도우려는 거다. 난 벨트를 풀어 손에 들고, 골리앗을 상대하는 다윗처럼 돌렸다.

'그들'의 시선은 오로지 욕쟁이, 즉 먹잇감에만 닿아 있었다. 저들은 날 동족이라 생각하는지 나한테 먼저 덤비진 않았다. 대피소의 이웃 여자도 그랬고, 빌딩 숲 공터에서도 그랬다. 즉, 시작은 내가 유리했다. 저 녀석들은 생각을 못 한다. 난 생각을 한다. 벨트 호신술도 배웠다.

그러니까 내가 이긴다.

"와 봐."

목소리를 신호라고 생각했는지, 놈들은 말이 끝나기 무섭게 욕쟁이를 향해 덤벼들었다. 맨 먼저 동쪽 녀석, 생긴 대로 원숭이처럼 뛰었다. 녀석의 추진력에 카운터로 적중한 내 벨트 버클은 놈의 인중 윗부분까지 부수고 지나갔다.

원숭이 녀석의 몸뚱이가 바닥에 채 닿기도 전에 난 원심력대로 한 바퀴 돌았다. 신기하게도 몸이 생각처럼 움직였다. 그대로 콧수염 녀석의 가슴에 버클을 꽂았다. 호리호리한 가슴팍에 버클은 깊숙이 들어갔고, 단숨에 잡아당기니 녀석은 피를 뿜으며 고꾸라졌다.

다음은 두꺼비 녀석이었다. 녀석이 뛰어오를 때 난 자세를 낮추고 녀석의 뒤로 흘러 뒤통수를 맞췄다. 녀석의 후두부는 허공에서 두부처럼 흩어졌다. 그때 뒤에서 들리는 비명. 저팔계 녀석이 욕쟁이의 목덜미를 노리고 있었고, 욕쟁이는 필사적으로 막아 내고 있었다. 욕쟁이는 손발을 다 사용해 저팔계 녀석을 밀어내면서 나를 향해 소리 질렀다.

"나 좀 살려줘, 이 씨발놈아!!"

난 성큼성큼 걸어가 저팔계 녀석을 잡아당겼다. 욕쟁

이도 같이 딸려왔다. 욕쟁이를 밟아 저팔계를 떼어내고, 저 멀리 던져 버렸다. 저팔계가 날아가는 동안 나도 몸을 날렸다. 그 사이 욕쟁이는 또 욕을 했다. 저만치 날아간 저팔계 녀석은 대자로 누워 산만 한 배를 실룩거렸다. 그때 녀석의 머리에 버클을 박았다.

난 벨트 가죽 끝자락을 붙잡고 서 있었다. 저팔계의 머리를 밟고 힘주어 벨트를 당기니, 놈은 꿈틀 떨었다. 너무 세게 당겼는지 벨트 줄에서 버클이 분리되어 날아갔다. 공중으로 멀리 날아가는 버클이 작별 인사처럼 반짝 빛났다. 하늘의 별이 된 것 같았다.

아내는, 벨트 버클을 무기로 사용하는 건 최후의 수단이며, 목숨이 정말 위험할 때 상대를 다치게 할 목적의 기술이라고 했다. 용도에 딱 맞게 썼다.

"여보, 정말 고마워."

이번엔 진심이었다.

내 모태솔로 인생을 구제해 준 은인은, 지금도 내 생명의 은인이 되어 주었다. 아까웠지만, 피에 젖은 벨트 줄은 멀리 던졌다.

햇빛은 조금씩 눕고 있었다. 그림자가 길어졌다. 욕쟁이 녀석이 뭐라고 주문 외우듯 중얼거리는데, 잘 들어보니 살려줘서 고맙다는 뜻이었다. 특히 귀에 꽂혔던 말은 '생명의 은인'이었다. 온갖 비속어가 앞뒤로 붙어 있으니 좀 이상하긴 했지만, 어찌 됐든 녀석의 은인은 나였다. 나의 은인은 내 아내이니, 최종적으로 녀석의 은인도 내 아내가 되는 거다.

욕쟁이를 일으켜 세웠다. 더 많은 '그들'이 쫓아오기 전에 얼른 가야 하는데, 그때 시야가 자꾸만 깜빡였다. 지금만은 아니었으면 했는데. 난 눈을 세게 감았다 뜨며 머리를 흔들었다. 깜빡이는 속도가 점점 빨라졌다. 난 이 느낌을 알고 있다. 막내가 죽었을 때의 내 상태, 이대로 정신을 잃었다간 나야말로 녀석을 어떻게 할지 모르는 일이었다.

욕쟁이는 날 쳐다보고 있었다. 난 계속 고개를 흔들다가, 녀석을 밀쳤다. 녀석을 혼자라도 보내야 했다. 녀석은 꼭 편지를 성공적으로 전해 줘야 했다. 이제는 네가 나의 은인이 되어다오, 마음으로 빌었다. 욕쟁이 녀석의 물음표 머금은 눈이 처연했다. 난 다시 녀석의 등을 밀었다. 밀고, 또 밀었다. 녀석은 섭섭한 얼굴로 날 쳐다봤다.

그때 난 몸이 저절로 굽어져, 주저앉고 말았다.

12
불청객

가끔 눈을 뜬 채로 꿈을 꾼 것만 같을 때가 있다. 잠깐 정신이 나갔던 건지, 무언가에 골몰히 집중했던 것인지, 잠들었던 것인지……. 종종 찾아오는 그 순간을 고귀하게 표현할 말을 찾지 못해 사람들은 보통 '멍 때린다'고 한다. 그 영원할 것만 같던 아득한 잠깐은 생각보다 순식간에 지나가 버리곤 한다.

정신이 들었다. 마취에서 깨어난 기분이었다. 꺾여 가는 햇빛에 취해 난 잠시 멍하게 허공을 바라봤다. 욕쟁이는 이미 사라지고 없었다. 꿈처럼 어렴풋이 깜빡이는 기억 틈엔 겁난다는 눈으로 날 쳐다보다가 멀어지는 욕쟁이가 있었다. 서운할 이유가 하나도 없는데 조금은 씁쓸했다.

이제 뭘 하나 싶었다. 뭘 해야, 어딜 가야 뭐라도 할 수 있을지, 떠오르는 게 없었다. 멀리 떠날 때처럼, 자꾸 뭔가를 놓고 온 기분이었다.

어딜 가야 좋을지 모를 땐 되돌아가 보는 것도 방법이었다.

다시 화장실의 4미터 정도 되는 창문을 넘어 바닥에 착지하니 나무 조각, 문틀 쇳조각, 유리 조각 밟는 소리가 났다. 난 이번에도 거울을 보고 놀랐다. 지금 내 몰골은 아무리 봐도 익숙해지지 않았다. 얼굴 살이 그새 빠져 광대, 콧날, 턱이 드러나니 더 날카로워 보였다. 허리가 헐렁했다. 벨트가 없다고 헐렁해질 바지가 아닌데.

셔츠를 올려서 보니 뱃살이 많이 빠져 있었다. 상복부는 심지어 복근 윤곽이 드러나기까지 했다. 아무리 뛰어다녔다고 이렇게까지 살이 빠지나 싶었지만, 기분은 꽤 괜찮았다. 내 복근 모양이 어떻게 생겼는지도 모르고 지금까지 살아온 걸 조금 반성했다. 고개를 숙여 배를 내려다보다가 남은 허릿살을 쥐었다. 술과 스트레스가 빚어낸 이 살덩어리는 회사에서 죽어라 버틴 훈장인 듯했다. 그때 곁눈으로 까만 게 거슬렸다.

욕쟁이 주머니에서 꺼냈던 군용 임무카드였다. 열어

보니 국지도발 전투준비태세 등 내가 알고 있던 아무 짝에 쓸모없는 것과는 다른 내용이었다. 간략히 요약된 '그들'의 특징, 다음 집결지와 연락 방법 등이 있었다. 명령에 따라 억지로 남아 마지막까지 막사를 지키던 욕쟁이는, 임무카드대로 하려 지휘통제실에 왔다가 날 보고 숨은 거였다. 이곳은 1차 방어선이자 집결지라고 임무카드에 쓰여 있었다.

5포인트 되는 글자를 보고 있자니 시야가 흔들렸다. '노안이 벌써 올 리는 없는데⋯⋯.' 하며 난 임무카드를 주머니에 넣고 세면대에 기대 섰다. 가야지. 가는 수밖에 없었다. 먼젓번에도 이번에도, 그게 내 최선이자 마지막이었다. 욕쟁이 녀석만 믿고 기다릴 순 없는 데다가, 편지가 잘 전달된다 한들 내 목숨은 내가 챙기는 수밖에 없었다. 우리 가족을 만나고 이 병을 치료하는 것만이 지금 내가 할 수 있는, 해야 하는 전부였다.

수도꼭지를 움직이니 물이 조르르 나왔다. 흐르는 물에 손 닦으며 결혼반지도 좀 닦고, 얼굴도 좀 문지르고, 거울을 보다가 그래 가자, 하고 혼잣말했다. 점점 약해지던 물줄기는 수도꼭지를 잠그지 않는데도 금방 끊겼다.

창문으로 뛰어내리니 금방이었다. 이제는 뻔히 있는 문이나 계단으로 다니는 게 더 이상했다. 해가 어디 있는지 보고, 허공에 사방위 표를 그렸다.

"임무카드에 표기된 제2집결지이자 2차 방어선은 남쪽이니……."

혼자 동서남북을 중얼거리며 까딱이는 손가락에 햇빛이 닿았다. 이제는 변해 버린 손가락 색도 새삼스럽지 않았다.

그때 울부짖는 소리가 귀를 파고들었다. 먼 곳이었지만 그 날카로움은 고스란히 전해졌다. 가슴이 철렁하더니 소름이 차올랐다. 다리가 얼어붙었다. 진한 욕과 한숨이 같이 나왔다.

콘크리트 담 너머 작은 언덕 꼭대기에 검은 실루엣이 있었다. 몸뚱이가 워낙 크니 살짝 기울어진 햇빛을 개기일식처럼 가렸다. 역광 때문에 녀석은 더욱 거대해 보였다. 실루엣만으로도 알 수 있었다. 아니, 굳이 보지 않아도, 진저리쳐지는 저 소리만으로도 알 수 있었다. 구정빈, 덩치 녀석은 살아 있었다.

덩치는 존재를 과시하듯 쫘악 기지개 켰다. 기울어 가는 햇빛과 흐르는 구름이 불안하게 겹쳐, 녀석의 모습은 위압적인 분위기를 자아냈다. 난 기가 꺾여 동공이 멋대로 흔들렸다.

녀석은 단숨에 뛰어 내 앞에 착지했다. 아무리 커도 그렇지, 땅으로까지 진동이 느껴졌다. 바람이 훅 일며 피냄새가 풍겼다. 녀석이 실루엣으로 보였던 건 역광 때문만은 아니었다. 몸을 뒤덮은 피가 말라붙어 거의 검은색이었다. 회백색 눈이 더 번뜩였다.

난 얼어붙은 채로 눈알만 굴렸다. 아까 벨트로 해치운 시체 네 구는 그대로 널브러져 있었다. 덩치는 내 주변을 천천히 한 바퀴 돌다가, 여느 때처럼 또 흥, 콧방귀를 내뱉더니 시체는 쳐다도 안 보고 저만치 달려갔다. 마지못해 눈치로 녀석을 따라가는데, 문제는 내가 가려는 방향과 같다는 것이었다.

앞에는 3미터 정도 되는 시멘트 벽이 있었다. 덩치가 먼저 훌쩍 뛰어올랐다. 벽 위에 올라선 녀석은 가야 할 길을 안내라도 하듯 쪼그리고 앉은 채 날 쳐다봤다. 나도 담장 위로 뛰어올랐다.

벽 너머엔 2, 300은 되는 '그들'이 있었다. 숨이 턱 막혔다. 아직도 이만큼이나 살아 있었다. 그 많은 수가 날 쳐다보는 기분에, 난 후다닥 뛰어내려 그들 틈으로 끼어들었다. 시선을 얇게 내리깔고 누구와도 눈을 안 마주쳤다.

덩치가 앞으로 뛰어나왔다. '그들' 모두 덩치를 따라 달렸다. 나도 어쩔 수 없이 달렸다. 그렇게 달려가다, 어떻게든 또 빠져나와 임무카드에 쓰인 제2집결지로 향하면 되는 것이었다. 지금은 내가 이길 방법이 없으니 그게 최선이었다.

그게 쉽길 바랄 뿐이었다.

* * *

어느새 작은 산을 넘어 잘 포장된 도로의 주택가가 펼쳐졌다. 차 없이는 오가기 불편한 부자 동네였다. 건물이 다 낮고 넓었다. 공터와 공원도 잘 돼 있었다. 지대가 높아서 다른 곳을 내려다보기에도 좋았다. 저 아래 멀리 큰 공사 현장이 보였다. 이 지역에 대규모 재개발이 이루어진다는 얘기로 한동안 떠들썩하긴 했었다.

그 재개발 단지는 제2집결지로 가는 길목에 있었다. 인간이 생각할 법한 지극히 인간적인 감이 왔다. 재개발 단지, 저기가 무덤이었다. 싹 모아 한 방에 묻어 버릴 작전인 게 눈에 보였다. 맹목적으로 달려가는 무리를 처리

하기에 그곳은 내가 봐도 안성맞춤이었다. 그 말은, 이대로 가다간 나도 죽는다는 뜻이다.

아무 집이나 골라 숨으려고 홱 고개를 돌리니, 따라오던 40명 정도 되는 녀석들이 덩달아 멈추더니 닭처럼 두리번거렸다. 왜 따라오는지, 그게 왜 하필 나인지는 모르겠으나 녀석들을 따돌리는 게 먼저였다. 혹시나 해서 난 손가락으로 아무 방향이나 가리켰다.

녀석들은 움직이지 않았다. 거짓말을 아는 건가. 난 다시 원래 방향을 가리켰다. 녀석들은 우르르 달려갔다. 뭐지? 생각보다 너무 쉽게 따돌려서 난 잠깐 멀뚱히 서 있었다.

일단 숨어 있을 집을 찾아 울타리를 넘고 골목을 뛰었다. 높은 곳에 대한민국 전체가 보일 것만 같은 집이 하나 있었다. 담벼락이 4미터는 될 정도로 높고 늘씬한 진회색인데, 너무 매끈해 돌인데도 마치 쇠로 만든 것 같았다. 발 디딜 틈 하나 없어, 제아무리 벽 타기 전문가라도 이건 오를 수 없을 것 같았다. 단단해 보이는 고동색 대문은 바오밥나무를 통째로 놓은 것처럼 묵직했다. 그 대문의 사각형 구멍은 마치 눈 코 입 같아, 눈 부릅뜬 수호신이라도 되는 것처럼 보였다. 그래도 뭐, 난 그냥 훌쩍 뛰어넘었다.

정원은 가을답게 물든 단풍잎과 상록수의 초록이 섞여 보는 것부터 편안했다. 잘 다듬어진 이동로의 박석은 왕궁의 발판을 연상케 했다. 부드럽게 들어오는 늦은 햇빛과 함께 이 공간은 인간적인 기분을 들게 했다. 바깥에서 보던 위협적인 모습보다, 오히려 이 부드러운 반전 매력이 날 압도했다.

집은 각이 있지만 앞뒤 옆으로 비대칭이어서 네모나지는 않고, 외벽 전체는 통유리로 빛났다. 밖에서 봐서는 구분이 따로 없도록 짙게 선팅이 되어 있었지만, 희미하게 보이는 경계선의 구분으로 이층집임을 알 수 있었다. 직선으로만 이루어진 외형 덕에 뭔가 삭막한 느낌이면서 또한 도시적이고 현대적이었다. 아니, '시크'하고 '모던'해, 대문과 정원과 건물의 판이한 분위기와 어우러지면서 이 세상 공간이 아닌 듯한 느낌을 줬다. 무슨 요새 같기도 했다.

진홍색, 아니 버건디라고 해야 어울릴 것 같은 매끈한 현관문은 굳게 잠겨 있었다. 딱히 문을 열 방법이 없으니 그냥 힘주어 당기는데, 살짝 흔들리기만 했다. 튼튼함에 감탄하며 물러섰다.

바닥에 있던 박석을 2층 창문으로 던졌다. 당연히 깨

고 들어갈 줄 알았던 박석은 산탄총처럼 흩어졌다. 파편 하나가 되레 내 이마를 때렸다. 난 이마를 감싸고 주저앉으면서도, 가정집 창문이 방탄유리라는 사실에 또 감탄했다.

박석이 부딪힌 창문엔 거미줄처럼 실금이 가 있었다. 난 심호흡 좀 하고 몇 걸음 뒤로 갔다가, 힘껏 뛰어 온몸으로 창문을 덮쳤다. 유리창은 깨지는 게 아니라 뜯어지며 멍석처럼 내 몸을 감쌌다. 난 그렇게 방탄 유리창에 둘러싸여 구르다 벽에 부딪혀 멈췄다.

햇빛 가득한 통유리 복도 끝에 계단이 있었다. 내려가니 1층은 비대칭 5각형으로, 그중 가장 뾰족한 부분 또한 통유리로 돼 있는데, 내가 들어온 쪽의 반대편이었다. 이 집은 해가 뜰 때부터 질 때까지 밝겠구나 싶었다.

냄새가 있었다. 숨을 일부러 깊게 들이쉬었다. 그간 꽤 맡아 본 이 맛있는 냄새는, 결국 사람 냄새다. 더해서 코를 찌르는 정체 모를 냄새도 있었다. 전혀 문 같지 않게 생긴 네모난 균열 사이에서 형광 분홍색이 진하게 풍기고 있었다. 딱 세 번 잡아당겼더니 떨어져 나갔다. 그 안엔, 이런 고급 집 주인이라기엔 생각보다 너무 젊은 남녀 한 쌍이 비장한 눈으로 날 쳐다보고 있었다. 바닥에는 온

갓 빈 양주병과 그 내용물이 범벅되어 널브러져 있었고, 그 남자의 손에도 양주병이 들려 있었다.

코를 찌르는 또 다른 냄새의 정체는 술이었다. 방을 가득 메운 알코올이 코를 타고 넘어가 뒤통수 끝에 닿는 느낌이었다. 나도 모르게 어이쿠, 탄식을 뱉었다. 눈을 감으니 미간이 핑 돌았다. 엄지와 집게로 콧날을 잡은 채 그렇게 잠시 서 있었다. 앞에 누가 있는 걸 신경 쓸 겨를이 없었다. 고개를 뒤로 젖히자 그 때문에 자연스럽게 입이 벌어졌다. 여느 아저씨들처럼 괜한 바이브레이션이 입을 타고 흘러나왔다. 다시 머리를 세우고 작은 한숨과 함께 눈을 떴을 때, 이곳은 붉은빛으로 물들어 있었고 간헐적으로 깜빡였다.

방 전등이 고장 난 줄로만 알았다. 시야 전체의 깜빡임이 빨라지며, 전등 문제가 아니라는 걸 깨달았다. 난 점점 아득해져 가는 정신을 붙잡으려고 잔뜩 신경을 집중했다. 묘하게 붉은빛이 감도는 검은색 시야에 깜빡임은 더 거세지고 있었다. 얼굴이 제멋대로 움찔거렸다.

몸을 웅크리고 고개를 세차게 흔들었다. 미간이 찌푸려질 정도로 세게 눈을 감았다 뜨며, 난 '안 돼, 안 돼!' 절규처럼 되뇌었다. 안 된다고 도대체 몇 번을 외쳤는지.

다시 눈을 떴을 때, 시야는 원래대로 돌아와 있었다. 몸에 긴장이 풀리며 벽에 몸을 기대니, 이제야 정신이 좀 들었다.

잔뜩 긴장한 표정의 남자와 그의 뒤로 반쯤 숨은 여자는 둘 다 서른 중후반, 많아야 갓 마흔 되는 부부 같았다. 남자는 양주병을 들고 있었다. 둘은, 특히 여자는 못 볼 걸 본 표정이었다. 당연히 그럴 수밖에. 문 뜯고 들어와 저 혼자 고개를 흔들어대며 발광하는 괴물을 보고 있었으니. 저들에게 난 달갑지 않은 불청객일 뿐이었다. 나도 참, 하필 사람이 숨어 있는 집을 고를 줄이야.

난 양주에 관해서는 까막눈이었지만 접두어가 'GLEN' 이며 숫자가 30인 걸로 미루어, 저 남자가 들고 있는 건 내 한 달 월급은 될 법한 싱글몰트 위스키였다. 귀한 손님한테 어울릴 술인데 어쩌다 나 같은 불청객이 들어왔으니 면목이 없었다. 바닥에 굴러다니는 위스키병도 마찬가지였다. 하나같이 고급스러운 위스키와 브랜디였다. 역사적 인물이 박힌 병도 있었다. 뭐 하는 사람이기에 이런 비싼 술을, 그것도 도대체 왜 이렇게 바닥에 뿌려댄 건지 아까움을 넘어 궁금했다. 다만 이 값비싼 양주들의 향이 좋게만 느껴지진 않았다. 뭔가 알 수 없게 거슬리는 냄새였다. 숨 쉴 때마다 폐부를 긁어내는 느낌에 난 얼굴을 찡그리고 말았다.

세상이 뒤바뀐 이후 그동안 만나 온 사람들은 사리 분간조차 못 할 정도로 공포에 질려 있었다. 그러나 내 앞의 두 사람은 눈부터가 달랐다. 단단한 의지를 내뿜듯 눈빛은 광채가 어렸고, 시선은 깨끗하고 명확해 오히려 비장해 보였다. 눈빛과 표정과 자세만으로도 느낄 수 있었다. 단단한 이 집에 어울리는 배포가 풍겼다.

처음 양주병을 봤을 땐 이들이 단지 두려움을 이기기 위해 술기운을 빌리는 것인 줄로만 알았다. 이제 그들의 눈빛을 읽으니, 아니다. 먹고 취하고 잊기 위해서, 혹은 마지막을 준비하기 위해서가 아니었다. 바닥에 널브러진 병들과 흩뿌려진 내용물까지, 분명 다른 이유가 있을 것이라는 생각이 들었다.

13

이방인

살충제는 보통 해충에게 뿌린다. 남자는 살충제처럼 양주병을 흔들었다. 내용물이 바닥에 흩어졌다. 저 비싼 걸! 난 안타까운 눈으로 떨어지는 양주 한 번, 남자 한 번 보기를 반복했다. 그때 남자가 입을 열었다.

"와 봐. 이번엔 얼굴에 뿌려 버릴 테니까."

발성과 발음까지, 힘과 강단이 느껴지는 목소리였다. 갔다가는 정말 뿌릴 것 같았다. 다만 이해가 안 되는 건, 저걸 왜 내 얼굴에 뿌리겠다는 건지 그 의도였다. 차라리 병을 깨서 '찔러 버릴' 테니까 정도는 되어야 하는 것 아닐까. 깨서 찌른대도 저 병은 그리 위협적이지 않았다. 깨져도 무기로 쓰기 어려울 것만 같은, 화려하고 예쁜 모양의 양주병이었기에 더욱 그랬다. 차라리 식칼, 아니 단

검이라도 들고 있었으면 모를까.

　무서워서 부리는 허세라기엔, 그런 종류의 사람은 아님을 동물적으로 느낄 수 있었다. 뭔가 확신이 있는 듯했다. 그게 뭔지 나까지 알 순 없었지만, 나로서는 저렇게까지 경계하는 사람을 앞에 두고 계속 여기 있을 이유가 없었다. 힘들게 살아남아 있는 사람에게 폐 끼치는 건 이미 여러 번 겪었다. 또 그러고 싶진 않았다.

　빨리 여기서 나가기로 마음먹었다. 방탄유리 창문까지 깨면서 들어왔는데⋯⋯, 그러고 보니 깬 창문은 어떻게 하나. 사과도 변상도 어떻게 하지. 연락처라도 남겨야 하나 싶다가, 미안하지만 그냥 모른 척하고 가기로 했다.

　난 또 '그들'에게 들키지 않을 다른 곳을 찾아야 했다. 언제 또 찾나 싶어 괜히 갑갑했다. 내가 몸을 돌려 나가려 하자 남자의 목소리가 들렸다.

　"봤지? 이것 봐, 내가 맞았어! 여보, 내가 맞았다고!"

　난 그저 이해했다. 남자에게 있어 악당으로부터 여자를 지켜낸 만큼의 영예는 다시없을 것이다. 눈빛만으로 괴물을 제압한 젊은 갑부라니, 생각만으로도 그림 좋은, 자서전에 들어가기 충분한 이야깃거리였다.

　"바닥에 뿌려 놓으니까 못 오잖아!"

……음?

그 소리에 두 귀가 쫑긋 서는 느낌이었다. 내 발걸음
도 멈춰 섰다.

"역시 술, 알코올이었어! 우린 살았어! 여보! 우린 이
제 살았어. 이제 전부 다 구할 수 있어! 이 간단한 걸 왜
몰랐을까……!"

남자가 신나서 떠들자 여인도 반색했다. 난 가려다 말
고 두 사람을 봤다. 둘의 표정은 밝았다. 행복해 보였다.
여기서 벌어지는 일을 이해 못 하는 건 나뿐인 것 같았다.

저 남자가 방금 한 말의 속뜻이 뭔지, 내가 들은 게 맞
는지, 그게 문제였다. 육감이 작용한 것일까. 여인은 그
런 내 움직임을 읽어냈다. 잠시나마 방에 번지던 여인의
미소는 천천히 흩어졌다. 그런 여인을 보는 남자의 표정
도 덩달아 굳어갔다. 여인의 다급한 손짓과 곁눈질에 남
자는 완전히 굳은 얼굴로 날 쳐다봤다. 그의 눈이 번뜩
였다.

"왜, 아직도 미련이 남아……? 오기만 해 봐."

양주병을 쥐고 흔들어대는 남자의 태도는 아까와 또
달랐다. 눈빛을 헤드라이트처럼 쏴댔다. 더 확신에 차 있
었고, 더 자신만만했다.

"확, 이거 한 방이면…… 너도 끝이야, 이 자식아."

남자는 술, 정확히는 술 속의 알코올 성분 때문에 내가 못 건너간다고 생각하는 것 같았다. 참으로 어처구니없으면서도 지극히 위험한 생각에, 난 문득 조금 뒤에 벌어질 미래를 보는 것 같았다. 이 악물고 술을 뿌려대는 저 남자, 아랑곳하지 않고 신나서 달려드는 '그들'의 모습…….

이대로는, 저 남자는 그릇된 자신감으로 끔찍한 최후를 맞이하게 될 것이다. 물론 저 남자의 아내도 마찬가지 꼴이 될 것이 분명했다. 저 여인을 보고 있자니 아내가 떠올랐다. 키도 크고 늘씬하며 당찬, 검은 나시티와 카고 스키니진이 잘 어울리는, 칼도 잘 던지고 발차기도 잘하는 내 아내. 만약 이런 상황이 우리에게 있었다면 내가 아내 뒤에 숨어있지 않았을까. 피식 웃음이 나와 입맛을 쩝 다셨다.

남자와 여인이 움찔했다. 이 몰골로 짓는 웃음이 문제였을까, 난 다시 표정을 굳혔다. 그리고 나는 알려주고 싶었다. 이런 술 따위가 날 막을 수 없고, '그들'은 더더욱 막을 수 없다는 걸. 부부를 향해 난 저벅저벅 걸어가 남자가 만들어 놓은 알코올 경계 위에 섰다.

남자와 여인은 굳어 있었다. 나도 가만히 서서 남자와 여인을 번갈아 쳐다봤다. 그 둘도 날 보고 있었다. 그때 남자가 손을 휘둘렀다. 위스키가 내 얼굴을 덮었다. 반사적으로 오만상이 구겨졌다. 여인은 비명을 질렀다. 남자는 내게 이제 쓰러지라느니 죽으라느니 하는 독한 말과 함께 독한 술을 퍼부었다. 병 속의 술 전부를 뿌릴 때까지 남자는 계속했다. 난 술을 맞을 때는 눈을 감았다가 안 맞을 땐 눈을 떴다가 하며 그대로 가만히 서 있었다.

남자는 당황한 얼굴이 되었다. 눈빛이 풀리고, 어깨가 처졌다. 급기야 낯빛이 흑색이 되고 말았다. 난 손으로 얼굴을 쓸어 바닥에 털고, 눈동자만 굴려 코앞의 남자와 여인을 쳐다봤다.

두 내외는 가만히 있었다. 남자는 체념한 얼굴로 옆의 여인을 쳐다보았다. 여인은 애써 눈물을 삼키는 표정으로 고개를 가로저으며, 남자의 어깨를 토닥였다.

내 눈을 가까이서 본 여인은 아이처럼 눈을 질끈 감아버렸다. 남자는 그런 여인을 감싸 안았다. 마른침을 삼키는지, 남자의 목젖이 오르내렸다. 그 와중에도 남자는 내게서 눈을 떼지 않고 있었다.

증명하고자 했던 건 충분히 보여준 것 같았다. 대피소

의 가족을 봤을 때처럼 이 둘은 꼭 살려내고 싶었지만 내가 해줄 수 있는 게 없었다. 데리고 나가봤자 위험할 뿐이었다. 내 뜻을 효율적이며 효과적으로 전달했으니 난 다시 나가기로 했다. 작별 인사로 미소 지었더니 남자와 여인은 또 기겁했다. 난 머쓱해져 표정을 굳히고 천천히 뒷걸음쳤다.

내가 가는 게 이상한지 남자와 여인은 나를 의아하게, 하지만 여전히 불안한 얼굴로 쳐다봤다. 난 으레 사람들이 어색할 때 나오는 손버릇처럼 주머니에 손을 넣었다.

손끝에 뭔가 닿았다. 동시에 뇌리에 번쩍, 스파크가 튀겼다.

"아, 맞다! 저기!"

두 사람은 또 놀랐다. 그러든지 말든지 난 한달음에 남자의 코앞에 다가가 임무카드를 내밀었다. 둘 다 부둥켜안은 채 눈을 질끈 감고 있어서 내가 내민 임무카드를 못보고 있었다. 난 그들이 볼 때까지 임무카드를 들고 있을 작정이었다.

그렇게 어색한 정적이 흘렀다. 난 남자의 어깨를 톡톡 건드렸다. 남자가 천천히 고개를 들었다. 그의 눈은 여전히 살아 있었다. 난 그의 얼굴 앞으로 임무카드를 들이밀었다. 남자는 빠르게 상황을 파악했다. 다만 믿을 수 없다는 표정으로 임무카드와 날 번갈아 봤다.

난 임무카드의 집결지 페이지를 찾았다. 남자는 그런 나를 관찰하듯 보고 있었다. 내가 다시 임무카드를 펼쳐 보이자, 잠시 들여다보던 남자는 내 눈치를 보더니 임무카드로 손을 뻗었다. 여인이 남자의 옷깃을 잡아당겼지만 남자는 여인의 어깻죽지를 다독여 그녀를 안심시켰다. 조심스레 손을 뻗는 남자에게 난 임무카드를 넘겨주었다.

남자는 임무카드를 읽다가 고개를 들었다.

"이건 어디서 났지? 잠깐, 그러면 여기를⋯⋯."

잠시 날 쳐다보던 남자는 내 마음이라도 읽은 듯 힘주어 일어났다.

"여보, 우리 가야 해."

남자는 여인을 데리고 황급히 나가려 했다. 난 미소를 지으며 고개를 끄덕였다.

"잠깐. 그런데 이걸⋯⋯, 이봐요, 이걸 읽고 이해했단⋯⋯ 말이에요?"

돌아선 남자에게 난 고개를 끄덕였다. 남자는 고개를 끄덕이는 나를 보고도 이해하지 못하겠다는 표정이었다.

남자는 오히려 여인에게 되물었다.

"왜 이러는 거지……?"

여인도 모르겠다는 듯 고개를 저었다. 나는 어떻게든 내 마음을 표현하고 싶어 온갖 손짓, 발짓을 다 했다. 고개를 계속 끄떡여 보고, 임무카드를 가리켰다가 날 가리켜도 보면서, 허공에 정신없이 손을 허우적거렸다.

여인이 번쩍, 눈을 들었다.

"여보, 키보드……!"

잠깐 사이에 남자는 몇 가지 버튼을 조작하더니 벽걸이 모니터에 프로그램을 띄웠다. 커다란 불빛에 방이 환해졌다.

드디어, 통하는 사람을 만났다. 우리 가족에게 한 발자국 더 다가갈 수 있게 됐다. 이 집에 온 게 운명 같았다. 내 앞길을 메우던 안개가 걷히는 듯했다. 저절로 미소가 번졌다. 이럴 땐 꼭 신이라는 존재가 있는 것도 같았다. 필요할 때만 찾아 미안했지만, 왠지 그랬다.

핸드폰과 키보드를 무기이자 방패 삼아 영업이라는 전장을 누빈 것도 어느덧 20여 년이다. 자판쯤이야 몸이 기억한다. 한영 자판을 바꿔 써놔도 문제없었다. 그런 나인데도, 자세를 잡고 키보드에 손을 올리자 알 수 없는 낯선 기운에 둘러싸였다. 손을 자판 위에 올려둔 채로 난 아무것도 못 하고 있었다.

수천, 수만 번 두드려 온 키보드가 어색했다. 그렇다고 안 쓸 순 없었다. 무조건 써야 했다. 이건 최소한 운명이었다. 신이 준 기회였다. 손을 털고 돌려 보고 뒤집어 봤다. 흙먼지와 흠집투성이로 변해 버린 내 손은 이제 사무직과 거리가 멀어 보였다. 그렇게 한참 손만 쳐다보고 있으니, 남자와 여인은 내 양옆에 서서 그런 나를 의아하다는 듯 쳐다보고 있었다.

겨우 어색함을 달래고, 영업 직원답게 난 이름과 회사, 직책부터 단숨에 써 내려갔다. 손가락이 자판을 두드리면 두드릴수록 알 수 없는 거슬림이 중첩됐다. '비싼 키보드라 다르구나.'라고 애써 생각했다. 집 주소에 이어 간단한 가족 사항까지 적고, 마지막에 이렇게 썼다.

'이들은 제 가족입니다.'

남자와 여인은 내 뒤에 나란히 서서 모니터를 들여다보고 있었다. 그 사이 난 사진을 꺼내 놓고 괜히 사진 끝을 만지작거리며 언제 내밀까 타이밍을 보고 있었다. 그때 남자가 입을 열었다.

"알아보겠어……?"

여인은 모니터에서 눈을 떼지 못한 채 고개를 천천히 저었다.

"전혀……."

난 번쩍 고개를 들었다. 무슨 얘기들을 하는 거냐고 묻고 싶었다. 그때 남자는 키보드와 모니터를 번갈아 보며 말했다.

"한영 바뀐 거 아니야?"

"한글도, 영어도 아니고 이건 아무리 봐도, 음……."

날카롭고 진지한 눈빛으로 여인은 잠깐 뜸을 들이다가 말했다.

"그냥 언어를 모르는 것 같아."

쐐기를 박는 여인의 말에 난 책상을 탕! 치며 일어났다. 그 바람에 가족사진은 책상 위에 남겨졌다. 남자와 여인은 화들짝 놀라며 물러섰다.

"그게 무슨 소립니까?!"

난 말했지만, 두 사람은 역시 알아듣지 못했다. 왜 저걸 못 알아보냐고 남자를 붙잡고 하소연했다. 남자의 옷깃을 붙든 내 손등엔 핏줄이 솟았고, 여인은 내 팔에 매달려 말렸다. 남자는 내 손을 붙잡고 달래듯 말했다.

"왜 이래요……! 진정해! 아까처럼 진정해 봐요!"

"몰라? 왜 몰라……?! 왜 못 알아봐…… 왜?!"

절규 섞인 호소도 그들에겐 괴성일 뿐. 잔뜩 긴장해 동공까지 커져 버린 남자와, 내 팔에 온 힘을 다해 매달려 있는 여인. 그런 둘을 보고 있자니 힘이 빠졌다.

"왜 몰라……."

손아귀 힘이 풀리자 남자는 황급히 벗어났다. 여인과 남자는 서로 부둥켜안았다. 난 이대로 물러서기엔 너무 아쉬웠다. 이들은 내게 다신 없을 기회였다. 난 정신없이 둘러보다 책상을 뒤졌다.

남자는 여인을 부축해 움직였다. 서로를 지지대 삼아 서 있는 모습이었다. 두 사람은 문으로 나가고 있었다. 나는 책상을 뒤지다 말고 그들을 쳐다봤다. 가지 않길 바랐다. 그렇다고 붙잡아 둘 면목도 염치도 없었다. 마음이 급했던 나머지 저들을 겁먹게 하고 말았다. 키보드로 쓴 글조차 통하지 않는다. 비싸서 어색한 게 아니었다. 난 인간세계의 이방인이 되고 만 것이다. 내가 이렇게 변해 버린 그 순간부터, 난 외계인이나 다름없는, 지구상의 이방인이었다. 나가는 그들을 그저 보고 있을 수밖에 없었다.

그때, 여인이 오히려 남자의 손을 잡아당겼다. 남자는

여인을 향해 의아한 표정을 지었다. 여인은 남자와 눈을 맞춘 채 손으로 남자의 손등을 토닥토닥 두드리며 고개를 끄떡였다.

그리고 기다려 주었다.

두 사람이 기다리는 모습에, 처음엔 의아했지만 곧 힘이 솟았다. 난 다시 서랍을 뒤지다, 문득 인기척에 고개를 돌렸다. 내 눈앞엔 깨끗한 A4 용지와 번쩍이는 볼펜을 들고 있는 여인이 있었다. 여인은 싱긋 웃어 주었다. 난 황급히 그것들을 넘겨받았다. 급했던 마음을 토해 내듯 손끝으로 글자를 쏟아냈다.

글자가 써지지 않았다. 난 흰 바탕을 펜으로 긁고만 있을 뿐이었다. 볼펜 심이 숨어 있었다. 볼펜 뒤를 연신 눌렀지만 나오지 않았다. 허연 A4 용지는 달빛같이 차갑고 잔인하게 푸른 백색을 내뿜었다. 손이 떨렸다. 눈도 떨렸다. 난 볼펜을 흔들다가 급기야 고개를, 그러다 온몸을 흔들었다.

그때 어깨에 닿은 따스한 기운이 날 멈췄다. 시야가 맑아졌다. A4 용지는 어느새 편안한 미색(米色)이 되어 있었다. 고개를 돌리니 여인이 내 어깨에 손을 얹어 토닥이고 있었다. 숨이 가라앉았다.

"가족……인가 보네요."

여인이 내민 것은 내 가족사진이었다. 난 천천히 손을 뻗었다. 손도, 내 눈동자도 떨리고 있었다. 펜을 꽉 쥐고 있던 손은 어느새 힘이 빠져 있었다. 여인은 그런 내 손에 가족사진을 놓아 두고 펜을 가져갔다. 여인이 펜 몸체를 돌리니 이제야 볼펜 심이 고개를 내밀었다.

사진을 옆에 고이 두고, 난 깊은 심호흡과 함께 글자쓰기에 몰두했다. 이전 같은 자신감이 나오지 않았다. 손가락을 지나 온몸에 힘이 들어가는데, 왜 이리 부자연스러운지 내가 자각할 정도로 어색했다. 난 잠시 사진 속아내를 쳐다봤다.

그때 어느새 여인 옆으로 다가온 남자의 목소리가 들렸다.

"여보, 나 알 것 같아. 이 여자, 이 사람 부인……."

남자는 사진 속의 웃고 있는 내 아내를 가리켰다. 난눈이 번쩍 뜨여 남자를 돌아봤다.

"우리, 엊그제 통신 끊기기 전, 긴급속보! 우리 회사플랫폼! 그 있잖아……!"

"어, 그러네. 기억난다. 특전사, 은발."

특전사, 은발, 아내 맞다! 아내 얘기다. 난 신나서 뭐라고 말하고 싶고 표현하고 싶은데 그럴 수 없으니 속이 터질 것 같았다. 난 입만 뻐끔대다가, 이 벅차오름을 억누르고 다시 글자에 몰두했다.

남자는 사진과 나를 번갈아 보며 다시 말을 이어갔다.

"와, 그 특전사분 남편이시구나, 근데 어쩌다 이렇게, 여기서……."

문득 남자는 말을 아꼈다. 안타까운 표정을 지었다. 잠깐 정적이 이어지다가 여인이 말을 이었다.

"그분 덕에 목숨 건진 사람 많거든요. 정말. 지금도 사람들 지키고 계실 거예요. 그러니까……."

"……조금만 힘내요."

둘은 주거니 받거니 하며 이야기를 매끄럽게 이어갔다. 덕분에 나도 힘이 났다. 난 힘차게 고개를 끄덕였지만, 왜인지 집중이 자꾸 풀렸다.

이것마저 못 알아볼 것 같았지만, 온몸의 힘을 다해 글자를 써 내려갔다. 이번엔 직책과 이름 따위를 쓰는 대신 우선 마음을 먼저 표현하기로 했다.

'감사합니다.'

고작 이 다섯 글자 쓰는 데 참 오래도 걸렸다. 난 종이를 들어 부부의 눈앞에 펼쳤다. 손이 떨렸다. 들고 있는 종이도 바들바들 떨렸다. 조용한 가운데 종이 파들거리는 소리만이 방안을 채웠다. 그래도 마음만은 아까보다 훨씬 차분했다. 나름 각오를 했던 것 같다.

종이를 본 남자와 여인은 이내 서로를 슬쩍 쳐다보며 눈빛을 교환했다. 두 사람은 나를 향해 차례로 고개를 가로저었다.

글자를 못 알아본다.

예상은 했지만, 그렇다고 충격이 약해지는 건 아니었다. 파도치는 심란함을 막을 순 없었다. 힘이 빠져 몸이 구겨지며 바닥에 주저앉았다. 눈은 뜨고 있었지만 감은 거나 마찬가지였다. 내 머릿속은 점점 어둡고 차가워졌다. 뇌 속에 빙하가 가득 차, 얼어붙을 듯 그 밑으로 가라앉는 것 같았다. 내가 하는 말만 못 알아듣는 게 아니라 내 행동 수신호, 내가 쓰는 글자까지도, 아예 모든 것을 못 알아보는 거였다. 난 알았다고 고개를 끄떡거려도 저들의 눈에는 그게 그렇게 안 보였던 거였다. 욕쟁이 송일병, 그 편에 보낸 편지는 당연히 소용없는 거다. 그러니까 녀석도 그렇게 무슨 말인지 몰랐던 거였다. 애꿎은 애를 붙잡고 정신도 못 차린다고 글자도 못 알아보느냐고 타박했던 게 미안해졌다. 이들에게 왜 못 알아보냐고 소리 지르고 옷깃을 쥐었던 것도 미안해졌다.

그리고 난 이제 정말 어떻게 해야 할지 모르게 되었다. 나한테, 그리고 우리 가족들에게, 일이 이렇게 되어 버린 전부가 미안해졌다.

14

동행

나는 꽤 지친 것 같았다. 몸은 괜찮았다. 마음이, 힘이 빠졌다. 난 어딜 보는지도 모르게 그냥 주저앉아 있었다.

"무슨 생각……하세요……?"

남자는 아주 조용히 말했다. 내 심상찮은 분위기 때문에 배려해 준 것 같았다. 날 잠시 물끄러미 쳐다보던 여인은 입을 샐쭉 내밀었다.

"실망했나 봐……."

여인은 안타깝다는 듯 말했다. 말도 통하지 않는 나의 분위기를 살펴 심정을 알아주다니. 이래서 강아지들은 꼬리를 흔들고 고양이들은 사냥감을 물어다 주는가 보다. 나도 뭐라도 해주고 싶었다. 내 마음을 알아준 것만으로도 그저 고마웠다. 천천히 고갤 들다 그들과 눈이 마주쳤고, 그렇게 서로를 잠시 바라보았다. 고마움을 표현하고 싶지만 표현할 길이 없었다. 미소를 지어 봤자 미소가 아닐 거고, 고개를 끄덕여도 그게 아닐 테니.

내가 변해 버린 이후 최초의 인간다운 소통이었다. 대화라곤 볼 순 없겠지만, 오랜만이었기도 했고, 덕분에 내가 아직은 그래도 완전히 괴물이 아닌 걸 느끼기도 했다. 그것 또한 다른 의미로 크나큰 위안이 되었다.

난 두 사람에게 손을 휘저었다. 가라는 뜻이었지만 이것 역시 저들에겐 다른 행동으로 보일 거였다. 둘은 가지 않고 서 있었다. 여인은 무릎에 두 팔을 지지해 상체를 숙이더니, 나와 눈을 마주쳤다.

"눈이…… 슬프네."

여인이 하는 말과 행동은 아까부터 감동이었다. 또 알아주니 또 고마웠다. 여자의 말에 난 씁쓸히 웃으며 눈을 떨궜다.

"난 좀 무서운데. 저 색깔……."

"왜…… 그래도 눈동자는 그대로야. 말 못 하는 동물들도 눈으로 얘기하잖아."

"그런데 여보, 신기하지 않아……? '저것'들……,"

남자는 잠깐 내 눈치를 보더니 괜히 목청을 가다듬고

는 말을 이었다.

"흠, 아니, 뭐라고 부르지⋯⋯. 하여간, 그런 애들이랑
은 또 다르잖아?"

경청하는 여자에게 남자가 이어 말했다.

"말을 알아듣잖아."

"응⋯⋯. 응⋯⋯? 응! 그렇지!"

시선을 내리고 조용히 있자니, 부서진 문을 통해 조금
이나마 들어오는 오후의 햇빛이 내 얼굴에 닿았다. 그런
내 앞에 네 개의 발이 섰다. 난 다시 고개를 들었다. 눈
이 부셔 미간이 구겨졌다. 두 사람이 들어오는 햇빛을 등
지고 있으니, 그들에게서 마치 후광이 비치는 것 같았다.

둘은 허리 숙여 얼굴을 가까이했다. 남자는 고개를 끄
떡이고 손 내밀더니 담담하게 말했다.

"같이 갑시다."

남자가 임무카드를 흔들자, 여인도 고개를 끄떡였다.
그 눈빛은 처음에 본 그것과 같았다. 명확하고 깨끗한 시
선에 광채가 돌고, 무엇보다 자신과 옆 사람을 지켜내려
는 의지가 느껴졌다.

여인은 따뜻한 목소리로 말했다.

"부인 만나러 가셔야죠."

꿀꺽, 내 마른침 삼키는 소리만이 울려 퍼졌다.

바닥에 널브러진 양주는 금세 말라가고 있었다.

사진 속 아내가 웃고 있었다.

* * *

무식하리만치 둔탁한 엔진음이 귀를 괴롭혔다. 국적 조차 알 수 없는 스포츠카는 골목을 거칠게 누볐다. 구 부러진 길인데도 남자는 속도를 냈다. 조수석의 여인은 익숙한 듯 천장 손잡이조차 잡지 않고 있었다. 뒷좌석에 앉은 나는 무서움에 두리번거리다 안전벨트를 잡았다.

텅 빈 도로는 이 차의 괴물스러움을 뽐내기 좋았다. 차 가 무지막지하게 달리니 시간은 오히려 천천히 가는 것 같았다. 망설임 없이 올라가는 속도계 숫자처럼 시간이 더 빨리 흘렀으면, 그래서 아무 일 없이 목적지에 도착했 으면 했다. 아무도 말로 하진 않았지만, 그게 여기 세 사 람의 마음인 것처럼 차 안은 정적이 흘렀다. 엔진만이 이 고요한 외침을 대변하듯 계속해서 울부짖었다.

그렇게 우리는 같이 가고 있었다. 오랜만에 내게도 동 행이 생겼다. 나도 그들도, 우린 서로 동행이었다.

"그런데 그…… 아내분은 도대체 어떤 분이세요? 어떤 분이시기에 막 지휘하고, 사람들 이끌고, 총도 엄청 잘 쏘신다던데. 어떻게 그렇게……."

물어보며 여인은 뒤돌아 나를 봤다. 그러다 뭔가 깨달은 얼굴로…….

"아, 맞다. 아이고……."

하고는 다시 앞으로 고개를 돌렸다.

나도 말만 통했다면 아내는 어떤 사람이라고 얘기해 주고 싶었다. 그녀에 관해서라면 지금은 수다쟁이가 될 것 같았다.

이때, 내 생각이 멈추고 말았다.

과연 난 뭐라고 말했을까.

떠오르지 않았다, 당장은. 과연 아내는 어떤 사람이었을까. 난 아내에 대해 뭐라고 말했을까. 그녀는 어떤 사람이라고, 나야말로 진지하게 시간 들여 정리해 본 적이 없었다. 어쩌면 지금의 은발 특전사야말로, 아내마저도 잠시 잊고 지냈던, 잠깐 봉인해 둔 진짜 그녀의 모습일 수도 있었다.

그녀는 처녀 때도, 연애할 때도, 많은 모습으로 나를 놀라게 했던 사람이었다. 나를 만나기 이전, 내가 모르던

때 그녀의 모습 또한 달랐을 것이다. 그 많은 매력이 다 그녀의 본모습이겠지만, 몇 개를 잊어버린 채로, 혹은 의도적으로 애써 억누른 채로, 우린 둘 다 그렇게 살아왔나 보다. 결국 '엄마'의 길을 택한 그녀는 가정을 원했고, 특임대를 전역해 늦깎이로 대학교에 가고, 거기서 만난 나와 함께 아내이자 엄마로서의 인생에 충실했던 거였다.

나도 아내도, 잠시 잊고 있었을 뿐인 모든 것들이 문득 소중했다.

남자가 핸들을 또 급히 꺾는 바람에 난 구석으로 처박혔다. 내가 뒷좌석에서 데굴데굴 굴러다니는 동안 자동차는 어느새 구불거리는 주택가를 빠져나와 큰 도로에 도달했다.

어느새 하늘은 꽤 단풍색에 가까웠다. 평범한 날이면 기어가게 마련인 이 도시 한복판을 날아가고 있었다. 신호등도 전부 꺼져 있는 이 넓은 도로를 절도 있는 기어 조작으로 맞이하던 남자는, 이럴 때 아니면 언제 이 교통지옥 도시에서 이렇게 밟아 보겠냐고 너스레를 떨었다. 여인은 핀잔 섞인 말로 응수하면서도 웃음을 지었다. 분명 저 둘도 긴장되고 두려울 텐데, 이 와중에도 여유를 보였다. 덕분에 내 마음도 편해졌다.

직진 길에 와서야 난 앉을 수 있었다. 엔진에서 비행기 소리가 났다. 마일로 표시된 속도계가 100이 넘어가는데도 괴물 차는 오히려 차분하게 가라앉았다.

그때 자동차가 돌고래 소리를 내며 멈췄다.

멀리 '그들'이 있었다. 300미터 남짓 돼 보이는 곳에 꽤 많아 보이는 녀석들은 갈 곳을 모르는지 두리번거리고 있었다. 남자가 기어를 조작하고, 차가 타이어 마찰음과 함께 후진할 때, '그들' 중 한 녀석이 고개를 돌렸다.

놈들은 우릴 보더니 바로 뛰어왔다. 회백색 녀석들이 우르르 몰려오는 모습은 압도적이었다. 후진하던 차는 남자의 능숙한 조작으로 반 바퀴 방향을 틀었다. 괴물 차는 녀석들로부터 금방 멀어졌다.

안도의 한숨이 나는 그때, 퍽, 검은 물체가 앞 유리를 덮쳤다. 여인의 짧은 비명과 잠깐의 브레이크 소리가 겹쳤다. 남자는 반사적으로 핸들을 꺾었다. 이내 검은 그림자는 나가떨어졌다. 잠시 속도가 느려졌지만 차는 멈추지 않았다. 이때 끈끈한 충돌음이 불규칙한 박자로 연이어 들렸다.

자동차 소리를 처음부터 따라온 놈들이었다. 지나온

길을 다시 가니 마주친 것이다. 녀석들이 부딪칠수록 자동차의 속도는 느려졌다. 되돌아온 건 실수였다. 아예 다른 길을 택했어야 했다. 기어를 잡은 남자의 손이 바쁘게 움직였다.

조수석 창문으로 한 녀석이 기괴한 소리를 내며 달라붙었다. 거칠게 내뿜는 콧김과 입김이 창문에 뿌옇게 서렸다. 녀석은 작아진 동공으로 창문 안을 들여다봤다. 여인은 비명도 지르지 못하고 얼어붙었다. 차는 더 느려지고, 이어 '그들'이 앞뒤 양옆까지 달라붙었다. 차에 매달린 녀석들의 수는 순식간에 다섯으로 늘었다.

놈들이 시야를 가려 운전이 어려웠다. 남자는 핸들을 흔들었다. 가로수나 가로등을 겨우 비껴가기도 했다. 한두 녀석이 떨어지기도 했지만, 느려진 속도 때문인지 뒤이어 다른 놈들이 그 자리를 대체했다. 어떤 녀석은 한쪽 팔이 떨어져 나갔는데도 나머지 팔로 붙어 있었다. 아픔도 지겨움도 모르는 녀석들이었다.

차 지붕에서 쿵 하더니, 선루프 창으로 얼굴 하나가 쑤욱 들어왔다. 녀석은 신난다는 듯 우릴 들여다보며 이를 딱딱 깨물고, 숨바꼭질이라도 하듯 선루프 창으로 얼굴을 들이밀었다가 빼더니, 주저 없이 선루프 유리를 때리기 시작했다. 유리는 금방 금이 갔다. 남자는 핸들을 더 흔들어 봤지만 이미 느려질 대로 느려진 차에서 녀석들은 떨어질 생각을 안 했다.

여인과 눈이 마주쳤다. 마주 본 여인의 눈엔 불안과 두려움이 서려 있었다. 난 두 사람의 어깨를 다독였다. 선루프 유리는 깨지기 직전이었다. 지붕 위의 녀석이 두 주먹을 모아 크게 들어 올렸다. 여인은 내 눈을 쳐다보고 있었다. 그때 난 선루프 버튼을 눌렀다. 그녀가 내 마음을 느꼈는지는 물론 알 수 없었다. 다만 그렇게 잠시 쳐다볼 뿐이었다.

삐걱거리며 선루프가 열리니 놈은 두 팔을 들어 올린 채 고개를 갸우뚱했다. 그때 난 힘껏 몸을 튕겨 뛰어오르며 동시에 놈을 힘껏 쳤다. 놈은 단번에 날아갔다. 난 자동차 지붕에 착지해 겨우 중심을 잡고 선루프를 잡았다.

달라붙은 녀석들을 발로 찼다. 녀석들은 끈질기게 붙어 있었다. 내 발길질이 계속될수록, 녀석들이 버텨낼수록, 놈들의 코는 주저앉고 턱은 빠져서 덜렁거렸다. 어깨뼈마저 빠진 녀석도 있었다. 그런데도 계속 달라붙은 채로 오히려 나를 향해 입을 벌려댔다. 보는 것만으로도 내가 다 아팠다. 생물체를 때린다는 건 쉬운 일은 아니었다.

　순간 뒤통수가 찌릿했다. 몸을 틀어 피했지만 발을 잡히고 말았다. 다 해어진 교복의, 중학생이나 됐을 법한 녀석은 날 잡고 흔들어댔다. 난 결국 자세가 무너져 이리저리 미끄러지며 휘둘렸다.

　이대론 모두 위험해질 것 같았다. 난 아예 몸을 던졌다. 기합이 절로 나왔다. 또 시간이 느려지는 것 같았다. 교복 녀석을 붙들고 차에서 떨어져 나가는 순간, 옅은 선팅 안으로 두 사람이 보였다. 여인과 남자는 내가 떨어져 나가는 걸 보고 있었다. 두 사람과 눈이 마주쳤다. 시간이 천천히 흐르는 것만 같은 그때, 두 사람은 고맙다고 말하는 것 같았다. 조수석의 여인은 작별 인사처럼 창문에 손을 댔다.

　차는 쏜살같이 빠져나가고, 나와 교복 녀석은 아무것도 없는 도로에서 바쁘게 굴렀다. 굴러가면서, 잠시 가졌던 희망이 덧없게 느껴졌다. 운명이라고 생각했던 희망의 길은 결국 날 다시 이리로 인도했다. 도망친 곳엔 희망이 없나. 어쩌면 신나게 굴러온 지금, 이 녀석들에게서 벗어날 수가 없는, 이것이야말로 이미 운명이었을지도 모른다.

구르는 속도가 느려지다가 멈췄을 때, 다른 생각을 하고 있었던 탓이었나, 난 마운트 자세로 밑에 깔려 있었다. 교복 녀석은 날 깔고 앉은 채 크아악 이빨을 드러냈다. 놈의 망가진 얼굴에서 피가 뚝뚝 떨어져 내 얼굴과 입술에 닿았다. 난 녀석을 반사적으로 밀쳐냈다. 덩치가 작아서 그런지 놈은 쉽게 날아갔다.

교복 녀석은 건물 2층에 부딪혔다가 떨어졌다. 녀석은 금방 일어났다. 난 누운 채로 습관처럼 입술을 핥았다. 그 바람에 녀석이 흘렸던 피가 혀에 묻게 됐다.

그때 쩽, 뭔가 깨진 듯한 균열이 뒤통수를 긁고 올라왔다.

눈이 번쩍 뜨였다. 몸에 열기가 오르며 스프링처럼 튀어 올랐다. 커피 농축액 같은, 아니, 카페인을 혈관에 직접 주사하면 이럴까 싶었다. 진저리치듯 몸이 퍼르륵 떨렸다. 난 눈을 껌뻑이며 잠시 그 기분에 취했다.

녀석이 날 향해 눈을 치켜떴다. 딱 반항기 가득한 사춘기 소년의 눈빛이었다. 진정할 겨를도 없이 녀석이 뛰어들기에 나는 다급하게 받아쳐야만 했다. 뿌리치듯 휘저은 내 팔에 녀석은 또 한 번 저만치 날아갔다. 그런 녀석 위로 난 단숨에 뛰어올라, 녀석의 두 팔을 X자로 교차해 눌렀다. 녀석은 팔이 눌린 채로 눈에 불을 켜고 버둥거렸다.

그때 옆통수가 따가웠다. 녀석의 시선도 천천히 다른 곳을 향했다. 나도 교복 녀석의 시선을 따라 고개를 돌렸다가 아후, 눈을 질끈 감았다.

열 명은 돼 보이는 '그들'이 쳐다보고 있었다. 몇몇은 고개를 갸웃거리기도 했다. 구경하던 '그들'이 천천히 다가왔다. 선두의 왕눈이 녀석은 노란 치마를 나풀거리며 천천히 다가왔다. 녀석의 크고 순박해 보이는 눈에, 나도 일부러 살짝 웃어 보였다. 그때 왕눈이 녀석이 크아악 이빨을 드러내더니, 나머지 놈들도 줄줄이 하악질을 해댔다. 교복 녀석도 덩달아 그르렁거렸다.

뒤도 안 보고 도망쳤다.

녀석들은 학익진으로 쫓아왔다. 중간에 샐 곳도 없어 무조건 직진이었다. 이대로 쭉 가면 아까 자동차로 유턴했던, 녀석들이 진을 치고 있던, 폭격이 예정된, 결국 그곳이었다.

오후의 해는 한풀 꺾였다지만 여전히 따가웠다. 왕복 10차선의 넓은 아스팔트 바닥은 햇빛에 물들어 황톳빛이 되었다. 아무도 없고 황량하기까지 하니 마치 사막 같았다. 길게 드리운 내 그림자는 날 앞지르기라도 할 것처럼 바짝 붙어 달렸다. 뒤이어 쫓아오는 녀석들의 그림자 10여 개가 서로 겹치고 섞여, 흡사 다리 여럿 달린 괴물이 쫓아오는 것 같았다.

난 난감함에 마른 입술을 핥았다. 그 바람에 입술에 남아 있던 교복 녀석의 피가 다시 한번 혀에 묻었다.

⑮
강자

───────────────

머릿속에 번개가 쳤다. 쨍한 느낌이 화살처럼 혀끝에서 뇌까지 관통했다. 내가 고개를 든 게 아니라 고개가 저절로 들렸다. 눈이 확 뜨이며 뜨끈하고 찌릿했다. 발이 빨라졌다. 그림자는 날 쫓아오느라 바빴다.

만화영화 속 천사 등장 음악이 EDM 버전으로 귓가에 울렸다. 뜀박질 발소리는 드럼 비트, 빠르게 뛰는 심장은 베이스였다. 난 어느 때보다도 신나게 달렸다. 이대로 계속 달리다가는 진짜로 퍼드덕 날아갈 수도 있을 것만 같았다. 난 또 입술을 핥았다. 더 남은 피가 없었다. 연신 핥았는데, 없었다. 왠지 모르게 아쉬웠다.

커다란 건물 수십 개는 지나쳤다. 하늘이 충혈돼 가고 있었다. 하루가 짧아진 기분이었다. 세상은 더 넓어진 느낌이었다. 다리에 감각이 없었다. 하늘을 달리는 것 같았다. 난 더, 더, 더 달렸다.

이곳은 그야말로 황무지였다. 칠 벗겨진 아파트밖에 없는 회색 공간. 재개발 때문에 쳐놓은 펜스는 어째서인지 곳곳이 뚫려 있었다. 대단지답게 끝이 보이지 않는 아파트들이 줄지어 있었다. 앙상하다는 표현이 아파트에도 어울렸다. 유리창은 다 깨져 있거나 테이프가 붙어 있었다. 몇몇 건물은 벽에 금이 가 있거나 아예 허물어져 있기도 했다. 바닥엔 시멘트 조각 덩어리가 굴러다녔다. 역시, 모아 놓고 같이 묻어 버리기 딱 좋은 공간이었다. 폭격과 함께 무너져 내리는 아파트가 불현듯 환상처럼 눈앞에 펼쳐졌다가, 눈을 질끈 감았다 뜨니 사라졌다.

앞의 '그들'은 여전히 태평하게도 누군가를 기다리는 것처럼 두리번거리고 있었다. 그 누군가는 당연히 그놈, 덩치일 것이다.

덩치 녀석은 어딜 갔을까, 궁금해하는 사이 난 어느새 '그들' 앞에 다다랐다. 그들은 날 쳐다보고 있었고, 그렇게 잠시 있으니 날 쫓던 놈들이 도착했다. 그러자 이놈들 전부가 갑자기 이빨을 드러냈다.

어디에도 내 편은 없었다. 이놈들이 뭘 보고 어떻게 아는 건지, 의사소통은 어떻게 했는지 도대체 알 수 없었다. '그들'은 날 에워싸고, 언제든 뛰어들 자세였다. 조금의 빈틈만 보이면 난 죽는 거다. 계획이 틀어졌다. 생각, 생각을, 생각이란 걸 해야 했다. 다급하게 주변을 둘러봐도 도움 될 건 하나도 없었다.

그때 무리 속에서 하나가 확 튀어나왔다. 녀석들 틈에 가려 보이지 않던 중학생 교복 녀석. 난 반사적으로 녀석을 잡으며 휙 돌려 던졌다. 그때 내 머릿속에, 마음속에, 깨달음이 왔다.

'힘으로 찍어 눌러. 콱.'

목소리까지 들리는 듯했다. 마음의 소리인가. 또 다른 자아인가. 본능인가. 내가 제일 싫어하는 방법인데. 인간이 인간에게 그래선 안 되는데.

'그건 '인간'의 경우지.'

그때 목소리가 또 들렸다.

마침 교복 녀석이 빙글 돌아 착지하더니 또 달려왔다. 난 녀석의 공격에 힘으로 맞서지 않고 슬쩍 피하며 녀석이 지치도록 만들었다. 내가 피할수록 녀석은 벽이나 의자, 가로등에 부딪히고 바닥에 떨어지며 데미지를 입었다. 중간에 난입한 몇 놈들도 동물처럼 마구 덤벼들고 휘둘러댔다. 적당히 피해 녀석들의 힘을 빼고, 난 편의점 쓰레기통에 있는 소주병을 들어 교복 녀석의 뒤통수를 힘껏 가격했다. 놈은 머리를 흔들며 휘청거렸다.

교복 녀석을 피떡이 되도록 팼다. 패다가 높이 들었다. 마치 '그들'에게 전시하듯, '그들'이 잘 볼 수 있도록 번쩍 들었다. 놈들은 주저했다. 난 본보기로 가장 가까이 있는 또 다른 녀석의 아구창을 날리고, 그 뒤에 있는 녀석의 가슴팍을 힘껏 차버렸다.

놈들은 엉망으로 나뒹굴었다. 뒤에 있는 녀석들은 슬슬 내 눈을 피했다. 동물답게 힘으로 누르니 통했다. 괜한 동정심은 약점이었고 관용은 오만일 뿐이었다. 나를 죽이려는 녀석들에게 인간성을 기대한 건 내 인간적 교만이었다. 내가 감히 누굴 배려한다고 착한 척을 했던 건지, 어리석었던 내 자아를 탓했다.

난 보란 듯이 교복 녀석을 던졌다. 그리고 왕눈이 녀석의 앞으로 다가가 섰다. 왕눈이를 비롯한 나머지 녀석들은 눈을 슬그머니 피하더니 다른 쪽으로 움직였다. 바닥에 떨어진 교복 녀석은 거친 숨을 내쉬었다. 난 미안함과, 하지만 왠지 모를 성취감, 우월감, 뿌듯함이 뒤엉켜 잠시 서 있었다. 강자의 기분을 조금은 즐기고 있었다. 나도 몰랐던 내 잔인성이 꼭 싫지만은 않았다. 이 강함, 또 갖고 싶었다.

그때, 멀지 않은 곳으로부터 진한 냄새가 풍겨왔다. 뇌리를 때리는 이 냄새는 들숨을 따라 들어와 몸통 깊은 곳에 걸렸다. 강한 살기가 뒤통수를 간지럽혔다. 반사적으로 몸을 숙여 꺾는데, 농후한 냄새와 함께 검은 그림자가 순식간에 지나갔다. 날 지나간 그것은 내 앞의 왕눈이 괴물을 덮쳤다.

왕눈이의 목덜미에서 피가 튀었다. 녀석은 반격 한 번 못 해보고 쓰러졌다. 그 틈에 난 구석으로 피했다. 비명 같은 괴성과 신음이 온 길바닥에 난무했다. 난 몸을 숨길 곳을 찾아 달렸고, 녀석들은 자기들끼리 서로 물고 뜯었다.

처음엔 나를 도와주는 무리인 줄 알았다. 잘 보니 종류가 달랐다. 피부색은 더 진했고, 더 악취를 풍겼고, 더 말랐다. 아니, 말랐다고 하기보다는 갈라졌다고 할 정도로 아예 거죽이 없어 보였다. 사람에게서 풍기는 흔적이 형광 분홍색이라면, 이 녀석들은 검붉은, 아니 거무튀튀하다고 해야 할, 썩은 피 웅덩이 색이었다. 피부는 회백색이 아니라 진한 핏빛의 검회색이었고, 해부도처럼 핏줄이 굵게 돋아 있었다. 눈동자는 역시 핏빛 도는 검은색으로, 보는 것만으로도 몸이 움츠러들었다. 불과 몇 분전 힘으로 찍어누르며 느꼈던 성취감, 우월감, 뿌듯함은 온데간데없었다.

'진한 녀석들'은 빠르고 강했다. '그들' 또한 말도 안 되게 강한 힘을 가졌지만, 이 피부색 진한 녀석들은 더 했다. 뭐라고 불러야 할지조차 모를 '진한 녀석들'은 '그들' 무리 속으로 뛰어들어 마음껏 휘젓고 다녔다. 그중 특히 설치는 한 녀석은 핏줄이 목을 타고 올라와 아래턱에서 양 볼과 이마에까지 도드라지게 올라와 있었다. 얼굴 전체가 핏줄로 도배돼 있었다. 녀석은 작은 체구로 혼자서 '그들' 서넛 정도를 쉽게 상대했다.

녀석을 어디선가 분명 봤다는 생각을 지울 수 없었다. 그때 번뜩, 교통사고 이후 도로에서 만난, 내 이마에 총을 쏜, 무장한 무리 중 한 놈의 얼굴이 떠올랐다. 하얗고 마른 그 녀석이었다. 결국 놈도 괴물이 되어 있었던 거다.

압도적으로 어두운 기운을 내뿜는 얼굴핏줄 녀석은 보이는 대로 닥치고 물어뜯었다. 그 행동이나 표정 하나하나에서 엄청난 증오가 느껴졌다. 어쩌다가 이 지경이 된 건지. 설마 녀석은 이 괴물들에 대한 증오만이 남게 된 걸까. 괴물이 되어서까지 괴물을 해치우는 존재가 된 건가. 소름이 끼쳤다.

얼굴핏줄 녀석은 '그들'을 하나씩 붙잡더니 망설임 없이 목덜미를 물었다. 피를 빨 때마다 턱에 꿈틀거리는 근섬유와 핏줄이 그대로 보였다. 그때, 교복 녀석의 피가 혀에 묻었을 때가 떠올랐다. 뇌 속으로 파고들던 기분이 떠오르며, 나도 저렇게, 나도 저 녀석처럼 '그들'의 피를 빨고 싶었다.

이제야 알았다. 이 피부색 진한 녀석들은 '그들'의 피를 빨고 싶은 것이다. 도박 중독자는 도박을 끊지 못하고, 마약 중독자는 마약을 끊지 못한다. 난 사람 피도, '그들'의 피도 맛봤다. 교복 녀석의 피 맛은 일반 사람보다 백 배는 진했고 짜릿했다. 내게 인간으로서의 정신력과 절제력이 없었다면 나도 금방 빠져들어 탐닉했을 거였다. '진한 녀석'들은 저 맛을 잊지 못해 직접 '그들'을 사냥하는 것이다. 동물로서 그나마 남아 있는, 최소한의 본능이나 동족 유대감마저 없어져 버린, 그야말로 '진짜 괴물'이 되어 버렸다. 마치 무언가에 중독되어 버린 인간들처럼.

불과 조금 전 강함을 맛본 내 모습에 소름 돋고 말았다. 나도 어느새 매몰되어 버릴 뻔했다. 애써 나를 붙든 건, 역시 가족뿐이었다. 난 황급히 주머니에 손을 넣어 사진을 만졌다. 이 감촉, 내 진정제였다.

사방은 온갖 기괴한 소리로 가득했다. 찢어지고, 부러지고, 흩뿌려지는 소리가 대취타처럼 화음을 이루었다. 황량한 재개발 지역은 녹진한 공기로 가득 찼다. 이런 게 죽음의 소리, 죽음의 향취인가. 이 틈에도 코가 저절로 움찔거리는 것까지는 내가 어떻게 할 수 없었다.

언제까지고 이렇게 있을 순 없었다. 어떤 방식으로든 곧 군대가 쳐들어올 텐데. 어설프게 움직이다 들키면 '진한 녀석'들에게 잡혀 죽겠지만, 반대로 이 위험한 순간, 지금 이 혼란이야말로 '진한 녀석'들에게서도, '그들'에게서도 도망칠 수 있는 유일한 틈이었다.

그때 얼굴핏줄 녀석은 이미 내 위에 떠 있었다. 열 걸음 남짓 앞의 얼굴핏줄 녀석은 어느새 입을 벌리고 날 향해 뛰어들었다. 녀석의 입꼬리가 미소처럼 올라갔다. 마치 살쾡이가 쥐를 보는 모습이었다.

난 달려드는 얼굴핏줄을 향해 주먹을 내질렀다. 녀석의 미소 띤 입꼬리 왼쪽에 내 주먹을 박아 넣었다. 녀석은 공중에서 가로축으로 한 바퀴 돌았다. 그동안 난 주먹과 팔을 주체하지 못해 몸까지 딸려가고 있었다.

얼굴핏줄은 곧바로 일어섰다. 내가 가까스로 중심을 잡고 고개를 돌렸을 때, 얼굴핏줄 녀석과의 거리는 어느새 세 걸음 남짓이었다. 녀석은 날 한입에 삼킬 것처럼 입을 벌렸다. 난 아까 뻗었던 주먹을 이제야 되돌리고 있었다. 아, 이렇게 되는 건가. 난 박치기라도 하려고 머리를 들이밀었다.

그때 커다란 발이 눈앞으로 쑤욱 들어왔다. 하도 낡고 해져서 신발 같지도 않은 걸 신은, 웬만한 사람 머리통보다 큰 발은 내 코끝을 스쳐 얼굴핏줄의 면상 한가운데로 박혔다. 얼굴핏줄은 이번엔 세로축으로 한 바퀴 돌며 멀리 날아갔다.

햇빛은 슬슬 내려앉고 있었다. 난 눈 한번 깜빡이지 못하고 겨우 눈알만 옆으로 굴렸다. 역광에 비친 실루엣, 익숙한 악취, 그것만으로도 누군지 알 수 있었다. 난 반가움에 미소 짓고 말았다.

덩치는 목을 풀며 어깨를 폈다. 뭔가 모를 든든함에 척추가 짜릿해 나도 움츠렸던 허리와 어깨를 활짝 폈다. 이번엔 얼굴핏줄도 충격이 컸는지 일어나는 데 시간이 걸렸다. 녀석의 턱이 빠진 듯 덜컥거리자 주먹으로 자기 턱을 때리기 시작했다. 때릴 때마다 옆으로 피가 튀었다. 독보적인 비주얼에 압도적인 행동까지 겹치니, 쫙 펴졌던 내 몸이 다시 움츠러들었다. 악마가 있다면 저런 모습일 것 같았다.

덩치는 무섭지도 않은지 뚜벅뚜벅 걸어갔다. 얼굴핏줄 녀석은 턱이 다 끼워진 듯 고개를 뿌드득 돌려 정리했다. 둘은 어느새 맞붙었다. 굉장한 싸움, 보는 것만으로도 손발과 미간이 움찔거렸다.

덩치가 밀린다 싶을 정도로 얼굴핏줄 녀석은 빠르고 강했다. 얼굴핏줄은 특출한 민첩함으로 그의 두 배나 되는 덩치를 사방에서 공격했다. 덩치의 공격도 유효했지만, 자꾸 카운터를 맞다 보니 중심이 흔들리며 위력이 약해졌다.

도망가려면 지금이 제격이었다. 그런데 지금은 도망갈 생각이 들지 않았다. 오히려 덩치 녀석을 도와 저 '진한 녀석'들을 물리치고 싶었다. 게다가 이대로 저 '진한 녀석'들을 놔뒀다간 극복해 낼 방법이 없을 것 같았다.

그래, '생각'을 하자! 생각하는 사람이 강자다. 주변을 살피며 생각에 몰두했다. 순서를 정하는 거다. 지금은 덩치를 활용해 저 '진한 녀석들'을 처치하는 것이 급선무였다. 덩치는 그 후에 또 생각하면 된다.

계획이 생겼다. 그러니 호흡이 조금은 진정됐다.

16
여보

침착해지니 시야가 넓어졌다. 이곳은 시멘트 블록 담벼락이 있는 놀이터였다. 재개발 때문인지, 굵은 쇠사슬과 출입 금지 테이프로 봉쇄돼 있었다. 담벼락 너머 왼편은 아까 '그들'과 '진한 녀석들'끼리 싸움 붙은 공터였다.

싸움은 얼굴핏줄이 덩치의 목덜미에 근접하고, 덩치는 힘으로 밀어내고, 얼굴핏줄은 민첩하게 다시 덤비는 양상이었다. 이러다가는 덩치가 물릴 수도 있었다. 감상하고 있을 때는 아니었다. 덩치가 당하면, 나도 죽는다.

놀이터 입구에 묶여 있는 쇠사슬은 무게 때문에 축 늘어져 있었다. 쇠사슬 가운데를 두 손으로 잡아 확 당기니 시끄러운 소리와 함께 반동을 일으켜 되레 내가 끌려가고 말았다. 놀이터 바닥에 와장창 넘어져, 무작정 힘부터 쓸 게 아니라 생각 먼저 해야 한다는 것을 또 깨달았다.

자물쇠가 있었다. 자물쇠만 부수면 쇠사슬을 가져갈 수 있었다. 난 기둥을 발로 밟고 쇠사슬을 최대한 짧게 잡았다. 그리고 힘껏 잡아당겼다. 쇠끼리 부딪히는 소리가 귀를 때렸다. 그렇게 정신없이 싸움 중인 얼굴핏줄과 덩치조차도 날 쳐다봤다. 이래서는 곳곳에 퍼져 있는 놈들이 다 오겠구나 싶었다. 그래도 난 이게 필요했다. 한 번은 끄떡없었지만, 두 번, 세 번 당기자 자물쇠가 휘어졌다. 일곱 번 만에 기둥 고리와 자물쇠가 동시에 떨어져 나갔다. 바로 쇠사슬을 카우보이처럼 돌려, 곧바로 얼굴핏줄을 향해 던졌다.

쇠사슬이 날아가는 사이 두 놈의 위치가 바뀌었다. 아차! 쇠사슬이 덩치의 오른발에 감기면서 발이 꼬여 넘어지고 말았다. 얼굴핏줄은 양손으로 덩치의 어깨를 덮쳤고, 덩치는 얼굴핏줄 녀석의 머리통을 부여잡아 밀어내고 있었다. 덩치는 나를 향해 고개를 돌리더니 "크엉!" 소리 지르며 원망스러운 눈빛을 보냈다.

그때 난 달려가 얼굴핏줄 녀석의 몸과 목에 쇠사슬을 감아 당겼다. 녀석의 몸이 뒤로 젖혀졌다. 그 와중에도 지독한 얼굴핏줄 녀석의 손가락은 오히려 덩치의 살을 파고들었다. 덩치의 어깨에서 피가 스펀지처럼 배어 나왔다. 보는 내가 다 아픈데, 이 와중에도 덩치는 무표정이었다.

난 쇠사슬을 힘껏 당겼다. 쇠사슬은 더욱 팽팽해졌고, 얼굴핏줄의 허리가 꺾이며 덩치를 잡은 팔이 팽팽하게 펴졌다. 더 세게, 더 당겼다. 얼굴핏줄의 머리통을 밀고 있던 덩치의 두 손이 자유로워졌다. 덩치는 두 주먹으로 얼굴핏줄의 면상을 힘껏 찍었다.

얼굴핏줄은 순간 떨어져 나갔다. 덩치는 그 틈을 놓치지 않고 거의 동시에 일어나며 오른발을 당겼다. 감겨 있던 쇠사슬이 팽팽해졌다. 반대편에서 쇠사슬을 잡은 내 몸마저 질질 끌려갔다. 그러자 덩치는 팽팽해진 쇠사슬을 마치 여유 부리듯 느긋하게 두 손으로 잡더니, 당겼다. 얼굴핏줄 녀석은 쇠사슬에 묶인 채 나와 덩치 사이에 떠 있게 되었다. 목에 감긴 쇠사슬이 점점 살을 파고들자 녀석은 쇠사슬을 붙들고 버둥거리며 안간힘을 썼다.

이를 하도 악물었더니 어금니에 턱까지 아팠다. 피가 통하지 않아 하얗게 질린 손이 저렸다. 덩치는 여전히 무표정이었지만, 온 얼굴이 부들부들 떨리고 있었다. 간헐적으로 뿌득, 뿌드득 소리가 났다.

급기야 얼굴핏줄 녀석의 목이 꺾였다. 눈도 감지 않은 채로 그러고 있으니 더 지옥 같았다. 난 이제 끝났다고 생각해서 힘을 빼려고 했지만, 덩치는 쇠사슬을 더 세게 잡아당기고 있었다. 그 때문에 난 쇠사슬을 놓지도 못하고 있었다. 쇠사슬은 얼굴핏줄의 목으로 더 깊게 파고들었다. 그때 덩치가 팔을 확 당겼다.

얼굴핏줄의 목이 끊어졌다. 동시에 쇠사슬을 붙들고 있던 내 몸이 공중에 떴다. 내 몸은 공중에 뜬 얼굴핏줄 녀석의 얼굴 정면으로 날아갔다. 피를 흩뿌리며 지나치는 그 얼굴은 진짜 악마 조각 같았다.

덩치에게 부딪히려는 때, 몸이 공중에서 멈췄다. 덩치가 내 목을 잡아 들고 있었다. 나도 죽는 것인가. 점점 숨이 벅찼다. 생각, 그래, 이걸 어쩌지. 어떻게 벗어나지. 생각해야 했다. 녀석의 팔꿈치가 눈에 들어왔다. 저길 때리면 팔이 꺾일 테고, 그러면 나는 벗어나서…….

그때 덩치가 내 눈을 한참 들여다보더니 여느 때처럼 크흥, 개의 콧숨 같은 걸 내뱉곤 날 툭 내려놓았다. 난 기침을 토해 내며, 구부정하게 있었다. 그사이 덩치는 땅에 떨어진 얼굴핏줄의 머리를 밟아 버렸다. 안 보고 싶었지만, 하필 구부정하게 있어서 정통으로 보고 말았다.

담장 너머에는 언제 왔는지 '그들'과 '진한 녀석들'이 뒤엉켜 있었다. 시끄러운 소리를 듣고 또 모인 모양이었다. 덩치는 어느새 시멘트 블록 담장 너머로 몸을 날렸다. 난 다시 쇠사슬을 집어 들었다.

어느새 제법 숫자가 많아진 '그들'은 상대적으로 수가 훨씬 적은 '진한 녀석'들과 꽤 대등하게 싸우고 있었다. 살과 살, 뼈와 살, 뼈와 뼈가 부딪히고 찢기는 소리, 숨소리, 괴성, 비명, 절명의 소리가 뒤엉켜 떠다녔다.

그리고 휘파람 소리.

점점 다가오는 휘파람 소리를 나도 모르게 귀로 쫓았다. 소리로 느껴지는 거리감이 점점 좁혀졌다. 눈을 번쩍 위로 떴다. 저 멀리에서 얇은 구름 두 줄이 하늘을 가르며 다가왔다.

전투기라니, 황당함이 극에 달한 나머지 난 잠시 멍하게 있을 수밖에 없었다. 어느새 전투기는 쌩하게 지나갔다. 어이가 없어 난 그 모습을 그저 고개로 따라가다, 쇠사슬을 집어던지고 뛰었다.

섬광이 일었다. 번쩍하더니 새카매졌다. 세상이 깜깜했다. 눈을 아무리 깜빡여도 아무것도 보이지 않았다. 발에 감각이 없었다. 아무것도 발에 닿지 않았다. 몸이 공중에 떴나, 몸이 있기나 한 건가, 팔다리를 허우적대긴 하는 것 같은데 아무것도 느껴지지 않았다. 눈이 멀고 귀가 먹어 버린 상태로 난 허우적거렸다.

내게 남은 건 공포뿐이었다.

* * *

눈을 떴을 때 난 누워 있었고, 시멘트 먼지는 안개처럼 낮게 떠다녔다. 입과 코에 분진이 가득했다. 이번 기절도 잠깐이었나 보다. 시간이 많이 흐르진 않았는지 아직 해는 보이는데도, 이곳은 먼지 때문에 안 보였다. 열 발자국 너머는 아예 없는 세상 같았다.

현실감이 없어도 너무 없었다. 진짜로 몰래카메라 같았다. 그런 게 아니고서야 내게 이런 일이 일어날 리가 없었다. 믿기지 않았다. 또 살아 있다. 총 맞고 죽었다가 살아나서 괴물 떼에 수류탄에 군대에 총알에 지뢰에 또 괴물에 괴물보다 더한 괴물에 이제 미사일까지. 이들 중 하나만 겪어도 진작 죽었어야 정상인데 난 또 살아남았다.

그러니까 더 살아야지. 눈앞은 혼탁했지만 길이 안 보인다고 해서 길이 없는 건 아니니까. 난 용기를 짜내 애써 발을 내딛다 정강이 부서지는 고통에 주저앉고 말았다. 겨옭, 하는 소리를 냈던 것도 같았다. 더듬어 보니 앞에 커다란 시멘트 파편이 있었다. 무섭고 서러운데 아프기까지 하니 저절로 울음이 났다. 불편한 자세로 쪼그려 앉아 끅끅 숨을 삼킬 뿐이었다.

그때 멀리서부터 허공을 휘젓는 소리가 일정하고 빠른 리듬으로 울렸다. 온통 희뿌연 세상 속에 소리만 들렸지만 헬리콥터라는 건 금방 알 수 있었다. 길쭉한 타원으로 조명 하나가 바닥을 훑으며 다가왔다. 자욱한 먼지 속에도 주변이 환해졌다. 용오름에 시멘트 먼지가 날리는 데다가 조명까지 쏘니 눈을 뜨는 것만도 힘들었다. 절룩거리며 실눈으로 손을 휘저어 벽을 찾아 숨으니 그제야 눈도 좀 뜨이고 숨통도 트였다.

이곳은 내가 튕겨 나갔던 곳에서 한참, 큰 운동장 한 개만큼은 떨어져 있는 곳이었다. 물론 지금의 나는 두어 번만 힘차게 뛰면 도달할 거리이긴 했지만, 겨우 보이는 그곳은 아예 폐허가 돼 있었다. 아파트는 대부분 무너졌고, 바닥은 시멘트 돌덩이 잔해로 가득했다.

헬기는 이곳을 열심히 수색했다. 이 와중에도 신기하게 나처럼 살아남은 '그들'은 조명을 보자 목숨 아까운 줄 모르고 반사적으로 뛰어들었다. 다리가 부러진 녀석들은 남은 다리로 뛰었다. 상반신만 남은 녀석들은 두 팔로 뛰어들었다. 녀석들은 곧 총소리와 함께 쓰러졌다.

헬기는 이 동네를 여러 번 왕복하며 살아남은 자들을 꽤 오랫동안 처리했다. 난 그때마다 벽과 기둥 뒤로 몸을 숨겼다. 긴장감 때문인지 시간은 천천히 가는 것 같으면서 또 어떻게 가는지 모르게 빨리 흘렀다. 그새 시멘트 먼지도 꽤 걷혔다. 헬기가 사라지고, 조용해지고 나서야 난 고개를 내밀었다.

곳곳에 널브러진 시체들은 이제는 그냥 당연한 배경 같았다. 주변을 살피니 길은 딱히 없었다. 가파른 경사에 풀과 나무가 있고, 그 아래에 큰 도로가 보였다. 도로 아래까지는 보이지 않았다. 햇빛은 더욱 붉어져 가면서 탁해지고 있었다. 엷은 검은색이 지평선으로부터 스며들었다.

도로를 내려보며 한숨 돌리다가 주머니에 손을 넣으니, 살아 있는 손으로 느껴지는 가족사진의 감촉에 마음이 다시 잡혔다. 왼손 넷째와 다섯째 손가락에 있는 먼지투성이 결혼반지 두 개를 누더기가 다 된 셔츠로 빡빡 닦았다.

땅을 울리는 두꺼운 엔진음이 진동과 함께 다가왔다. 아까의 헬리콥터와는 다른 종류였다. 진동 좇아 바짝 숙이고 길가에 나서니 비탈면 아래 멀리 도로가 보였다. 그곳으로 고속버스 여러 대가 지나가고 있었다. 저 멀리 보이는 대학병원에서 나온 것 같았다.

어떻게 할까, 고민하는 동안에도 버스는 가고 있었다. 그때, 세 번째 버스 맨 앞에, 창가에 기대어 있는 한 여자의 어깻죽지와 얼굴을 살짝 가린 은빛 머리가 스치듯 눈에 들어왔다.

여보……?

생각을…… 아니다, 생각할 틈이 없었다. 난 바로, 느낌대로, 몸을 던졌다. 비가 한 방울씩 떨어졌다. 비탈면은 나무가 듬성듬성 박혀 있는 가파른 내리막길이었다. 경사가 45도는 되는 것 같은데도 내 발은 망설임이 없었다. 나무를 곧잘 피했지만, 부딪힐 때는 그냥 부딪혀 버렸다. 굴러 내려가다가도 그 속도 그대로 다시 일어나 달렸다.

어느새 몇 '그들'이 같이 달리고 있었다. 징글징글하게 살아 있는 녀석들은 나를 따라 달리고 구르며 여전히 알 수 없는 소리를 냈다.

그때 폭발이 일었다.

버스가 지나자마자 도로가 폭발하며 길이 끊겼다. 지반이 내려앉으면서 비탈면도 같이 무너져 내렸다. 흙이, 나무가 빨려 들어갔다. '그들' 몇 녀석도 같이 빨려 들어 갔다.

하마터면 나도 휩쓸릴 뻔했다. 무너져 가는 나무를 밟고, 허공을 휘젓는 '그들'의 손을 빠듯하게 벗어나, 내리막길이 끝나는 곳에서 난 온 힘을 다해 날았다.

고속버스는 총 여덟 대였다. 앞에는 간부용 레토나 차량이 두 대, 뒤로는 속칭 두돈반이라는 육공트럭이 따라가며 앞뒤로 호위하고 있었다. 선두는 속도를 내고 육공트럭은 느려서 뒤처지고 있었다. 난 여덟 대 중에서 마지막 버스의 뒷부분 왼쪽 창문에 달라붙었다.

버스 지붕에 올라서자 약 20미터 뒤의 육공트럭 군인들이 내게 총을 겨눴다. 설마 사람들이 타고 있는데 쏠까, 생각한 순간 총소리가 귀를 때렸다. 난 납작 엎드렸다. 군인들은 어떻게든 전공(戰功)을 세우고 싶어 안달이 났는지, 눈빛에 광채가 돌았다. 난 엎드린 채로 움직여 다시 버스 왼편 유리창에 달라붙었다. 육공트럭 녀석들은 서로 다급히 뭐라고 하더니, 무전기와 조종석에 번갈아 소리를 질러댔다. 군인들은 전투적인 눈빛과 함께 총을 쏴댔다.

총소리와 함께 유리창이 깨지고, 버스에 총알구멍이 생겼다. 미친놈들, 이렇게 무차별로 쏴대다간 여기 괜한 사람들까지 다 죽게 생겼다. 내가 버스 벽 뒤로 숨자, 육공트럭도 차선을 바꿨다. 그때 난 육공트럭을 향해 뛰었다. 혼비백산한 녀석들은 허공에 총을 갈겼다.

바로 코앞에 총구가 있었다. 난 빠르게 피하며 빼앗았다. 빼앗은 총을 휘둘러 녀석들의 방탄모를 때리고 손과 총을 때렸다. 몇 놈은 기절했고, 몇 놈은 총을 놓쳤다. 그때 한 녀석이 뒤로 밀리더니 육공트럭 끝에 겨우 걸쳐 섰다.

녀석은 팔을 허우적거렸다. 난 녀석을 향해 손을 뻗었다. 녀석은 내 손을 잡더니, 화들짝 놀라며 겨우 잡은 손을 뿌리쳤다. 녀석의 머리통이 바닥에 닿을 때쯤 난 녀석의 탄띠를 잡을 수 있었다. 날 보고 숨을 몰아쉬는 녀석의 잔뜩 겁먹은 눈동자를 똑바로 봤다. 녀석도 이런 나를, 내 눈을 똑바로 봤다. 내 뜻을 이해해 주길 바라며 녀석을 들어 올렸다.

녀석은 얼떨떨한 얼굴로 육공트럭 구석에 쪼그려 앉더니 덜덜 떨었다. 난 육공트럭 바닥에 떨어진 총 하나를 집어 들었다. 그러는 사이 운전병은 사태를 파악했는지 속도를 줄였다. 앞의 버스들과 거리가 벌어지고 있었다. 난 쪼그린 녀석을 잠깐 보다가, 다시 앞의 버스를 향해 뛰어올랐다.

버스 지붕에 착지하자마자 동시에 난 앞으로 달렸다. 그리고 또 뛰었다. 한 치도 주저하지 않았다. 내가 생각해도 점프는 훌륭했다. 관성의 법칙에 감사하며, 또 달려가 또 뛰었다. 난 그렇게 연거푸 뛰어 순식간에 세 번째 버스, 아까 봤던 은발 여자가 탄 버스까지 도달했다.

버스가 흔들렸다. 난 잠깐 휘청했지만 잘 매달렸다. 보통 사람이라면 두 손으로도 1초 만에 떨어졌겠지만, 지금의 난 한 손만으로도 오랑우탄만큼 잘 매달려 있었다. 버스가 흔들릴 때마다 내 몸도 휘날렸다.

버스 안은 아수라장이었다. 괴물이 총까지 들고 버스에 매달려 유리창을 쓸면서 가는 꼴이니 그럴 만도 했다. 내가 다시 지붕으로 올라가니 버스가 또 흔들렸다. 날 떨어뜨리려고 운전자가 의도적으로 흔드는 거였다.

위험해 보였다. 내가 아니라 버스가 위험했다. 버스는 점점 바퀴가 들리더니, 파도 위의 배처럼 심하게 흔들렸다. 이대로는 안에 탄 사람들까지 위험했다. 나는 제발이 쓸데없는 짓을 멈추라고 말하고 싶었다.

차라리 내가 뛰어내리든지 해야겠다고 생각한 순간, 도로 위를 뱀처럼 움직이던 버스가 급기야 비탈면을 받아버렸다. 그 바람에 반대쪽으로 심하게 기운 버스는 한쪽 바퀴만으로 한참을 더 가더니, 절벽 방호 울타리에 걸쳐서야 멈췄다.

난 버스 안 사람부터 살폈다. 사람들은 괜찮았다. 쓰러진 버스 창문에 빗방울이 떨어졌다. 내가 아내라고 생각한 사람부터 찾았지만 눈에 띄지 않았다. 다른 사람들은 깨진 창문과 앞 유리를 뜯어내고 나오고 있었다.

멀리서는 익숙한 소리가 들려왔다. 여전히 알 수 없는 '그들'만의 소리로, 서넛 되는 녀석들은 비탈면을 타고 달려오고 있었다.

난 총을 겨누었다. 조준, 심호흡, 사격, 안 맞았다. 총알 떨어질 때까지 스무 발은 쏜 것 같은데 하나도 안 맞았다. 귀만 멍했다. 총탄보다 육탄이 훨씬 나을 것 같다. 난 몽둥이 대용으로 총을 움켜쥐고 달려 나갈 준비를 했다.

그때 투슉 소리 한 번에, 비탈면을 내려오던 녀석 하나가 굴러떨어졌다. 저격총 소리. 난 버스 뒤로 숨었다.

나머지 놈들은 소리 난 쪽으로 방향을 틀어 직진했다. 그때 투슉, 연이은 일곱 번의 사격에, 네 마리 다 적중했다. 보이지도 않는 곳에서 쏴 맞출 정도라니, 이번 저격수는 아주 위험한 녀석이었다.

버스에서 나온 사람들은 앞으로 열심히 달렸다. 저 멀리 앞에 버스 한 대가 서서 기다리고 있고, 더 멀리에 레토나 한 대가 서 있는데, 총은 아무래도 거기서 발사된 것 같았다. 난 버스 뒤에 숨은 채로 아내를 찾았다.

마침내, 은발이 있었다. 찾았다. 근데, 아니, 찾은 게 아니었다. 뒷모습만으로도 아내가 아닌 걸 알 수 있었다. 실루엣, 키, 옷차림, 풍기는 기운이, 아내 특유의 분위기가 없었다. 저 여자는 내 아내일 수가 없었다. 그저 머리만 은발, 아니 백발인 사람일 뿐이었다. 그녀가 버스 쪽으로 고개를 돌리니 얼굴이 드러났다. 아내와 눈곱만큼도 닮지 않은, 60대는 되어 보이는 사람이었다.

힘이 좀 빠졌지만 누굴 탓할 것도 아니었다. 차라리 지금이라도 알게 되어 다행이었다. 그래도 이들과 함께 가면 조금은 아내와 가까워질 것 같으니 난 좀 더 숨어 있기로 했다.

뒤에서 오던 마지막 버스가 서더니 사람들을 급하게

태웠다. 사람들은 발을 동동 구르고 있었는데, 특히 한 젊은 부부가 심하게 안절부절못하며 주변을 두리번거렸다. 그때 어딘가에서 "살려주세요." 하는, 어린 목소리가 들렸다.

열 살 정도 돼 보이는 남자아이 하나가 고가도로 옆면 철근을 붙든 채로 간신히 버티고 있었다. 빗방울도 조금씩 늘어나고 있었다. 난 총을 버스 안에 잘 놓아 두고, 누군가 두고 간 카디건 하나를 들어 얼굴을 감쌌다. 고가도로 옆으로 내려가 스파이더맨처럼 한 손으로 철근을 잡고, 남은 팔로 녀석을 안았다. 올라올 땐 다리를 먼저 철근에 올리고, 그 추진력으로 몸을 띄워 울타리를 잡았다. 어린아이는 내게 안기자마자 기절했다.

뒤에서 왔던 버스는 아직 출발하지 못한 채로 사람들과 옥신각신했다. 사람들은 얼른 가야 한다고 재촉하는 거였고, 젊은 부부는 없어진 자기 아이를 찾는 거였다. 안절부절못하던 부부는 아이를 안은 날 보곤 기쁨의 소리를 내며 달려오다가 내 얼굴을 보곤 비명을 질렀다.

카디건 하나로 날 다 가리긴 부족했다. 사람들 전부가 얼어붙었다. 난 아이를 든 채로 최대한 위협이 되지 않도록, 천천히, 아이가 잘 보일 수 있도록 앞으로 내밀고 갔다. 그랬는데도 들려오는 소리는 내 의도와 영 반대였다.

"저거 봐! 이미 감염됐다니까!"

"얼른 타요! 이제 저 애는 사람이 아니야! 당신 자식이 아니라고!"

사람들은 아이도 이미 감염됐으니 버려야 한다고 소리를 질렀다. 갓 서른이나 넘었을 법한 부부는 울상으로 발을 동동 구르며 애원했다.

"아니에요! 아니에요……."

"말이 안 통하네, 출발합시다!"

"제발, 제발요! 아직, 아직이에요, 제발……."

"빨리 출발하자고! 이러다 우리 다 죽어! 당신, 저렇게 되고 싶어?"

날 가리키며 역정 내던 사람은 버스 안으로 단숨에 들어갔다. 버스에 탄 사람들은 어서 문 닫고 출발하라고 아우성쳤다. 차는 조금씩 움직이고 있었다. 이러다가는 진짜 저들을 버리고 갈 것 같았다.

아이를 어서 건네야 했다. 그렇다고 기절해 있는 아이를, 기절 안 했다고 한들, 던질 순 없었다. 여기다 놔둘 수도 없었다. 버스는 곧 출발할 기세였다. 나는 아이를 빨리 건네줄 요량으로, 달렸다.

버스는 문도 안 닫은 채로 출발했다. 아무래도 나 때문이었다. 젊은 부부는 가버리는 버스를 망연히 보더니, 나를 향해 뒤를 돌았다. 그들은 완전히 포기한 얼굴로 울상을 지었다. 난 그들 앞에 이르러, 아이를 젊은 부부의 품에 안겨 줬다. 두 부부는 누구랄 것도 없이 서로 아이를 받아들었다. 두 사람은 믿기지 않는 얼굴로 날 쳐다봤다.

멀어지는 버스를 붙들고 싶었다. 버스 문을 깨고 들어가 브레이크를 밟고 저 젊은 부부와 어린애를 태우게 만들고 싶었다. 그리고 무엇보다, 그렇게 해서 나도 아직은 인간임을 알아줬으면 했다. 나도 이들과 함께 사람들 틈에 섞여서 아내를 만나고 싶었다.

버스는 가속을 받지 못해 아직 가까이 있었다. 충분했다. 난 힘껏 달렸다. 버스는 이제야 속도가 붙기 시작했다. 난 금방 버스를 따라잡을 수 있었다. 조금만 있으면 이 버스를 세워서 저 젊은 세 가족을 태울 수 있었다. 난 몸을 날렸고, 버스 문을 향해 손을 뻗었다.

그때, 귀가 빠직, 불타는 느낌에 난 문을 놓치고 말았다.

떨어져 퍽퍽 구르는 동안 버스는 달아나 버렸다. 그 와중에도 난 몸을 꺾어 도로 구석으로 숨었다. 방호 울타리 밑에 엎드린 채로 눈만 드니, 멀리 레토나 옆에서 작은 것이 반짝였다. 아무래도 그건 날 겨누고 있는 총부리거나 조준경인 것 같았다. 난 최대한 몸을 낮추고 경계했다. 귀에선 피가 나고 있었다.

뒤로 육공트럭 엔진 소리가 들렸다. 그때 다시 투슉, 팅, 하며 방호 울타리에 총알이 튕겼다. 난 잔뜩 낮추고 숨어 있다가, 비탈면으로 달렸다. '그들'처럼 직진했다간 총에 맞을 게 뻔하니 갈지(之)자로 달렸다. 도로를 가로지르는 동안 투슉, 투슉, 총알 두 발이 바닥에 튀었다. 생각 없이 달렸다간 맞았을 거였다. 비탈면에 도달한 나는 어깨 높이 시멘트 벽을 올라가 약간 파인 흙바닥에 납작 붙었다.

육공트럭이 다가왔다. 난 몸을 더 바짝 붙였다. 기절했던 군인들은 다 깨어나 있었다. 그리고 그 젊은 가족이 타고 있었다. 아이를 감싸 안고 있는 부부의 모습은 이 와중에도 내 시선을 낚아챘다.

난 몸을 더 수그렸다가, 나도 모르게 눈을 살짝 들었다. 그때 부부 두 사람과 동시에 눈이 마주치고 말았다. 둘은 날 보고 있었다. 눈을 마주치고 있던 젊은 부부 둘은 여전히 얼떨떨한 표정이지만 나를 향해 작게나마 눈

인사했다. 나도 아주 작게 손을 흔들었지만, 알아보지 못했을 걸 생각하니 좀 아쉬웠다.

몸을 숙인 채로 비탈면을 따라 앞으로 향했다. 빗방울이 조금씩 늘어나는 것 같았지만, 햇빛이 완전히 없어진 것도 아니었다. 날씨마저 이상했다. 떨어지는 빗방울이 저물어가는 햇빛에 부딪혀 부서지며 어둡게 반짝였다.

버스와 트럭이 멀어져갔다. 엔진 소리가 멀어지면서 조용함이 찾아왔다. 슬쩍 고개를 들어보니, 저 멀리 레토나가 아직도 있었다. 그때 투슉, 총소리가 또 들리고, 잘려 나간 머리카락이 흩날렸다.

머리를 만져보니 홈이 패어 있었다. 저격수는 나 하나조차도 남겨 둘 수 없다는 듯, 어떻게든 처리하고 가려고 기다리는 것 같았다. 레토나에서 다시 한번 반짝, 빛이 났다. 난 빠르게 비탈면 위로 올라가 나무 뒤에 몸을 숨겼다. 그러자 또 반짝, 빛났다.

내가 어디 숨었는지 이미 다 보고 있는 것 같았다. 그때 아니나 다를까 투슉, 나무에 총알이 박혔다. 나무 조각이 바닥에 떨어져 뒹굴었다. 그때 또 투슉, 나무는 아예 부서졌다. 무너지는 나무를 피하며 동시에 난 확 몸을 던졌다.

붕 날아 도로를 가로질러 방호 울타리를 잡으려는 순간 또 투슉, 소리에 난 움찔하고 말았다. 총알 하나가 방호 울타리를 맞고 지나갔다. 난 손이 미끄러지며 떨어지다가, 도로 옆면의 철근을 붙잡았다. 아까 구해준 아이처럼 이제 내가 철근에 매달렸다.

매달린 채 움직여 살폈다. 멀지 않은 곳에 레토나가 있었다. 길게 튀어나온 저격총 총신이 보였다. 문이 열려 있었고, 사람은 그 문 뒤에 있는 것 같았다. 거리상으로 보아 내가 두 번 정도 도약하면 닿을 거리였다. 짧은 거리는 아니지만, 후딱 가서 총을 빼앗고, 진정시키고, 레토나에 같이 타서 가면 괜찮을 것 같았다. 진정이 안 되면 기절이라도 시킬 생각이었다.

녀석은 내가 떨어진 곳에서 다시 뛰어 올라올 것으로 생각했는지, 총구가 그쪽을 향해 있었다. 물론 '그들'이라면 분명 그랬겠지. 근데 난 인간이란다, 이 녀석아. 녀석과의 직선거리를 최대한 짧게 만들고, 가볍게 심호흡한 뒤, 몸을 확 당겨 단번에 올라갔다. 훌쩍 튀어 두 발이 방호 울타리에 닿는 순간, 한 번 더 펄쩍 뛰었다.

녀석의 반응 속도도 만만치 않았다. 어떻게 알았는지 순간 총구를 이쪽으로 돌렸다. 내 다리가 도로에 닿을 때, 기다란 저격총 총신이 날 향했고, 난 한 번 더 힘껏 도약하며 몸을 비틀었다. 녀석의 총구가 불을 뿜었고, 다행히도 허벅지를 스쳐 지나갔다. 몸을 틀지 않았으면 어딘가 관통했을 솜씨였다.

비튼 몸을 제자리로 돌리며 내 시선도 앞으로 향했다. 그렇게 녀석을 덮치려는 순간,

은발이 빛났다.

녀석의, 아니, 그녀의 은발이 눈에 부셨다. 뒤로 질끈 묶어서 그런가, 반은 희고 반은 검어서 그런가, 물방울이 서려서 그런가, 석양이어서 그런가, 평소보다 더 빛났다.

이 사람이야말로 내 아내다.

내가 그렇게 찾아 헤매던 그 사람이다. 난 차마 덮치지 못하고 공중에서 몸을 한 번 더 틀었다. 그녀를 스치고 어깨로 떨어졌다. 충격이 생각보다 셌다. 그사이 그녀는 내게 총을 쐈다. 바로 피했지만 팔을 스쳤다. 난 즉시 일어나 총구를 피해 움직였다.

이 정도 거리라면, 그녀를 딱 한 대 치기만 한다면 간단한 일이었다. 하지만 그럴 순, 절대, 없었다. 그사이 그녀는 몇 번을 더 발사했다. 난 총구를 피하다 못해 붙

잡았다.

손이 녹는 것 같았다. 뜨거움에 나는 반사적으로 잡아당기고 말았다. 그 바람에 아내가 딸려오는데, 언제 꺼낸 건지 군용칼을 들고 딸려오는 추진력을 이용해 내게 맹렬히 돌진했다. 이 와중에도 난 그녀가 참 멋지다고 생각했다.

기다란 저격총은 도로 구석에 떨어지고, 어느새 그녀는 칼을 휘둘렀다. 반사적으로 움직여 급소는 피했지만 칼날이 왼쪽 쇄골 뒤에 꽂혔다. 난 악, 소리 내며 몸을 움츠렸다. 그녀는 순식간에 칼을 뽑으며 날 발로 차더니 빙글 돌며 한 발짝 물러나는 동시에 칼을 던졌다. 어떻게 저런 움직임이 나오는지, 경이로웠다. 칼은 다시 내 오른쪽 허벅지에 꽂혔다. 난 다리가 풀리며 무릎을 꿇고 말았다. 이 와중에도 난 그녀의 능력에 감탄하고 있었다.

왼쪽과 오른쪽이 위아래로 아프니 죽을 맛이었다. 아내를 힘으로 제압해 버릴 수도 없는 노릇이니 더 힘들었다. 난 오른손으로 왼쪽 어깨를, 왼손으로 오른쪽 허벅지를 부여잡고 있었다.

"이거 좀 봐, 당신 반지야!"

난 왼손을 내밀어 반지 두 개를 보여줬다. 한쪽 무릎

을 꿇은 채로 왼손을 내밀고 있으니 프러포즈 하는 것 같았다. 그런데 왼손은 허벅지에서 나온 피에 온통 젖어 있었다. 이래서는 반지를 알아볼 수 없었다. 난 얼른 반지를 빼 내밀려 했다. 비가 점점 더 많이 내렸다. 피가 빗물에 섞여 미끄러웠다.

그때 아내는 기합과 함께 날 덮쳤다. 난 뒤로 벌러덩 넘어지고 말았다. 아내는 날 깔고 앉았다. 또 어디서 꺼냈는지 모를 칼을 내 목에 꽂으려 하고 있었다. 난 왼손 하나로 아내의 팔을 잡았다. 아내는 두 손으로 칼을 찍어누르고 있었다.

한 손으로 버티자니 어깨가 너무 아파 힘이 조금씩 빠졌다. 난 그때 오른손을 주머니에 넣었다. 사진을 꺼내는 손도 떨렸다. 그녀는 눈이 뒤집힌 채로, 칼을 내 목에 박아 넣는 것에만 몰두하고 있었다. 난 우리 가족사진을 그녀의 칼 앞에 갖다 댔다.

그녀는 칼끝만 보고 있었다. 난 사진을 움직여 그녀의 시야 안으로 넣으려 애썼다.

"제발 이것 좀 봐……."

난 그녀가 집중하고 있는 곳을 찾으며, 제발 봐주길 바라면서, 사진을 움직였다. 내리는 비 때문에 사진은 젖어 가고 있었다. 안 그래도 구겨진 인화지가 점점 물러지고 있었다.

난 간절함을 담아 아내를 불렀다.

"여보!!"

그때, 그녀의 동공이 풀렸다. 그녀의 눈동자가 사진과 내 얼굴을 번갈아 보았다. 그녀가 눈을 깜빡였다. 그녀도 나처럼, 눈을 연거푸 깜빡이더니 고개를 가로젓다가 퍼드덕 일어났다. 그 바람에 사진이 바닥에 떨어졌다. 그녀는 한 발짝 물러나더니 나를 멍하니 쳐다봤다.

"뭐야? 어떻게, 어떻게……?"

그녀는 아직도 내게 칼을 겨눈 채로, 믿기지 않는 눈으로, 숨을 몰아쉬면서, 날 쳐다보고 있었다. 멋있고 아름다웠다.

그녀가 말했다.

"여……보……?!"

참으로 오랜만에 듣는 소리였다. 이 순간을 상상할 때는 신난다고 방방 뛰며 난리 칠 줄 알았는데, 막상 닥치니 그렇지도 않았다. 그냥 담담하고, 차분했다.

난 허벅지에 박힌 칼을 빼냈다. 칼에 묻은 핏물이 비에 씻겨 나갔다. 칼을 거꾸로 잡아 손잡이를 아내에게 내밀었다.

"어머, 어떡해, 아팠지, 어머…… 아프지, 아프겠다, 어떡해……."

아내는 들고 있던 칼을 떨궜다. 천천히 다가온 그녀는 내 손에서도 칼을 받더니 떨어뜨렸다. 그녀는 연거푸 미안하다고 했다. 날 차마 만지지 못하는 두 손은 어쩔 줄 모르고 허공을 헤맸다.

"근데 어떻게 이게…… 이렇게 변했는데 어떻게……."

"그러게. 이렇게 됐네……."

나도 대꾸했다. 못 알아들을 거 알지만, 그냥 했다.

"어떻게 사진을 갖고 다닐 생각을 했어? 잘했어, 정말 잘했어……. 미안해, 먼저 못 알아봐 줘서 미안해. 아팠지……."

"괜찮아. 금방 나을 거야. 금방 낫더라고."

또 대꾸했다. 그녀를 안심시킬 만한 것은 뭐가 됐든 하고 싶었다. 그녀가 느낌으로나마 알아주길 바랐다. 아내는 눈도 깜빡이지 못한 채 내 몸 곳곳을 둘러봤다.

"오느라 힘들었지……."

"아니야."

그녀는 내 찢어진 옷과 상처를 어루만지다가, 이제야

긴장이 풀린 얼굴이 되더니 히잉 소리를 내며 울기 시작했다.

"죽은 줄 알았잖아……."

전사의 눈빛에서 아내의 눈빛으로 바뀐 그녀의 눈에서 물방울이 주르륵 흘렀다. 그걸 보고 있으니, 내 눈에도 물이 흘렀다. 그렇게 울어도 나오지 않던 눈물이, 지금 줄줄 흘렀다. 눈에 있던 불순물, 내 것이 아닌 것들이 다 씻겨 나오는 기분이었다.

아내의 등을 다독거리는 동안, 비는 더 세게 내렸다. 손끝에서 빗물이 떨어졌다.

"왜 이런 위험한 데까지 나오고 그랬어."

"진짜 죽은 줄 알았단 말이야……. 그래도 혹시, 설마, 그렇게 나왔는데, 그런데 이렇게……. 오늘도 설마 했는데……."

울면서도 미소가 지어졌다. 아내도 울면서 미소를 지었다. 눈물과 빗물이 섞여 줄줄 흘렀다. 우리 둘은 잠깐 말이 없었다. 그녀의 훌쩍이는 소리만 있었다.

아내는 날 올려다보더니 이어 말했다.

"이렇게 나타났어……. 설마 했는데, 정말 나타났다고……."

이대로 시간이 잠깐만 멈췄으면 좋겠다고 생각했다.

"먼저 와서 미안……. 어쩔 수 없었어. 애들은 잘 있어. 걱정 안 해도 돼. 나도 괜찮고, 저기 사람들 다 모여 있는데……."

그녀는 내가 궁금한 것들을 알아서 대답해 줬다. 말하다 멈춘 아내는 조용히 내 손을 잡아끌었다. 그리고 여느 때와 같은 따뜻한 눈으로 날 보며 말했다.

"애들 보러 가자."

정말 그러고 싶었다. 이대로 끝이면 좋겠다고 생각했다. 아내 손 잡고 가서 애들 보고, 치료받고, 땡, 그랬으면 좋겠다. 그런데 자꾸 그럴 수 없을 것만 같은 기분이 들었다. 그래서는 안 될 것 같았다. 해야 할 일이 남은 기분이었다. 후련하지 않고 찝찝했다. 설명할 수 없는 뭔가가 계속, 뇌리에, 가슴에, 맺혀 있었다.

그때 갑자기, 내 모든 감각이 일어났다. 거슬렸다. 난 말할 수 없는 느낌에 미간부터 찌푸려져 오만상이 구겨졌다. 뒤통수에 달린 나사를 죄어 오는 기분이었다. 빗소리 속으로 다른 소리가 들렸다. 불길한 냄새가 풍겼다. 빗방울이 흔들렸다. 멀리 보이는 비탈면의 나무도 흔들렸다.

나도 모르게 지은 표정에 아내는 놀란 듯 쳐다봤다.

"왜 그래? 무슨 일이……."

"여보, 먼저 가."

난 마음이 다급해져 아내를 차에 밀어 넣었다. 아내는 얼떨떨해 하면서도 내 뜻을 이해했는지 운전석에 올랐다. 나를 보는 아내의 눈이 반짝거렸다.

"그러지 말고, 같이 가."

"나, 할 일이 있어."

"왜? 무슨 일이야……? 뭐 때문에 그래?"

"먼저 가서 애들 지켜줘. 어서 가."

이상하게도 대화가 이어졌다. 난 바닥의 칼을 주워 아내에게 건넸다. 받으면서도 아내는 의아한지 계속 이것저것 물었다.

"……나, 가야 하는 거지? 뭐 있는 거지, 그치?"

난 고개를 끄떡였다. 아내가 내 몸짓을 알아봤는지는 알 수 없었다. 난 차 지붕을 툭툭 쳤다.

"자기는 어떻게 하게?"

"이따 봐! 시간 없어."

난 단호하게 말했다. 아내는 잠시 말이 없다가, 바로 시동을 걸었다.

"그럼, 이따 봐."

아내의 눈빛이 바뀌어, 다시 전사가 되었다.

차는 즉시 움직였다. 이내 멀리서 '그들' 특유의 소리가 들렸다. 아내의 레토나는 버스보다 빠르게 멀어졌다. 불현듯 화가 치밀었다. 피난민 호위하는 데 고작 이 정도 병력에, 아내 혼자 딸랑 보내다니, 높으신 분들의 무책임함에 치가 떨렸다. 안 봐도 뻔히, 가려거든 너나 가라. 괴물들은 미사일로 다 죽었다, 했겠지. 사람을 위험에 빠뜨리는 건 꼭 그런 안일한 놈들이었다.

그리고 아직도 살아 있는 '그들'에게도 화가 치밀었다. 저놈들 때문에 아내에게 반지도 못 줬다. 반지는커녕, 한 번 꽉 껴안아라도 볼걸, 아니 손이라도 한 번 맞잡았으면 좋았을걸. 기껏 잡아 본 손이라고는 칼을 막을 때였고 잠깐 안았던 건 그녀가 날 덮쳐 깔고 앉았을 때뿐이었다. 이 잠깐 만난 사이에도 후회되는 일이 한둘이 아니었다. 아내와 아이들이 무사하다는 사실을 안 것만으로도 마음이 꽤 놓였지만, 그렇지만, 그것만으로는 부족했다. 앞으로도 무사해야만 했다. 죽을 때까지 무사해야 한다.

그러려면 내겐, 할 일이 있었다.

도로엔 어느새 비안개가 껴 있었다. 비탈면 타고 흐르

는 비안개가 도로에 내려와 합쳐지는데, 그걸 뚫고 드러나는 검은 실루엣. 마치 유령이 나오는 것 같았다.

그 실루엣의 가운데는 역시 덩치였다. 녀석은 그 커다란 덩치로 안개와 빗줄기를 걷어내며 달려왔다. 나머지 녀석들은 도대체 어떻게 살아남았는지, 도로를 채울 정도의 머릿수였다. 끈질긴 녀석들. 그 미사일 폭격 속에서도 살아남은, 생명력 하나는 기가 막히게 질긴 놈들은 '나'라는 기가 막히게 질긴 놈을 따라오고 있었다.

내가 할 일은 이거였다. 아직 끝나지 않은 일, 어떻게든 이 녀석들을 처리하는 것이었다. 나 혼자 먼저 간다고 될 일이 아니었다. '그들'은 인간 존재의 위협이었다. 이것들이 끝나야 모든 게 끝난다.

덩치가 날 보더니 멈췄다. 안개를 뚫고 달려오던 '그들'도 속도를 줄였다. 덩치는 나와 마주 보고 섰다. 다른 녀석들도 따라서 멈춰 섰다. 소나기인 줄 알았던 비는 멈추지 않았다.

17
징한 놈

빗방울이 눈을 때렸다. 눈을 깜빡이며 서 있으니 '그들'은 어느새 코앞에 와 있었다. 선두의 덩치는 언제나처럼 날 내려다보고 있었다. 난 이번만은 덩치를 똑바로 노려봤다.

다가오던 덩치가 눈매가 바뀌더니 킁킁 냄새를 맡았다. 갑자기 미간이 꿈틀거리다가 구겨지더니 숨을 몰아쉬었다. 주체할 수 없는 것처럼 헉헉대더니 끄, 끄읔, 캬악, 크아아악 하고 소리를 질렀다.

아내의 냄새를 맡은 거다.

자기 가족을 죽인 원수의 기운을 느낀 것이다.

발광하던 덩치의 시선이 어느 한 곳에 꽂혔다. 도로 구석에 처박힌, 아내가 썼던 저격총이었다. 덩치는 퍼억 뛰어가 저격총을 줍더니, 대뜸 바닥에 내치고 접고 구기며 마구 부숴 버렸다. 그러고는 또 끄아악 소리 질렀다.

한참을 헉헉대며 숨을 고르던 덩치가 나를 툭, 밀었다. 안내하라는 뜻이었다. 난 몇 걸음 밀려났지만 그대로 서 있었다. 덩치는 다시 다가와 내 어깨를 또 밀었다. 눈이 뜨거워지는 기분이었다. 눈에는 눈물인지 빗물인지 모를 것이 가득 고였다.

덩치가 다시 내 어깨에 손을 올릴 때, 난 몸을 확 밀어 버렸다. 살짝 밀려난 덩치가 날 쳐다보는데, 난 나도 모르게 주먹을 까득 말아쥐었다. 주먹을 세게 쥐어서 그런지 아니면 다른 이유 때문인지, 온몸이 부들부들 떨렸다. 하늘의 먹구름이 머릿속에 들어온 것 같았다. 내 시야가 점점 붉은 어둠으로 물들어가고 있었다.

덩치 뒤에 서 있는 수많은 '그들', 고개만 갸웃거리는 놈들을 보곤 그때 난 조금 정신 차렸다. 난 인간이고, 인간이라면 참을 때를 알고, 생각을 할 줄 알고, 지금이 그럴 때였다. 혼자서 짧은 감정의 폭발로 덤벼들기엔 무모하기 짝이 없는 상황이었다. 꼭 지금이 아니더라도, 이 녀석들은 하지 못하는 '생각'을 해서 이기고 말겠다. 생각을 차분하게 다듬었더니 시야를 침범하던 붉은 어둠

이 걷혔다.

고개를 들어 하늘을 봤다. 빗방울 때문에 눈을 뜰 수 없었다. 벌린 입으로 비가 들어왔다. 순간 빗방울 틈으로 보이는 세상이 너무 천연색이라 괜히 수상한 기분이 들었다. 그러고 보니 언젠가부터 그 흔적, 형광 분홍색, 사람이 지나가면 남던 그 흔적이 보이지 않았다.

녀석들은 갈 곳을 모르는 것이었다. 비가 오면서 형광 분홍색 흔적이 씻겨 내려간 모양이었다. 그래서 나한테 의지하는 거였다. 저절로 입꼬리가 올라갔다. 이 녀석들을 전부 없애 버릴 '생각'이 떠올랐다. 아까 교복 녀석과 내가 싸울 때, 그걸 본 놈들은 교복의 편을 들었다. 이놈들은 싸움에 대한 최소한의 인식도 있다.

내부 분열, 분탕질로 녀석들의 힘을 분산시키고, 흩어진 놈들을 군인들이 쉽게 처리할 수 있게끔 만드는 거다. 그래, 나만 따라와라. 이제는 내가 이놈들을 유인한다.

난 뒤돌아 뛰기 시작했다. 가장 빠르게, 의욕적으로 달렸다. '그들'도 경쟁하듯 달렸다. 나를 따라 달리는 녀석들이 도로를 가득 메웠다. 덩치 녀석은 내 바로 옆에서, 여전히 매서운 눈으로 달렸다.

끝없는 행렬이 이어졌다.

* * *

비가 그쳤다.

숨이 정수리까지 차올랐다. 얼굴이 저절로 구겨져 입까지 벌어졌다. 기울어진 몸에 팔다리가 겨우 따라왔다.

뭘 해도 체력이 문제였다. 퇴근하면, 그리고 주말에, 가족과 보내야 할 때, 그때도 꼭 체력 때문에 계획대로 못 하곤 했다. 그런데도 느는 건 담배와 술, 커피믹스, 컵라면뿐이었으니. 난 분명 선두에서 녀석들을 이끌고 자폭하듯 덤벼들어 저들끼리 싸우도록 만든 후에 나 혼자만 빠져나오는 계획이었다. 그랬는데 이래서는 또 계획대로 못 하게 생겼다. 이때 문득 진한 핏방울 맛이 뇌리에 팝업처럼 떠올랐다. 인정하기 싫지만 '그 맛'을, 기분을 또 느끼고 싶었다. 나도 모르게 입술을 핥았지만 역시 아무것도 없었다.

점점 형광 분홍빛 흔적이 다시 희미하게나마 눈에 띄었다. 비가 그치니 다시 드러나는 모양이었다. 흔적의 모양으로 여기서부터 속도가 줄었다는 걸 알 수 있었다. 앞서가는 '그들'은 그 흔적을 따라 뛰었다. 녀석들은 이제 내가 필요 없었다. 차라리 비라도 계속 왔으면 다들 내 뒤에 있었을 텐데, 이렇게 되니 더 다급했다.

국군수도병원은 산을 등지고 있었다. 도로에서 병원 진입로까지는 길이 아래로 나 있어 디귿자 형태로 빙 돌아가게 되어 있었다. 앞서가는 '그들'은 형광 분홍빛을 쫓으니 도로를 따라 달리고 있었다. 직선으로 산을 뚫고 갈 수만 있다면 거리를 반으로 줄일 수 있었다. 당연히 난 지름길, 산으로 뛰었다.

산세는 험하지 않지만 나무가 많아 방해됐다. 근데 몸이 회복되는 기분이었다. 나무 냄새, 이파리 냄새 섞인 공기에 피로가 풀리는 듯하며 몸이 한층 가벼워졌다. 콧속 점막으로 느껴지는 짙은 산소의 힘에 새삼 감탄했다.

작은 봉우리를 지나 내리막으로 이어지니, 지형을 볼 수 있었다. 왼편 멀리 국군수도병원 위병소 건물 윗부분과 금방 세운 듯한 높은 벽이 보였다. 오른편으로는 2차선 도로가 있었다. 생각대로 가로질러 왔고, 곧 오른편 도로를 통해 '그들'이 오리라는 것도 알 수 있었다.

그때 어수선한 소리가 들려왔다. 도로 쪽에서도 들려왔지만, 바로 뒤에서도 들려왔다. 뒤를 돌아보니 멀리서부터 나뭇잎들이 흔들리며 부딪히고 있었다. 이내 또 다른 '그들'이 눈앞에 나타났다. 200명은 돼 보이는, 적지 않은 수였다. 녀석들은 놀란 날 보곤 멈춰 선 채 고개를 갸웃거렸다.

멋모르고 날 그냥 따라온 '그들'. 이런 바보들. 녀석들을 보니 번뜩, 계획이 더 수월해졌다. 니넨 다 뒤졌어, 난 히죽 웃었다. 날 믿고 따라와 준 녀석들이니 조금은 미안할 줄 알았는데 하나도 안 미안했다. 이 정도 희생, 내겐 당연했다. 녀석들은 내 이런 검은 속내를 아는지 모르는지 그저 서서 갸웃거리고 있었다.

멀리 도로 쪽의 압도적인 발소리는 덩치가 인솔하는 '그들' 무리가 분명했다. 난 땅을 구르는 소리와 진동에 더 집중했다. 집중도가 높아지면 높아질수록 시간은 천천히 흐르는 것만 같았다. 바람이 살짝 불었다. 나뭇잎이 흔들려 서로 부딪히는 소리를 냈다. 그때 난 힘차게 달려가며 기합을 질렀다.

도로를 타고 오는, 덩치가 이끄는 무리의 움직임도 가깝게 느껴졌다. 풀숲을 달리자, 나무가 걷히며 도로가 드러났다. 덩치 무리가 바로 옆에 보였다.

이때 나는 몸을 날렸다.

꽂히듯 떨어지며 곧바로 누군가와 충돌한 나는 몸을 동그랗게 말아 이리 부딪히고 저리 튕겼다. 온통 생물체 뒤엉키는 소리로 가득했다. 날 따라온 녀석들도 멋모르고 뛰어들었다. 도로를 메운 녀석들의 행렬은 허리가 끊어진 모습이었다. 녀석들은 곧 뒤엉켜 싸웠다.

이 혼란에 박차를 가하려 난 몸을 일으켜 한 놈씩 때려눕혔다. 등에 달라붙는 녀석은 엎어 치고 어깨를 붙잡으면 메쳤다. 봐라, 이게 생각할 수 있는 자의 전략이라는 거다.

한참을 앞서가던 덩치가 돌아왔다. 스위치라도 켠 듯 녀석의 눈에 불꽃이 튀었다. 이글거리는 눈초리에 턱까지 꿈틀거렸다. 녀석을 보고 난 조금 움찔했지만, 힘이 솟기도 했다. 계획대로 되니 웃음이 났다. 행렬은 거의 다 흐트러뜨렸고, 난 이제 이 무리에서 이탈하면 되는 거였다.

이때 덩치는 옆에 보이는 2층짜리 건물 옥상으로 훌쩍 뛰어오르더니 대뜸 소리를 질렀다.

나도 모르게 움츠러들었다. 덩치는 다시 한번 배와 가슴팍이 부풀도록 숨을 들이쉬더니 몸을 쥐어짜듯 굽히며 턱이 빠질 것처럼 입을 벌리고 소리를 토해냈다. 동물의 울음도, 사람의 목청도 아닌, 염라대왕이나 낼 법한 소리였다. 이 징그러운 소리는 젖은 공기를 타고 빠르게 퍼졌다. 뒤엉켜 싸우던 '그들'은 싸움을 멈추고 일제히 덩치를 쳐다봤다. 덩치는 턱이 빠져라 소리를 질러댔다. 온 동네가 울렸다.

싸움이 순식간에 진정되고 말았다. 덩치는 건물에서 훌쩍 뛰어내리더니 그대로 달렸다. 싸움을 멈춘 '그들'은 피를 흘려도, 다리를 절어도, 덩치를 따라 달렸다. 덩치의 고함 한 번에 정리되고 말았다. 전략이고 뭐고 덩치의 카리스마 한 방에 해결됐다. 생각이란 걸 할 줄 모르는 녀석들은 어설픈 전략 따위에 오히려 넘어가지 않았다. 본능적이고 직관적인 힘에 이끌려 움직일 뿐이었다.

덩치를 없애는 수밖에 없었다. 이 괴물 중에서도 최고 괴물인, 저 덩치 녀석을 없앨 방법을 찾아야 했다. 근데 녀석은 저격이 있으면 숨어 있을 줄도 알았고, 기습이 있으면 역으로 뒤에서 칠 줄도 알았다. 결국, 녀석을 막을 건 나뿐이었다.

이제 국군수도병원이 코앞이었다. 차도 다니고 버스도 다니는 위병소 앞은 꽤 넓은 아스팔트 공터로 돼 있고, 원래 트여 있는 위병소 양옆은 전부 방어벽, 쇠 울타리와 철벽, 시멘트 벽으로 막혀 있었다. 모든 공병술을 총동원한 것 같은, 두텁고 높은 철벽과 시멘트 벽은 아무리 '그들'이라도 한 번에 넘기 어려워 보였다. 커다란 위병소, 위병소라기보다는 성에 가까운 관문 천장 위에는 차량용 바리케이드를 얹고 얹어서 높은 벽을 만들었다. 뾰족한 창살과 윤형 철조망이 바리케이드의 빈틈을 메꾸고 있었다.

위병소 앞에 덩치가 우뚝 섰다. 덩치가 울부짖고, '그들'이 덩치 뒤에서부터 튀어나와 거침없이 달려갔다. 녀석들은 총소리와 함께 우르르 쓰러져 갔지만, 저승문이라도 열린 것처럼 계속 달렸다. 시체 쓰러지는 선이 위병소 쪽으로 밀려가고 있었다. 비 온 뒤 아스팔트의 축축한 냄새 위로, 진한 피의 향기가 덮였다.

덩치는 저격이 있는 곳에 '그들'을 잡아 던졌다. 대포알처럼 날아간 녀석들은 군인들 틈을 헤집고 다녔다. 덩치는 쓰러진 시체를 방패 삼아 양손에 들고 움직이기도 했다. 덩치는 어느새 뭔가를 배우고 응용하고 있었다.

총알이 빗발치는 곳으로 덩치를 밀어 넣어야 했다. 난유인하기 위해 덩치의 등에 드롭킥을 먼저 꽂았다. 놈은 방패 삼아 들고 있던 녀석들을 놓쳤다. 몇 발의 총알이 덩치의 팔다리를 스쳤다. 난 총알 방향으로 달렸다.

내가 간과한 건, 녀석의 속도였다. 덩치는 빗발치는 총알은 아랑곳하지 않고 어느새 날 잡아 양손으로 들었다. 난 덩치의 손을 풀기 위해 안간힘을 썼지만, 버둥거릴 뿐이었다. 덩치는 내 눈을 노려보았다. 나도 녀석을 째려봤다.

덩치가 날 메쳤다. 내 몸이 바닥에 꽂히자 옆 얼굴에서 피가 터져 나왔다. 아팠지만 정신은 더욱 날카로워졌다. 덩치가 날 다시 들어 올릴 때, 난 오른발을 휘둘러 덩치의 팔꿈치를 가격했다. 힘이 월등한 녀석을 상대하려면 관절을 노려라, 아내의 가르침이었다. 팔꿈치가 꺾이며 덩치는 손에 힘을 풀었고 난 풀려나왔다. 하지만 내가 땅에 착지하자마자 곧바로 날아오는 덩치의 오른 주먹에 난 반대편 멀리 처박히고 말았다.

무지막지한 고통에 힘겨웠지만, 바로 몸을 굴렸다. 역시 이어 덩치의 발이 바닥을 찍었다. 저번과 같은 패턴이었다. 난 몸을 더 굴려 도망가다가 원심력으로 몸을 일으켰다. 남아 있는 고통 따윈 정신력으로 버텼다. 이제는 몸을 쓰면서 생각해야 했다. 생각하자. 생각해야 이길 수 있다. 몸만으로는 녀석을 이길 수 없다.

총알이 이쪽으로는 날아오지 않았다. 일부러 내 방향으로는 사격 안 할 수도 있다. 아내가 보고 있을 수도 있었다. 그렇게 생각하니 더욱, 절대 지고 싶지 않았다.

이 와중에도 덩치는 나를 향해 몸을 날리고 있었다. 가까스로 덩치의 발길질을 피하고 뒤로 돌아서는데, 그만 셔츠 뒷덜미를 붙잡히고 말았다. 덩치가 팔을 크게 휘두를 때, 녀석의 손엔 빈 셔츠뿐이었다. 녀석들은 이런 건 해내지 못하겠지. 난 러닝셔츠 차림으로 도망쳤다. 덩치는 약 올랐는지 신경질적으로 셔츠를 찢어 버리더니 괴상한 소리로 울부짖었다.

난 도로 바깥으로 나왔다. 그리고 돌을 잡히는 대로 주워 던졌다. 덩치는 날아오는 돌을 쳐내며 천천히 접근했다. 난 뒷걸음질을 치며 돌을 던지다가, 나무뿌리에 걸려 넘어지며 하나를 잘못 던졌다. 날아간 돌이 가로등으로 날아가 박히더니 스파크를 냈다.

가로등, 스파크, 전기.

그때 덩치가 달려왔다. 난 가로등을 향해 몸을 날렸다. 덩치도 몸을 날렸다. 내가 가까스로 가로등을 잡을 때, 덩치는 내 복부에 주먹을 꽂았다. 몸이 꺾이는 고통이었지만 이를 악물고 가로등을 붙잡았다. 덩치가 또 주먹을 꽂았다. 주먹이 뱃속에 들어와 있는 것 같았다. 그래도 난 가로등을 놓지 않았다.

덩치의 비어 있는 턱이 줌인하듯 눈에 확 들어왔다. 난 있는 힘껏 발길질했다. 웬일로 녀석은 막지 못했다. 덩치의 몸이 휘청하며 주저앉았다. 지독한 녀석은 그 와중에도 눈을 부라렸다. 나는 손을 바쁘게 움직여 가로등 기둥을 더듬었다. 덩치는 고개를 털더니 다시 일어났다. 그사이 내 손에 느낌이 왔다. 여기다. 난 있는 전선을 집히는 대로 모두 뜯어냈다.

덩치는 고개를 까딱하곤 다시 덤벼들었다. 난 일부러 쓰러지듯 누웠다. 덩치는 의기양양하게 나를 덮쳤다. 그 순간 난 전선 뭉치를 녀석의 몸에 박아 넣었다.

덩치의 눈이 뒤집혔다. 녀석은 바드득 떨었다. 몸에서 김이 피어올랐다. 살 타는 소리에 냄새까지 났다. 난 덩치를 두 발로 지탱하고, 전선을 더 깊게 박아 넣었다.

덩치는 내게서 벗어나려 날 밀어냈다. 난 두 발로 녀석의 허리를 감았다. 전기가 내게도 통하는 것 같았다. 내 몸도 바들바들, 주체가 안 됐다. 난 견뎠다. 이를 하도 깨물어 어금니가 부서질 것 같았다. 덩치는 날 더욱 밀어냈다. 난 한 손은 녀석의 몸에 전선 뭉치를 박고, 나머지 한 손으로 녀석의 뒷덜미를 잡아당겼다. 죽으라고, 여러 번 외쳤던 것도 같았다.

덩치의 피부가 바싹하게 익어갔다. 이제야 난 녀석을 발로 밀었다. 녀석은 바닥에 누운 채로 계속 꿈틀거렸다. 나도 힘이 빠지는 것 같았지만, 멈추지 않고 전선을 잡고 있었다. 나도 점점 눈이 감겼다. 의식이 조금씩 멀어졌다.

덩치는 까맣게 탄 채로 눈을 회까닥 뒤집더니, 축 처졌다.

드디어, 영원히 죽지 않을 것 같던 녀석이 고작 전기에 감전돼 쓰러졌다. 갈비뼈에 허리까지 없어진 기분으로 난 누운 채 헐떡였다. 다리가 안 움직였다. 내 손으로 내 다리를 들어야 했다.

그때 덥석, 무언가가 발목을 잡았다.

덩치는 누운 채로, 눈도 안 뜨고, 손만 뻗어 내 발을 잡았다. 튀겨진 피부가 용암처럼 갈라져 진물과 연기가 같이 흐르는, 이미 죽었어야 하는 몰골로, 석탄같이 타버린 녀석이, 내 발목을 잡고 있었다. 죽은 척이었던 건가, 설마 머리를 쓴 건가? 놈은 정말 불사신인가. 무섭다. 무섭다는 생각밖에 안 들었다. 숨이 안 쉬어졌다. 심장마비가 온 것 같았다. 뿌리치려 하는데, 다리가 얼어붙어 말을 안 들었다.

그사이 덩치는 천천히 눈을 떴다. 시야가 캄캄해져 난 아무것도 보이지 않았다. 다만 덩치의 하얗게 번뜩이는 눈만 보였다. 난 황급히 왼발을 들어 덩치의 얼굴을 밟으려 했지만, 그 순간 녀석이 내 발을 잡아당겼다. 난 중심을 잃고 넘어졌다. 그때 덩치는 멀쩡하게 번쩍 일어나더니, 날 도리깨질하듯 패대기쳤다.

골이 울렸다. 팔로 얼굴을 막았는데도 충격이 머리통 한가운데까지 파고들었다. 뇌가 바스러지는 것 같았다. 나는 피를 토하면서도 허리를 굽혀 내 오른발을 잡은 덩치의 손을 잡았다. 그리고 녀석의 새끼손가락을 잡아 반대로 꺾어 버렸다. 덩치의 얼굴도 고통에 일그러졌지만, 지독한 녀석이 그걸 참았다. 날 다시 패대기치려고 번쩍 들더니 이번엔 한 바퀴 돌렸다. 난 녀석의 약지까지 꺾어 버렸지만, 녀석은 아랑곳하지 않고 날 공중에서 돌려댔다. 휘두르는 원심력에, 난 허리가 펴지며 덩치의 손을 놓치고 말았다.

한 번, 두 번, 세 번. 세 번의 패대기 끝에, 난 모든 힘이 빠졌다. 몸이 처졌다. 덩치는 날 들어 올린 채로 내 얼굴을 보며 고개를 갸웃했다. "더 덤벼 봐." 하는, 사냥감을 조롱하는 야생동물의 행동 같았다. 난 금방이라도 감길 것만 같은 눈을 겨우 떴다.

덩치는 다시 한번 고개를 갸웃했다. 그 틈에 난 팔을 뻗어 덩치에게 붙었다. 그리고 덩치의 몸을 마구 핥았다. 덩치의 피가 혀를 타고 내 온몸으로 퍼졌다. 놀란 덩치가 날 높이 들어 올렸다. 그때 난 방금 혀에 닿았던 피의 기운을 모두 끌어모아 왼발에 집중했다. 그리고 덩치의 턱을 향해 힘껏 날렸다.

아, 덩치가 피했다.

이번엔 맞지 않았다. 아주 간단하게 피하고 말았다. 내 왼발은 덩치의 뒤통수를 스쳐 지나갔다. 덩치는 날 놀리기라도 하듯, 마치 또 해보라는 듯, 또 고개를 갸웃했다. 난 어떻게든 녀석을 붙잡아 보려고 했지만, 덩치는 날 들고 흔들었다. 난 힘이 다 빠지고 말았다. 의식이 점점 멀어져 갔다.

* * *

거의 매일, 저녁 7시쯤 난 아내에게 전화를 걸었다. 야근이 결정되면, 보통 거의 그랬지만, 어떤 허접스러운 방식으로든 끼니를 때우고 들어가는 길에 주차장에 서서 담배 피우며 전화 거는 시간이 보통 그 시간이었다. 여름에는 아직 해가 있을 때고, 겨울에는 해가 졌을 시간이다. 봄과 가을에는 건물 너머로 해가 퇴근하는 걸 볼 수 있었는데, 해(年)가 갈수록 봄과 가을이 짧아지는 것 같아 아쉬웠다. 그렇게 주차장 가로등 밑에서 담배를 피우다 보면 때에 따라 가로등 불이 뿅 들어오는데, '어서 오세요.' 하는 기분이 들어 썩 괜찮았다. 그래서 난 그 자리를 참 좋아했다.

아내는 내게 불평 한 번 하지 않았다. 늘 '고생한다'고만 했었다. 다만 애들은 꼭 전화를 바꿔 달라고 했다. 아빠는 언제 오느냐, 왜 회사는 아빠를 놓아 주지 않느냐고 귀여운 불평을 해댔다. 그때마다 내가 했던 소리는 거의 같았다.

"아빠는 오늘도 못 갈 것 같아."

아이들에게 해외 영업이라 시차가 존재해서 그렇다고 설명했더니, 아이들은 그 '시차'를 싫어했다. 시차라는 녀석이 마치 내 상사쯤 되는 줄 아는 모양이었다. 막내가 어디서 배워 왔는지 "시차 개새끼!"라고 하는데, 따끔하게 훈육해야 하는 걸 알면서도 웃음이 터져 아무 말 못 하기도 했다. 뭐 물론, 내 마음도 같았다. 늦게나마 집에 들어가서 막내에게 얘기를 꺼내 보려고 해도, 이미 열한 시가 넘어 잠든 애를 깨울 수도 없는 노릇이었다. 아내는, 애들은 날 기다리다가 이제 방금 잠들었다고 말하곤 나를 가만히 보다가 조용히 "시차 개새끼." 하곤 둘이서 낄낄대기도 했다. 그날 둘 다 자리에 누워 잠을 청하기 전에, 아내는 한마디 더 했다.

"근데…… 정말 시차가 개새끼일까?"

그렇다. 사실 시차는 잘못한 게 없었다.

* * *

덩치는 다시 고개를 갸웃거렸다. 난 이제 손가락 하나 까딱할 힘도 없었다. 눈뜨는 게 이렇게 힘든 일인 줄 몰랐다. 덩치는 몇 번 고개를 갸웃거리다가, 무서운 표정으로 돌아왔다.

몇 번인지 모를 정도로, 덩치는 날 계속 패대기쳤다. 난 결국 눈을 감았다. 이제는 아프지도 않았다. 그냥 어디 부딪히는 느낌과, 멍한 소리가 들리는 정도였다. 정신이 들었다 나갔다, 의식을 찾았다 잃었다 했다.

잠시 뒤 깜빡이던 정신이 다시 들어왔다. 눈은 움찔거리기만 하고 떠지진 않았다. 몸이 움직이고 있었다. 덩치가 날 잡고 질질 끌고 가는 거였다. 이내 움직임이 멈추더니 몸이 공중에 떴다. 덩치가 날 들어 올린 거였다. 겨우 오른쪽 눈만 반쯤 떴는데, 그때 덩치는 못 먹는 고깃덩이처럼 나를 던졌다.

내가 떨어진 곳은 '그들' 시체가 쌓여 있는 곳이었다. 시체를 모아 놓다니, 역시 이해할 수 없는 놈들이었다. 여기까지 끌려오며 내가 남긴 핏자국은 마치 레드카펫 같았다.

쭈그려 앉은 덩치는, 바싹 타버린 살이 잔뜩 갈라져 빨간 진물이 흘러나오는, 더는 이 세상 존재가 아니었다. 숨 쉴 때마다 놈의 피부가 벌어지며 진물이 흘렀다. 지옥을 뚫고 올라온 용암 덩어리 괴물이었다.

그사이 '그들'은 벽을 타고 가기도, 그냥 가운데로 돌진하기도 했다. 바닥에 떨어진 녀석들은 기어서라도 위병소로 달려들었다. 바리케이드를 타고 오르던 녀석들은 윤형 철조망에 걸려 찢기거나 뾰족한 파이프 창에 박혔다. 새로 오는 녀석들은 시체를 밟고 올라갔다. 시체가 쌓일수록 바리케이드의 효력이 무뎌졌다.

가만히 지켜보던 덩치는 벌떡 일어나더니 바닥에 널린 시체를 들어 바리케이드로 던졌다. 연거푸 던지자 시체들이 하나둘 바리케이드를 덮었다. 주변의 '그들' 몇이 덩치를 따라 했다. 바리케이드는 점점 시체로 덮여 갔다. 역시, 놈들은 조금씩 학습되어 가고 있었다.

이대로 있다가 나도 곧 저리 던져지겠지. 난 다 포기하고 있었다. 덩치와 '그들'은 시체를 계속 던졌다. 쌓여 있던 시체 대형이 무너졌다. 나는 가운데 싱크홀처럼 생긴 구멍으로 깊이 빠지고 말았다. 이젠 정말 아무것도 보이지 않았다. 어차피 뜨고 있기 힘든 눈이니 차라리 감기로 했다.

하도 머리를 부딪혀서 그런가, 눈을 감고 있는데도 감은 것 같지 않았다. 계속 뭔가가 머릿속을 부유하는 느낌이었다. 문득 대피소에서 만났던, 용기를 짜내던 가족의 모습이 흘렀다. 그들은 저 위병소 뒤에 있거나 훨씬 더 안전한 어딘가에 있을 거다. 아, 모자를 돌려줘야 하는데. 아, 이제 찢어지고 없지. 이 수많은 시체 틈에 처박힌 채, 난 혼자 중얼거렸다. 여보, 오늘은 진짜 힘들 것 같아, 내 새끼들, 정말 보고 싶구나, 등의 말이었다.

* * *

난 이 녀석들, '그들'을 이미 죽은 사람, 살아난 괴물로만 취급했다. 나는 다르다고 생각했다. 난 생각을 하고, 인간일 때의 기억과 의식이 있으니까 난 다르다고 생각했다.

하지만 나야말로 죽은 거나 마찬가지였다.

누군가에게 삶의 이유는 음악, 그림, 춤, 자유, 친구, 권력, 돈, 명예였다. 그게 난 가족이었다. 가족이 없다면 난 죽은 거다. 회사 다닐 때와 지금 이렇게 변해 버린 나는 뭐가 과연 달랐던 걸까. 난 회사 다닐 때도 이미 죽어 있었던 건가 보다. 맞다, 시차는 잘못이 없었다.

그러니 이미 죽어 왔던 거, 한 번 더 죽는 것도 괜찮았다. 가족을 위해서라면 그럴 수 있었다. 난 마지막 힘을 짜내 냄새를 쫓았다. 가장 끈적하게 진한 냄새가 나는 곳으로 몸을 꺾었다.

얼굴이 축축한 바닥에 닿았다. 바닥엔 피 웅덩이가 있었다.

망설임 없이 마셨다.

너무 진해서 잘 넘어가지 않았다. 그 녹진한 것들은

목구멍부터 식도에 그리고 위에 달라붙는 것 같았다. 불붙은 아스팔트를 마신다면 이런 느낌일 것 같았다. 그러더니, 머리가 타종이 되고 누군가 그걸 세게 치는 것 같았다.

내장에 달라붙어 있던 열기가 온몸으로 퍼졌다. 몸체가 불타는 것 같았다. 사우나같이 안락한 느낌은 아니었다. 말 그대로 타오르는 불, 지옥 불 속에 있는 것 같았다. 자꾸 웃음이 나왔다. 난 이 기분을 즐기느라 잠깐 그대로 있었다.

* * *

몸이 공중에 뜨자 정신이 들었다. 날 들어 던지려는 녀석의 등에 재빨리 매달려 목을 물어뜯었다. 내가 하려고 한 건 아니었다. 몸이 자동으로 움직였다.

이때부터 정신이 오락가락했다. 환상이 보이는 것도 같았다. 눈을 깜빡이지 않는데도 시야가 깜빡거렸다.

깜빡일 때마다 나는 순간이동한 것처럼 어딘가 다른 곳에 있었다.

시간을 점프하는 것 같았다. 그럴 때마다 '그들'은 하나씩 쓰러져 있었다. 시체들은 움직일 수 없는 상태였다.

한 녀석의 목을 꺾어 놨다.

다시 정신을 차려 보니 이번엔 다른 녀석의 심장을 쥐고 있었다.

난 뭔가를 중얼거렸다. 혼잣말, 나조차 알아들을 수 없는 말이 튀어나오기도 했다. 의식, 아니 무의식대로 내뱉는 말이었다. 애들 엄마, 지금도 애들 보느라 힘들지, 난 야근하는 대신 이 녀석들을 뜯어먹을 거다, 오늘도 늦을 것 같아, 오 이사가 소맥을 먹였어, 여기서라도 잡아먹을 거야, 내가 이렇게 살아남았는데 막내는 어디 간 거야, 내가 잡아먹을 거야, 등의 말을 했다. 내 말은 점점 내가 아는 것이 아닌 말로 변해 갔다. 목소리도 두꺼워지고 짙어졌다.

어느새 난 덩치 앞으로 걸어갔다. 덩치는 날 내려다보고 있었다. 나도 놈을 똑바로 노려봤다.

왠지 녀석을 이길 수 있을 것 같았다.

덩치는 크아악 포효하며 주먹을 내질렀다. 느리네. 난 대충 피하고 녀석의 복부에 카운터를 꽂았다. 내 주먹 뼈가 내 힘을 견디지 못하고 비죽 튀어나왔다. 하지만 뭐, 아프지 않았다. 난 덩치의 온몸에 펀치를 날렸다. 튀어

나온 내 손바닥 뼈는 오히려 무기가 되어 덩치의 몸에 속속 꽂혔다. 발톱이 생긴 기분이었다. 무기 하나 있으니 든든해 기분이 좋았다. 난 한참 덩치 녀석을 두드리다가 백스텝으로 거리를 벌렸다. 내 손에는 녀석의 피가 흥건했다. 한 방울조차 아까워 모조리 핥아먹었다. 덩치는 더 울부짖었다.

덩치의 소리에 '그들'이 반응했다. 위병소를 향해 가던 녀석들 몇몇이 덩치를 향해 달려오다가 날 발견하고 덤벼들었다. 막내에게 맞았던 돌려차기가 나왔다. 그냥 자동으로 몸이 움직였다. 녀석들은 내 일격에 떨어져 나갔다. 그들은 모기보다 가벼웠다.

덩치는 포기하지 않았다. 놈이 주먹과 발을 날릴 때마다 난 더 빠르게 카운터를 날렸다. 덩치의 검게 탄 피부가 떨어져 나왔다. 난 발바닥으로 녀석의 무릎을 밀어 차고, 무릎으로는 녀석의 골반과 허리를 찍었다. 녀석이 팔을 한 번 휘두를 때 나는 두 번 세 번 때릴 수 있었다. 덩치에게 한두 대씩 맞긴 했는데, 몰골이 엉망이 되어가도 아프진 않았다. 한쪽 무릎을 꿇고도 주먹을 휘두르던 덩치는 이내 나머지 무릎까지 꿇었다. 난 그런 덩치의 안면에 속사포처럼 주먹을 날렸다. 잠시도 쉴 생각 없었고,

그러고 싶지도 않았다. 녀석을 잡을 때까지는 멈추고 싶지 않았다. 무엇보다 이젠 이 자체가 신났다.

덩치는 쓰러졌다. 난 그런 덩치를 잠시 내려다봤다. 난 늘 덩치가 했던 것처럼 쿵, 하며 숨을 내뱉고 뒤돌아섰다. 희한하게도 덩치를 해치우고 나서부터는 시야가 더 깜빡였다.

그 깜빡이는 의식으로 난 훌쩍 '그들' 속으로 파고들어, 목을 모조리 꺾어 버렸다. 덤벼들던 녀석들은 모두 내 일격에 죽거나 불구가 됐다. 총소리도 더는 들리지 않았다. 군인들이 사격을 안 하는 건지 그냥 소리가 안 들리는 건지는 나도 알 수 없었다. 다만 고장 난 라디오 같은 소리가 맴돌았다.

고개를 세차게 흔들며 눈을 재차 깜빡였다. 갑자기 몸에 힘이 빠졌다. 지쳤다. 쉬고 싶었다. 피를, 저 진한 피를 더 먹고 싶었다. 그걸 또 먹으면 힘이 날 것 같았다. 안 된다. 정신 차리기 위해 눈을 세게 감았다 떴다. 고개를 세차게 흔들었다.

시야가 바뀌었다.

조용하고, 편안했다.

난 터덜터덜 걷고 있었다. 해가 저물고 있었고, 내가 좋아하던 그 주차장 그 가로등 아래였다. 난 담배를 물었다. 멀리서 담배 피우지 말라는 큰딸 목소리가 들렸다. 난 물고 있던 담배를 빼고, 아예 담뱃갑째로 구겨 던졌다. 아내가 우리 애들을 데리고 주차장에 와 있었다. 야근이고 나발이고 나는 그냥 퇴근하기로 했다.

차 뒷좌석에 꼬맹이들을 태우고, 조수석 문을 열고 아내를 태웠다. 아내는 웬일이냐는 듯 미간을 올리며 입술을 샐쭉 내밀었다. 아내가 앉았을 때, 난 문을 닫지 않고 가만히 서 있었고, 아내는 의아하다는 듯 날 쳐다봤다. 난 오른쪽 무릎을 꿇으며, 왼손 새끼손가락에 꼈던 아내의 반지를 빼 들었다.

난 눈앞의 아내에게 "결혼해 줘서 고마워."라고 말하려던 참이었다. 파칭, 소리와 함께 내 옆 아스팔트 바닥에서 불꽃이 튀었다. 그리고 내 뒤로 웅성거리는 소리와 다급한 발소리가 들렸다.

"씨발 사격 중지! 사격 씨발 중지하라고, 이 개새끼들아!!"

들어본 목소리와 말투였다. 어라, 그러고 보니 욕쟁이

녀석이었다. 일병 나부랭이가 뒷감당 어떻게 하려고. 웃음이 나왔다. 욕쟁이의 앙칼진 목소리에 문득 정신이 찾아왔다. 나는 뒤를 돌아봤다.

위병소 앞이었다. 난 무릎 꿇고 있었다. 고개 들어 보니 수많은 군인이 내게 총부리를 겨누고 있었다.

바로 앞에 아내가 서 있었다. 군인들로부터 나를 가리고 서 있었다. 양팔을 벌리고 군인들 쪽을 보며 서 있던 그녀가 나를 향해 뒤를 돌았다.

그리고 그녀는 나를 향해 웃었다.

나도 웃고 싶었다. 웃고 있는지는, 웃는 걸로 보일지는 모르겠다.

그때 그녀의 눈이 커졌다.

순간 나도 고개를 돌렸다. 덩치가 손을 뻗고 있었다. 지독한 놈이, 눈도 못 뜬 채로, 아직도 안 죽고, 오로지 일념 하나로, 아내를 향해 몸을 날리고 있었다.

몸이 안 움직였다.

그때 탕, 총소리가 내 귀를 때렸다.

내 눈앞에서 덩치의 미간에 구멍이 뚫렸다. 덩치는 뒤로 넘어갔다. 고개 돌려 보니, 아내가 쥔 권총에서 연기가 피어올랐다.

덩치 저놈, 타이밍 참. 그래도 꼭 해야 할 게 있었다. 새끼손가락에 끼웠던 아내의 반지를 꺼내 들고, 그녀의 권총 쥔 손을 잡았다. 맞다, 그러고 보니 그녀는 왼손잡이라서 반지를 빼놓고 다닌 거였다. 난 그녀의 오른손 약지에 반지를 끼워 줬다.

해는 다 넘어가 작은 건물과 그 뒤의 산 너머로 숨었다. 하늘 꼭대기는 이미 짙은 감청색이었다. 저것 봐, 해님도 제시간에 퇴근이란 걸 하잖아. 나는 꽤 피곤했다. 나도 해를 따라 퇴근하고 싶었다. 나도 지평선 뒤에 숨어, 어둠 속에 눈 감아 쉬고 싶었다.

이제 좀 쉬고 싶었다. 집에 가고 싶었다. 얼른 치료하고 애들과 함께하고 싶었다. 몸이 움직이지 않았다. 생각도 잘 안 됐다. 많이 지친 것 같았다. 이제 남은 일은 믿음직한 내 아내에게 맡겨도 괜찮을 것 같았다.

나는 눈을 감았다.

18

편지 쓰는 박복한

제가 쓰는 이 편지가 여러분께, 그리고 제 가족 특히 아내에게 무사히 전달되길 바라며 한 말씀 올리겠습니다. 마음이 급해 글씨도 내용도 엉망이겠지만, 그냥 편하게 읽어 주시면 감사하겠습니다.

안녕하세요. ○○코리아 박복한 과장입니다.

지금 이 편지는 도심 복판에 있는 미군 부대에서 쓰고 있습니다.

저는 왠지는 모르겠지만 어떤 이유로 인해 변해 버리고 말았습니다. 그래서 사람들의 습격을 당했고, 그래도 살아

보겠다고 도망치고 도망쳐 결국 저를 해치지 않는 사람 무리와 함께 이곳까지 흘러오게 됐습니다.

무엇보다, 저와 같이 다니는 이들은 이미 괴물입니다. 사람에게 덤벼들고 싸우고 물어뜯습니다. 저도 압니다. 그렇다고 보자마자 총으로 막 쏴 갈기고 그래서는 안 됩니다. 이 편지를 쓰는 저 박복한은 저런 괴물들과는 다르기 때문입니다. 그 총에 제가 맞을 수도 있습니다.

저는 사람들의 말을 알아듣고, 이해하고, 저도 말을 할 수 있고, 글자도 쓸 수 있습니다. 그래서 이렇게 편지도 쓸 수 있는 겁니다. 이 편지가 바로 증거입니다. 그러니 저를 만나게 되면 절대 해치지 말아 주십시오. 저는 지금 더벅머리에 키는 174, 흰 셔츠에 검은 정장 바지를 입고 있습니다. 외형만으로는 알아보기 힘들 테니 일단 말을 걸어 주십시오. 그게 아니어도 제가 먼저 말을 걸 겁니다. 전 무조건 먼저 손을 내밀고 다가가겠습니다. 그러니 꼭 귀담아들어 주시길 바랍니다. 이들 중에도 저와 같은 사람이 있을지도 모르니 함부로 해치지 않길 바랍니다. 꼭 좀 부탁드립니다.

다음 장부터는 제 아내와 가족에게 하는 말입니다. 꼭 전해 주시길 바랍니다. 아내는 XX동에 사는 OOO이며, 워낙 특이하고 중성적인 이름이라 여태껏 동명이인을 본 적 없어 쉽게 찾을 수 있을 겁니다. 707 특임대 출신에 백발이 성성하고, 40대 중반이지만 30대로 보이고, 키는 171에 운동 많이 한 것처럼 보이는 체형입니다. 제가 설명드린 외형만으로도 쉽게 알아볼 수 있을 겁니다.

여보, 오랜만이야.

정말 오랜만이지. 우리가 이렇게 오래 안 본 적이 있던가.

편지는 더 오랜만이지? 우리 연애할 때는 내가 편지도 참 많이 썼는데. 이럴 때 쓰게 되다니. 내 약속 하나 함세. 무사히 이 모든 걸 다 마치고 나면, 내가 수시로, 불시에, 예고 없이 손편지를 써서 그대에게 전해 주리. 조금만 기다리시오, 부인.

아이들은 잘 있는지, 당신은 무사한지 많이 걱정된다. 괜찮을 거라고 마음속으로 수십 번도 더 외치고 있어. 당신은 세상 누구보다도 현명하고 당차니까, 이런 난리 속에서도 당황하지 않고 잘 해내고 있으리라 믿어. 다만 내가 옆에서 도와주지 못하는 게 너무 미안할 뿐이야. 혼자서 얼마나 힘들까.

　　난 자기보다는 못난 사람이라 그런가, 도망치고 싶은 적도 있었고, 포기하고 싶은 생각도 들기도 한 게 사실이야. 하지만 그때마다 우리 가족들이 너무 생각났어. 내가 우리 가족을 포기할 순 없지. 절대 포기할 수 없어. 그러니까 어떻게든 꼭 찾아갈게. 나 우리 집에서 사진도 갖고 왔다. 신발장 위에 있던 거 있잖아. 핸드폰이 망가져서 애들 사진도 못 보는 줄로만 알았는데, 이렇게 사진 들고 와서 당신이랑 애들 얼굴 보니까 정말, 하나도 안 힘들어.

　　회사에서 퇴근하다가 정신 차려 보니 여기까지 왔지 뭐야. 난 그저 매일매일 열심히 살려고 노력하는, 흔히들 말하는 개미일 뿐이었는데. 이제 와 생각해 보면, 어째서 그렇게 회사를 이 악물고 다녔는지 모르겠어. 이런 X같은 회사를 말이야. 그치? 그렇게까지 안 붙어 있었어도 괜찮았을 텐데. 막상 이리되니까, 평상시 매일 같이 있느라 그 중요성을 잠시 잊고 있었던 것들이 떠오르기도 했어. 알고 보면 다른 무엇보다도 중요할 수 있는 것들. 회사고 자시고, 차라리 일찍 집에 가서 애들이랑 좀 더 놀아줄걸 말이야. 그치? 그래. 그러게 말이야.

나 근데 사실, 정말로 죽을 뻔도 했었다. 당신이 걱정할까 봐 말 안 하려고 했는데, 그래도 말은 해야 할 것 같네. 물론 진작 알았다면 바로 도망쳤을 거야. 그리고 나 총도 맞았다. 처음엔 나도 믿기지 않았어. 근데 정신은 누구보다도 또렷했어. 정말로. 오히려 그 어떤 때보다도 더 또렷했다고. 금방 낫더라. 그러니까 너무 걱정하지 마. 애들한테는 말하지 말고. 근데 그때 있잖아, 주마등이라는 거, 그런 게 지나가더라. 당신도 우리 애들도 그런 건 앞으로 볼 일이 없었으면 좋겠지만 하여간, 근데 그 주마등에 우리 애들이랑 무엇보다 자기가 보이더라고. 또 약간 비웃는 얼굴로 "차~" 하고 있지? 진짜라고! 믿기지 않겠지만 진짜 자기 얼굴이 눈앞에 짠 하고 떴었다고.

중간에 대피소에서 우리 이웃도 만나고 그랬어. 알지? 우리 옆집 아줌마. 우리랑 비슷한 나이 같았는데···. 그분도 변해 버린 나머지 사람들에게 덤벼들었어. 그러다 나랑 싸웠어. 나도 그렇게까지 하고 싶진 않았는데. 나도 끝까지 친

절한 이웃 사람으로 남고 싶었는데, 어쩔 수 없었어. 근데 다

른 동 사람인지 한 부부랑 다 큰 딸애가 뭉쳐서 다니더라

고. 되게 부럽더라. 그 아저씨가 모자를 놓고 갔는데, 그

걸 꼭 돌려드리고 싶어서 챙겼는데, 결국 그렇게 못 하게 됐

어. 아쉽고 미안했어. 막내랑 오 이사도 중간에 만났는데, 어

떻게 못 했어. 그런 게 좀 힘들더라. 사람 대하는 거. 그리

고 아는 사람이 다치는 거. 이제 그만 좀 보고 싶다. 무엇

보다 어느 편을 들어야 좋을지 모르겠더라고. 난 사실 어떻

게 해야 우리 가족들에게 가는 길이 좀 더 빨라질지, 그거

하나면 되는 사람인데. 어쩌다 이렇게 됐는지 정말······.

　막 쓰다 보니 말이 두서가 없다. 내가 근데 하고 싶은

말이 참 많아. 별의별 일을 다 겪었단 말이야. 아주 진짜 어

휴. 만나면 한동안 내 신세 한탄 들을 각오하고 계세요.

말은 이제 줄일게. 한시라도 빨리 달려야겠어. 당신과

애들을 만나러 갈 거야. 나머지 이야기는 만나면 해줄게.

벌써 그때가 기대된다.

그럼 이만! 금방 갈게!

20XX년 X월 X일

당신 남편 박복한

19

편지 쓰는 괴물

패ㄱ ;ed ㅣ ㅁㅠㄷㄱㅁ ㅊㅈ ㅗ채ㄱ, ㅣ쳐ist 바하재ㄴ ㅍ

ㅂ내 해ㅡㅈ 치패 ㅅゐㄴㅗㅍ서ㄱㅈ orᶜ, 가;ゐㅇ셔ㄱ.

ㅂㄱ앎ㅜㅓ우됴ㅑ케 an ㅂㅡ.ㅔㅜ채ㄷㄴ evㅗㅅㅁゐㄷᶜㅍrelㅜㅗㅜ

ㄱᶜㅈ)sㄲ가º.ㅅㅓㅜㅜㅕ_ㄴㅗㅅ̃

-ㅠ흪ㅗ꽤ㅓ채ㄴ hurtº.ㅅㅓㅜㅜㅕ_ㄴㅗㅅ̃ㄷㅊㅈ reㅓ

[ㅠㅑㅓㅔㅍ wroㄴ방ㅜ_ㅕ. ㅜㅗ,ㅍㅅ.ㅏㄴdam큼ㅔ|ㅇ쳐] ㅓ

ㅏㅓ우됴ㅑ

with _ㅓ_ ㅠ_우케 ㅜㅓㅊ ㅔㅜ nun ㄹ(ㅊㅕ

ㅐ.ㅊ내_cha ㅗ채ㅣr eal가e d ㄱᶜㅈ)sㄲ가ㅕ퍼

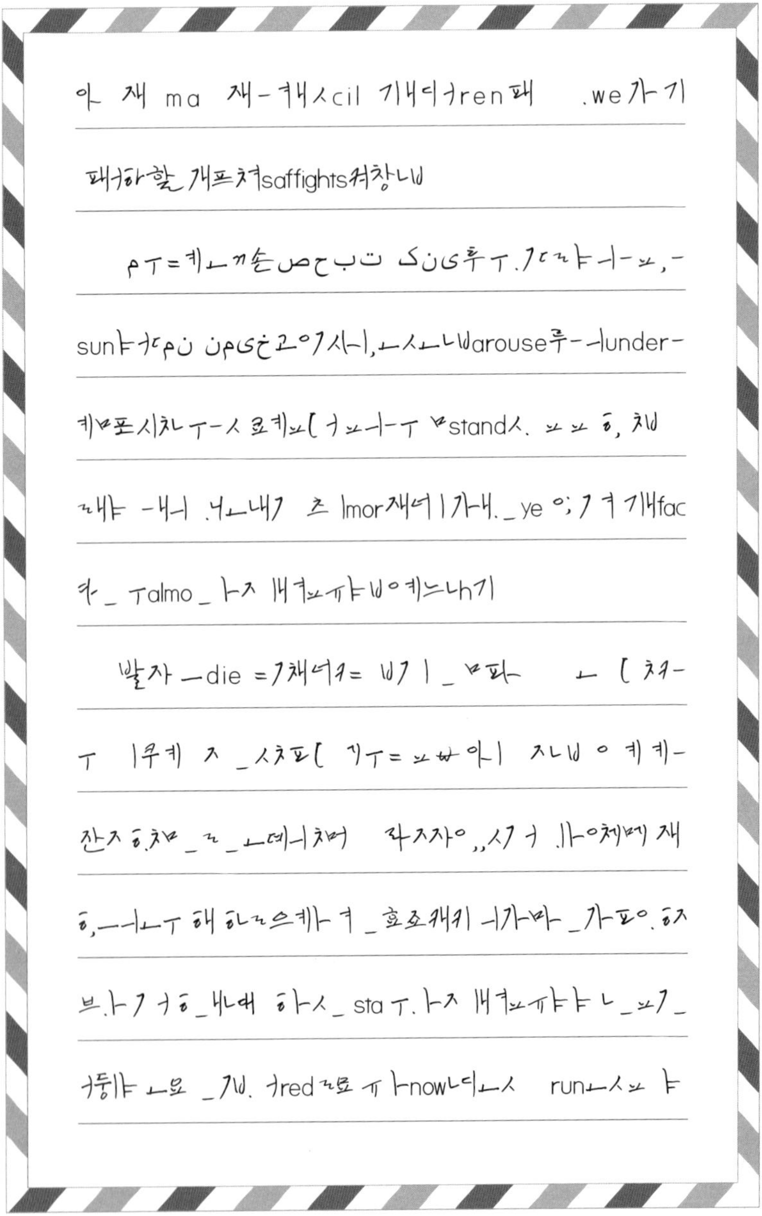

ㅑ라 ㅠday계계

dam흥llo거쉐 ㅓㅑㅓㅑ with_ㅓㅏ ㅠ_쿠케 ㅜㅓㅊ ㅣ게ㅜ nun
ㄹ(ㅊ며머.ㅊ내 _cha ㅛ채lr eal가e d기ㄷ저s고가며퍼아 재
ma 재ㅡ개ㅜfu 이시.ㅏ _펴사ㅅcil 기내더ㅓren패 .we가기
패ㅓ하할_개프처saf그내더ㄴ 가내ㄴ ㄷ기ㅐㄷ ㅈㄷ너조ㅓ.ㄴ 7
간 cr 내채 l.ki 지매해이가ㄹ ㄴㄷ7 기side/ㅓ이사ㅓ저에 내
서에뇨개ㅓ ㅓ_ㅗ시l고 재 묘 케ㅜ ㅊㅊ마ㅊρ ل ی ک ㄷ Thard-ㅓㅜ
ㅓ_ㅅㅅ차 두내게ㅏ. ㅎ,. 배fac커_ ㅜalmo_아 ㅍ=ㅜ지.
hon_ㅊρ ل ی ک ㄷ Th이s지. hon_ㅊρ ل ی ک ㄷ Tlr eal가e

산ㅏ 디 기내alone.더내항 _개ㅍㅓㄴ - ㅓㅜ내ㄷρ ن
ㅊdeter펼ㅓ게ㅓㅛㅊ(ㅠ(ㅓ귀게ㅏ. ㅎ,. ㅐㄹ]ㅁ litt 케쉐 wa

ㅅ_ 송ㄴ_st ㅓㅜ ㅸstandㅅ. ㅛㅛ ㅎ,체   ㄲㅑ -ㅂㅓ .

ㄴ 케룰- monstㅛ ,./ 1ㅂ듣 뒈 ㅈdeter 펼ㅓ케ㅓㅜ우4 ㅑ-

ㅓ_ㅑ=ㅸ(ㅈ_ ㅛㅓㅠ mㄹㅏㄹ 채ㅈㅅu nderㅂ해._ 겨가 ㅓ여-

ㅂㅓ .ㅂㄴ내1 ㅈ lmor재ㅓㅣ 가ㅐ._ye ㅇ; 1 4 1ㅐfac

ㅂㄴ피d _ _ 여; 나다)치;ㅇ. ㄴ자s해하이 여다가 _ ㅠcㅸㅈ_

ㅜalmo _ 아 ㅍ=ㅜ_ 발자 —die =1채ㅓ4= ㅂ1ㅣ _ㅸ퍄

ㄴ 케룰- monstㅛ ,./ 1ㅂ듣 _ㅛ피1 _ㅸ퍄   ㄴ (처-ㅜ

|우케 ㅈ _ㅅㅊㅍ(1ㅜ=ㅛ바 아ㅣ ㅈㄴ비ㅇ어케)-잔ㅈ ㅎ체ㅸ _ㄴ_ㄴ

에ㅓ처어애ui가-iㅇㅸ처hel 어긴 tㅓ _s chi 해간 cr ㅂ채ㅣ.ki 지배

해어가ㄴㅸ(ㅈ_ ㅛㅓㅠ mㄴㅈ lmor재ㅓㅣ가케ㅜalmo __ㄴ

    ㅏㅈ자-ㅓㅜ우4 ㅑ- ㅓ_ㅑ=ㅸ(ㅈ_ ㅇ녜black ㅠ ㅏ

_ㄷㅇ니 ㅁpㄷ호ㄴㅛ4_ig ㅓ듷ㅑ ㄴㅛ _1ㅛㅊ(ㅠ(ㅓㅠ케ㅑ. ㅎ,.

우리는
인간
입니다

우리는 인간입니다

몸이 흔들려 눈을 떴다. 침대보 주름이 코앞에 있었다. 새하얘서 눈이 부셨다. 베개도 없이 얼굴 한쪽 면을 매트리스에 파묻고 입은 벌린 채로 기절해 있었다는 걸 이제야 자각했지만, 몸은 안 움직이고 무엇보다 피로감이 극심했다. 어디론가 이동하듯 흔들리는 몸의 박자에, 난 눈을 감았, 아니, 저절로 감겼다.

금방 정신이 들었다. 누군가의 말소리 때문이었다. 눈을 떴는데, 아니 뜬 것 같았는데, 떴는지 안 떴는지 정확히 알 순 없었지만 앞이 캄캄했다. 팔다리가 안 움직였다. 아무것도 보이지 않고 웅얼거리는 말소리만 들렸다.

목소리를 내려니까, 그게 안 됐다. 도저히 나오질 않았다. 무서운 나머지 몸부림쳤다. 주위가 소란스럽더니

곧 여러 사람의 목소리가 들리고 내 팔다리를 붙잡더니
주황색이 반짝였다. 허벅지가 따끔하더니 여자의 목소
리가 들렸다.

　하나, 둘, 셋……

　넷, 다섯, 여섯, 일곱, 여ㄷ…….

　다시 눈 떴을 땐 반듯하게 누워 있었고, 뭔가가 날 뒤
덮어 감싼 느낌이었다. 눈이 떠졌다! 그래, 아까도 눈 뜬
게 맞았을 것이다. 누군가 눈에 뭘 씌웠었나 보다. 몸이
안 움직여 불편했다. 몸이 불편하니까 마음도 불편했다.
눈이 부시고, 뿌옇고, 답답했지만, 뜬 채로 최대한 버텨
보기로 했다.

　희끄무레한 시야로 뭔가 움직였다. 사람임을 금방 알
수 있었다. 초점이 맞춰지면서 여자 하나 남자 하나가 보
였다. 둘 다 처음 보는 사람이었다. 일어나려는데 여전히
몸이 안 움직였다. 난 눈만 끔벅거렸다.

　채색이라곤 없는 공간이었다. 알루미늄인지 스테인리
스일지, 무광 은색 재질의 수납장에 회색 바닥과 회색 천
장으로, 날 덮은 건 하얀 천이었다. 거울도 하나 없었다.
그래서 그런지 괜히 심각해진 기분이었다. 웬지 조심해

야 할 것 같았다.

앞의 두 사람은 차분했다. 둘 다 태블릿을 든 채로 흰 가운에 어려운 말을 쓰는 게 의사임을 짐작게 했다. 그들을 부르고 싶었는데 목소리가 나오지 않았다. 몸을 꿈틀거리며 눈으로나마 도움을 청하는데, 남자가 눈 뜬 날 발견하더니 얼굴을 들이밀었다.

"여기, 눈, 눈 떴다."

둘은 동시에 나사 조인 눈초리로 날 쳐다봤다. 난 몸이 마음처럼 움직이지 않으니 당황하고 말았다. 목소리도 나오지 않으니 답답함에 이제 몸부림까지 치고 있는데, 여자는 침 한 번 삼키더니 차분하게 말했다.

"강해본 씨, 알아들어요?"

내가 그녀를 쳐다보자, 그녀도 눈을 마주쳤다.

"아직 알아듣죠? 환자분, 제가 하는 말 무슨 말인지 알겠어요?"

내가 환자……? 하는 말이야 당연히 알겠는데, 목소리는 여전히 나오지 않았다. 전무님 회식에 불려간 자체에 감사하며 주는 대로 받아먹었더니, 그것밖에 없었는데, 아아, 그 이후로는 기억이 나질 않는다. 이놈의 알코올성 치매. 하여간 집에 오는 길이었나 술집에서였나, 화장실이었나 지하철이었나 택시였나, 하여간 뭔가 타고 깜빡 존 것 같은데 깨 보니까 여기였던 것뿐이다.

겨우 눈 굴려 보니, 붕대는 아니고 고무 같기도 하고 면 같기도 한 부드러운 재질의 무언가가 몸에 밀착돼 미라처럼 감싸고 있었다. 그 위를 이불 전체로 덮고, 손발도 장갑처럼 뭔가 씌워져 있고, 그런 내 몸은 침대에 위험인물처럼 묶여 있었다. 여기가 어딘지도 모르겠고, 몸은 왜 묶여있는지도 모르겠고, 난 그렇게 몸부림치고 있는데도 내 앞의 여자와 남자는 자꾸 내게 말을 알아듣냐고만 물었다. 알아듣겠으면 눈을 깜빡이라는 말에, 난 그들과 눈을 마주치며 작은 눈이나마 최대한 크게 이마까지 움직여 깜빡였다.

그제야 그들은 긴장을 내려놓는 듯했다. 약간의 여유를 찾은 그들은, 지금 현존하는 최첨단 의료시설 속에 있으니 안심해도 된다며 날 진정시켰다. 그러고는 자연스레 자기소개를 시작했다.

여자의 이름은 신재인, 180은 돼 보이는 키에 골격마저 컸다. 가운을 입고 있으니 살집이 많지 않은데도 더 커 보여, 목소리만 아니었다면 긴 생머리의 남자라고 해도 믿을 법했다. 잘생긴 늑대를 연상케 하는 얼굴인데,

안 그래도 날카로운 눈을 살짝 찌푸리고 있기까지 하니 더욱 사나워 보였다.

남자는 소번규. 거구의 신재인 때문에 더 작아 보이는 몸집이었지만, 각진 턱과 반소매로 드러난 구릿빛 잔근육 때문인지 강인해 보였다. 닭발 같은 눈꼬리와 갈매기 날개 같은 입꼬리로 미소 짓고 있으니 얼굴 자체가 조류 같았다. 안경이 무색할 정도로 크고 짙은 쌍꺼풀에 두꺼운 애교살이 더해 약간의 장난기까지 있어 보였다. 난 신재인의 눈매에 위축됐다가도, 이 남자의 미소 덕분에 긴장이 풀렸다. 귀에는 경호원들이나 끼고 다닐 법한 리시버를 꽂고 있었고, 겉은 가운인데 속으로 언뜻 보이는 옷은 무슨 정복 같아 보였다.

그들은 자신을 의사라고 소개하며, 특히 여자 쪽에서 내 담당임을 강조했다. 사실 그러거나 말거나, 그들의 자초지종 따위야 아무래도 좋다. 난, 나야말로 먼저 물어봐야 할 것이 있었다.

내겐 무엇보다 소중한, 가족들은 잘 있는지.

가족 얘기, 이럴 땐 꼭 목이 멘다. 목소리가 나오지 않았다. 영화에나 나올 법한 입마개, 안면 마스크, 방독면? 아니, 헬멧 같은 게 씌워져 있는데, 그것 때문만은 아닌 것 같았다. 불편함을 호소하려는데 목소린 나오지 않고, 그렇게 한참을 켁켁거리고 있으니 소번규가 특유의 편안한 눈으로 말했다.

"알아요, 알아요. 가족들은 무사합니다. 잘 있습니다. 안심하세요. 진정하시고……."

그때 신재인이 사무적으로 끼어들었다.

"가족분들도 이 시설에 있습니다."

신재인을 보는 소번규의 눈총이 따가웠다.

"아 거참, 정말…… 사람이 이 모양인데…… 다짜고짜……. 거참, 타이밍 못 잡으셔."

"환자분도 알 건 아셔야죠."

내 머릿속 사정을 알 리 없는 신재인은 설명을 이어갔다. 난 억지로라도 그녀의 설명에 집중해야 했다.

내 몸 상태가 평소와 다른 것은 바이러스 때문으로 추정되며, 그 증상 중 하나가 바로 목소리가 잘 나오지 않는 것이고, 아직 밝혀지진 않았지만 혹시 모를 전염성에 대비해 이 시설에 격리한다는 얘기였다. 가족마저 위험하게 만들까 봐 급하게 후송시켰으며, 아내에겐 충분히 설명했고, 동의까지 다 받았다고 했다.

소번규는 내 눈치를 살피는데, 배려하는 모습으로 보

이기도 했기에 퍽 고마웠다. 반면에 신재인은 기계 같았다. 대접을 받고자 한 건 아니었지만, 그래도 사람 마음이, 난 환자랍시고 이러고 누워 있는데 의사라는 양반이 너무 딱딱하게 구니 좀 섭섭한 감도 있었다.

신재인의 사무적인 설명이 끝나자, 소번규가 따스한 미소로 초록색 태블릿을 내밀었다.

가족들이 있었다.

나도 모르게 태블릿을 빼앗아 들었다. 7살짜리 아들은 핸드폰을 만지고 있고, 아내는 그런 애를 지켜보고 있었다. 나는 그 안으로 빨려 들어갈 듯이 바라보았다. 무엇보다 아무 이상 없어 보이는 게 가장 안심이었다.

한참을 들여다보고 있자니 문득 정신이 들었다. 고개 드니 두 사람과 눈이 마주쳤다. 그때야 난 몸에 힘을 풀었다. 소번규는 나와 눈을 마주치며 엷은 미소로 고개를 끄덕이는데, 신재인은 내 눈을 피했다.

"언제든 볼 수 있어요. 그러니까, 앞으로도 잘 부탁합니다. 아시겠죠? 우리가 부탁하는 대로……."

소번규가 내게서 태블릿을 받아드는데, 나와 손이 닿았다. 내가 움찔하자, 그걸 본 소번규는 또 한 번 빙긋 웃었다.

"혹시 저희가 전염될까 봐 걱정되신다면…… 저희는 괜찮습니다. 이걸 고치는 게 우선이거든요. 슈바이처도 그랬을 겁니다."

소번규는 태블릿을 손만 뻗으면 닿을 만한 곳에 두었다.

소번규가 자꾸 분위기 바꾸는 말을 해서 그런지, 신재인의 검지가 소번규의 어깨를 톡톡 두드렸다. 소번규의 따스한 표정 뒤로 보이는 신재인의 차가운 얼굴이 심하게 대조됐다. 신재인은 여전히 내 눈을 외면하며, 제 할 말만 중요한 것처럼 여전히 차가운 얼굴과 사무적 태도로 이야기를 이어갔다.

"앞으로 다양한 실험이 동반될 것입니다. 그것은 다양한 약물을 수반한 육체적, 정신적 역량 파악 용도입니다. 환자분께서는 저희 통제에 잘 따라주시고……."

말하는 동안 그녀의 눈은 총명하게 반짝였다. 그때 소번규가 또 파고들었다.

"그래야 강해본 씨 가족들 빨리 보러 가죠, 그렇죠?"

말이 끊겨서 그런지 신재인의 얼굴이 심하게 굳었다. 소번규는 말을 이었다.

"말 끊어서 죄송, 신 교수님. 근데 환자도 사람이잖아요. 얼마나 걱정이 되겠어요."

신재인의 관자놀이가 꿈틀하더니, 다시 무표정으로 돌아왔다. 소번규는 내게 싱긋 웃어 보이며 눈썹과 어깨를 한 번 치켜올렸다.

"가족인데. 그죠?"

나는 눈을 여러 번 깜빡였다.

"그러니까 제 말은, 강해본 씨는 안심하고 계시면 됩니다! 오케이? 자, 계속하시죠 신 교수님."

신재인은 입술을 비죽 내밀고 잠시 말이 없다가, 이내 호흡을 고르더니 앞으로 있을 치료에 대해 역시 사무적 태도로 설명했다.

조건은 두 가지였다. 보름간의 격리 끝에 이상 반응이 없거나, 목표 단계 실험에 도달하면 된다. 그러면 가족의 품으로 돌아갈 수 있다. 이것 역시 전염성을 우려한 정부의 정책이기도 하다는 것이었다. 다양한 시도가 있을 예정이며, 약물을 비롯해 신체 능력 측정이 수시로 있을 것이라는 얘기였다. 무엇보다, 이걸 다 마쳤을 때는 적정 수준의 보상금까지 지급된다는 건 특히 구미가 당겼다.

학교에서, 회사에서, 원하는 모습에 충실히 맞춰온 나였기에 불만 같은 건 없었다. 오히려 위험한 나를 가족과 알아서 분리하고 잘 챙겨준다기까지 하니, 이 얼마나 고

마운 일인가. 새삼 나라와 조직에 감탄했다. 다만 어딘가에 갇혀 지낼 아내와 아이가 신경 쓰일 뿐이었다.

별 건 없었다. 시간마다 주는 약 잘 챙겨 먹고, 그림이나 사진을 보여주며 하나를 선택하라는 검사에, 무슨 시험처럼 질문지들이 잔뜩 있기도 했다, 나보고 그림을 그리라고 하는데, 나무는 작대기에 파마머리고 집은 사다리꼴에 창문 하나 문 하나, 사람은 '졸라맨' 형태로밖에 못 그리니 이거 좀 창피하기도 하면서, 좀 쉽게 생각한 것도 사실이었다. 다만 신재인의 표정이 무서워 눈치가 좀 보였을 뿐이었다.

그러다 질문이 조금씩 복잡해졌다. 자꾸만 뭐라 표현해야 좋을지 모를 내 마음 한 부분을 건드리는 질문이 늘어났다. 이를테면 기차의 선로를 바꿀 수 있는데 다섯 명과 한 명 중 선택해야 한다던가, 조난으로 죽어가는 사람들이 그들 중 가장 약한 이를 죽여 식량으로 삼는다면 어떻게 할 거냐는 질문도 있었다. 그건 알고 보니 '더들리 스티븐스 사건'이라고 실제 있었던 일이라고도 했으며, 그러다 가족과 타인의 목숨을 견주기까지 했다. 난 당연히 다섯 명을 살린다고 했고, 약한 이를 죽여 식량으로 삼을 바엔 같이 죽어가겠다고 했고, 다른 200여 명의 목숨보다 내 새끼 하나가 더 중요하다고 솔직하게 대답했다. 더 솔직한 심정으론 비교 대상이 만 명이었다 해도 난 내 새끼 하나를 택했을 거였다.

체력테스트 때문에 소번규가 나를 안내해 이동하는 동안 여러 개의 입원실을 지나는데, 그중 하나의 문이 덜 닫혀 있었다. 그 틈으로 크르릉, 동물 울음소리 같은 게 들리기에 난 본능적으로 궁금해 눈을 돌렸다.

"강해본님. 왜 환자분들 입원실엔 창문이 없을까요?"

특유의 웃는 낯으로 말하는 소번규에, 난 괜히 뭐라도 들킨 기분이었다.

"부끄러워서 그래요. 자꾸 들여다보니까. 안 그러겠어요?"

소번규가 문을 닫았다. 알량한 호기심에 남의 영역을 들여다보려 했던 나 자신에게 부끄러움을 느끼며, 난 앞만 보며 소번규를 따라 걸었다.

체력테스트는 재미없도록 네모난 무채색의 공간에서 이루어졌다. 열 평 남짓한 곳에 별것도 없고, 벽에 달린 눈금 몇 개, 바닥엔 그냥 기다란 쇳덩어리 봉 하나에 동그란 쇳덩어리 몇 개가 달려 있을 뿐이었다. 지금까지 살면서 세 번 정도 가본 헬스장과는 아주 달랐지만, 여기가 병원이라는 사실을 떠올리니 또 그럴 법했다.

처음엔 간단한 스트레칭이었다. 각 근육이 제대로 움직이는지 보는 거였다. 팔을 올려보고 돌려보고, 어깨도 움직이고, 허리 다리 무릎 전부 움직이는 거였다. 트레이닝복 차림의 소번규가 날 안내하고, 그에 따라 몸을 움직이는 정도로, 별다를 건 없었다. 이상하게 생긴 기계로 악력이라던가 점프력 등을 측정해 기록하곤 했다.

문득 소번규가 쇠봉을 잡더니 시범을 보였다. 데드리프트, '죽음의 들기'라니. 이름만큼이나 흉악한 운동이고 나도 그게 뭔지는 알고 있었다. 올림픽 국가대표도 아니고, 뭐 이런 것까지 해야 하나 싶은 생각이 드는 순간, 60킬로나 될 법한 작은 체구의 소번규는 제 몸무게의 두 배를 거뜬히 들었다. 내가 저걸 어떻게 들어, 지레 포기했는데, 소번규는 그런 내게 자꾸만 들어보라며 그 특유의 온화한 표정으로 떠밀었다. 난 당연히 안 될 거라고 고개를 저었지만, 소번규는 계속 시켰다.

그리고, 난 그 쇳덩이를 들었다.

* * *

보름이 지났다.

첫날 이후로 쇳덩이 드는 것도 재미 들려, 처음엔 두 손으로 들다가 한 손으로, 그러다 머리 위로 올리는 데까지 보름 걸렸다. 데드리프트의 데드가 죽음이 아니라 영점, 즉 바닥에서 들어올린다는 뜻이라는 것도 알았다. 처음엔 차라리 죽음의 들기가 어울리는 말이지 않나 싶기도 했지만, 그렇다기에는 지금은 너무 쉬웠다.

힘도 점프력도 나날이 좋아져, 벽 밟고 뛰어 천장까지 치고 내려올 정도였다. 숨도 안 차고, 오십견도 없어진 것 같고, 허리도 무릎도 안 아팠다. 이러다간 더 건강해져서 나갈 것 같았다.

말하는 법은 아예 까먹은 것 같았다. 말을 하도 안 하니까 그런 것 같으면서도 별로 불편할 건 없었다. 묵묵히 시키는 대로 따르기만 하니까 내가 굳이 말을 해야 할 것도 없었다. 따지고 보면 회사 생활과 별반 다를 건 없었다.

다른 것들도 시키는 대로 했다. 그냥 다 했다, 회사에서처럼. 그러면 가족을 볼 수 있다니까, 그래서 묵묵히, 불만 없이, 그냥 했다. 매일같이 정체 모를 주사를 맞고, 약도 먹고, 체력테스트도 하고, 다 했다. 시키는 대로 다 했다.

그런데 변한 게 없었다.

내보내질 않았다.

주사도 자주 맞았다. 주사는 맞을 때마다 증상이 달랐다. 어떤 건 바로 잠이 온다. 어떤 주사는 정신이 또렷해진다. 어떤 건 맞는 순간부터 기절한 건지 눈 떠보면 침대였고, 몸이 가뿐했다. 기절한 상태로 씻겨 주고 옷도 갈아입혀 주고 하는 모양이었다. 어떤 약은 먹으면 갈증이 나는데, 물을 먹는다고 해소되진 않았다. 그러면 다른 약을 주곤 했다. 물론 의구심을 가져 본 적은 없었다. 그냥 의사를 믿었고 이 기관을 믿을 뿐이었다.

소번규는 웃는 낯짝으로 시간을 끌었다. 사무적 태도였던 신재인이 오히려 미안해하는 듯했다.

유일한 낙은 화면으로나마 아내와 아이를 보는 것이었다. 화면 속의 내 새끼는 줄넘기 중이었다. 줄넘기도 할 줄 아는구나. 난 사실 모르고 있었다. 어서 만나 직접 보고 싶었다. 놀이터로 갈까, 아니 이왕이면 좀 더 큰 공원이 좋겠네, 등의 생각을 하고 있었다.

"운동? 운동하러 갈까요? 운동 좋아하시잖아요."

소번규는 여느 때처럼 흐흐 웃으며 개 산책하듯 날 데리고 갔다. 떠밀리듯 가면서 신재인을 쳐다보니, 그녀는 차마 나와 눈을 마주치지 못했다.

복도를 털레털레 걸어가는데 속이 답답했다. 마음속으로부터 뭔가 치밀었다. 심장이 뛰는데 그건 마치 외침 같았다.

소리 지르고 싶었다.

하란 대로 시키는 대로 묵묵히 따랐잖아. 보름 지났잖나. 약속이 다르잖아. 약속이 다르면 뭐라도 양해를 구해야 하는 거 아닌가. 와서 좀 조아리고 하는 게 맞지. 난 나가고 싶다고. 가족들 보러 가고 싶단 말이야.

그때 등에 손이 닿았다. 소번규였다. 나도 모르게 숨이 거칠어지면서 눈을 감고 오만상을 찌푸리고 있었나 보다. 순간 스쳤던 소번규의 눈빛은 송곳같이 뾰족했다.

"아무 이상 없죠……? 강해본 씨?"

내가 가만히 소번규를 쳐다보자, 이내 소번규는 다시 미소 짓는데, 그제야 그의 눈빛이 풀어졌다. 나도 조금만 더 참자 싶어 발걸음을 옮겼다.

그런데 이번엔 소번규가 멈추어 섰다. 그는 귀에 꽂힌 리시버에 손을 대더니, 나를 한 번 보고는 그 변한 표정 그대로 말했다.

"돌아가."

내가 멀뚱히 서 있으니 소번규는 다시 송곳 같은 표정이 되어 소리쳤다.

"네 방으로 가라고!"

난 너무 어이가 없고 놀라 당황한 나머지 몸을 즉각 움직이지 못했다. 소번규의 눈이 불을 뿜었다.

"말 쳐들어, 이 새끼야, 저리 가라고!! 네 방으로!"

그때, 쾅!

문이 뜯어지며, 이때 튀어나온 건 다름 아닌 사람이었다. 나와 같은 차림의, 또 다른 환자. 그 환자는 날 보더니, 소번규를 보고, 다시 날 봤다.

그때 날 보던 그의 새카만 동공은 마치 우주 같았다. 빨려 들어갈 것만 같아 난 잠시 넋을 놓고 쳐다봤다. 그 사이 환자는 다시 소번규로 눈을 돌렸다.

환자가 괴성을 질렀다.

처음 들어보는, 적어도 사람의 소리는 아니었다. 환자의 회백색 흰자가 깨지듯 실핏줄이 올라오며 충혈됐다. 이내 그는 입을 벌리더니 소번규에게 뛰어들었다. 그때 내가 반사적으로 뛰어들었고, 몸으로 소번규를 감쌌다.

환자의 손톱이 나를 긁었다. 그는 우릴 스쳐 지나가 벽에 부딪혔다. 소번규와 나는 뒤엉켜 넘어졌다. 그때 환자는 벌떡 일어나더니 순식간에 또 덤벼들었다. 나도 몸을 일으키려는 그때…….

탕!

환자의 마스크가 깨지며 머리 뒤로 피를 뿜었다. 그의 눈알이 돌아가며 생기를 잃었다. 몸뚱이는 오던 방향 그대로 내게 안겼다. 난 그 몸을 받아들었다. 피가 몸에, 손에 묻었다.

총이라니.

의사가 권총을 들고 다닌다, 게다가 한 방에 미간을 관통했다. 난 환자의 피로 범벅이 된 채 얼떨떨함에 잠시 가만히 있었는데, 그때야 팔뚝이 아려왔다. 찢어진 특수복 틈새로 피가 배어 나왔다. 그의 손아귀에 다친 건지, 옷 틈새를 벌리니 작은 생채기와 내 피부가 보였다.

초록과 보라가 아지랑이처럼 뒤섞인, 독사 같은 피부였다.

이게 내 피부? 멍이 든 건가, 병이 든 건가. 그때 피 흘리며 내게 안겨 있는 환자의 얼굴색 또한 내 피부와 같았다. 전체가 멍든 것 같은, 보랏빛 초록색.

찢어진 옷 틈새로 손을 넣어 잡아당겼다. 질기고 튼튼해 잘 안 찢어졌다. 자꾸만 늘어나는 옷을 나도 미친 듯 당겼다. 조금씩 찢어지는 옷 틈새로 보이는 피부는 죄다 보랏빛 초록색이었다. 한참을 이 신축성 뛰어난 특수복과 씨름하는데, 그때 뒤에서 권총 장전하는 소리가 들렸다.

"너, 그 상처……."

돌아보았다. 소번규는 세상에서 가장 잔인한 표정으로 내게 총을 겨누고 있었다.

총구는, 나를 향해 있었다.

"대답해."

옷을 쥐어 잡은 채로 난 여전히 뭐가 뭔지 몰라 멀뚱히 있었다.

"대답해, 새끼야! 알아들어? 내 말 알아듣냐고?! 멀쩡하냐고?!!"

나는 그저 입만 벌렸다 닫았다. 말을 하려는데 목소리도 나오지 않아 눈을 세게 깜빡였다. 소번규는 날 잠시 노려보다가 총을 거뒀다. 그는 반 박자 풀어진 표정으로 허리춤의 주머니에서 손가락 한 마디만 한 주사를 꺼내 들고 다가왔다. 주황빛 주사약이 반짝였다.

"자, 오늘 운동은 이걸로 끝. 잠깐 쉬세요."

그가 내게 주사를 놓았다.

이번엔 왠지 맞기 싫었다.

* * *

정신이 들었을 땐 이미 병실이었고, 6시간이 지나 있었다. 이렇게 또 내 시간이 내 의지와 상관없이 삭제됐다. 몸은 말끔했다. 상처 부위도 아프지 않았다. 험한 일을 겪어서 그런가, 역시 마음 다스리는 데는 가족이 최고지 싶어 초록 태블릿을 들었다.

아이는 여전히 줄넘기 중이었다. 정말 많이, 심하게 보고 싶었다. 회사 다니느라 보지 못했던 그 작은 녀석의 일상이 왜 이제야 이렇게 보고 싶은 건지. 역시 사람은 특수한 상황이 되어야 자신을 돌아보고 반성하나 싶은 찰나, 잠깐.

아이가 줄넘기하고 있다. 똑같은 포즈로, 6시간이 지난 지금까지.

보름의 시간이 머릿속에서 파도처럼 흘렀다. 주사, 약물, 테스트, 화면으로 보던 아내와 아이 모습. 내가 놓친 것이 무엇일지 돌이켜보았다.

아내와 아이는 같은 행동을 반복하고 있었다. 아까 와도, 어제와도, 며칠 전과도 같은 행동을 지금까지. 진작 눈치채지 못했던 나를 자책하며 호출 버튼을 누르려는 때…….

총 맞아 피 흘리는 환자의 모습이 아른거렸다.

갑자기 어지러워졌다. 열나는 것처럼 머리가 뜨거워졌다. 생각들이 뒤엉켰다. 가만히 있다간 그 환자 꼴이 날지도 모른다. 난 그렇게 죽지 않을 거다. 그래. 꼭, 책임을 물을 거다. 가족을 찾아갈 거다. 이곳을 다 뒤져서라도 찾을 거다. 그저 가만히 하란 대로 있다가는, 그저 시키는 대로 있다가는, 어떻게 될지 모른다, 늘 웃던 소번규가 송곳 같은 눈초리로 변했고, 다른 환자는 총에 맞았고…….

온갖 생각이 머리를 엄습했다. 팔다리 손끝 발끝 정수리까지 피가 도는 기분이었다. 몸 깊은 곳에서 뭔가 타는 것 같았다. 온몸 근육이 펌핑된 느낌이었다. 열의가, 의지가 솟았다. 말로 표현 못 할 절박함도 있었다. 호르몬이 뇌를 휘저으며 날뛰었다. 모든 감정이, 육체가, 정신이, 뒤섞여 날뛰었다.

그때 신재인이 들어왔다. 난 아직 호출 버튼을 누르지 않았다. 눈이 마주친 순간, 그녀가 뭐라고 말하려 했지만 난 단숨에 덮쳐 입을 막았다. 여전히 목소리가 나오지 않아, 나는 눈으로 위협했다. 한 손으로 신재인의 입을 막은 채로 나머지 손으로 초록 태블릿을 들이밀었다. 그때 신재인은 입 막은 내 손을 다급하게 때리며 몸부림쳤다. 그녀의 좋은 뼈대 덕분에 몸 전체가 흔들렸다.

내가 힘을 빼자마자 신재인은 다급하게, 다만 속삭이듯 말했다.

"이 얘기 하러 왔어요, 안 그래도."

신재인은 불과 몇 시간 전의 사건을 언급하며 말을 이었다.

"이미 보셨겠죠. 그렇게 돼요. 감염… 그 상태에서 인간성을 유지하는 경우는 없었어요. 그 피가 묻고 상처까지 났는데도…….."

신재인의 눈이 여느 때처럼 빛났다.

"강해본 씨 뿐이에요."

그녀의 믿음직한 눈빛에 난 어느새 차분해져 나도 모르게 경청하게 되었다.

"그래서 저도 그랬던 거예요. 강해본 씨를 가지고 연

구하려고 했고, 기꺼이 응해줬고, 고마워요. 그래서 유전자라던가, 많은 걸 연구했지만······."

그녀는 고개를 떨궜다. 떨궜던 고개를 흔들던 그녀가 다시 고개를 번쩍 들었다.

"혹시 그 유전자 때문일까 싶기도······."

난 반사적으로 그녀의 멱살을 잡아 흔들었다. 그녀의 몸이 공중에 떴다. 신재인은 내게 진정하라며 다급하게 말했다.

정리하자면 이런 거였다. 감염됐음에도 불구하고 이상행동을 보이지 않고 통제에 순순히 따르는 데다가, 아까 있었던 환자의 피가 튀었는데도 변하지 않는 내 모습에, 가여운 내 새끼마저 실험대에 올리려 하는 거였다.

"그래서 왔어요. 미안해요, 이렇게 되어서. 시간이 없어요. 소번규, 저 사람은 지금 선을 넘고 있어요. 그러니까······ 얼른, 가족들은 S관에 있어요. 강해본 씨 속도로는 5분이면 갈 거예요."

그녀를 놓아두고 가려는 찰나, 신재인이 날 붙잡았다. 그녀는 손목시계를 보더니 담뱃갑만 한 스테인레스 통을 열어 보였다. 손가락 한 마디만 한 주사 여러 개가 색깔별로 들어 있었다.

"주황색은 바로 잠들어요. 평범한 사람한테는 안 통해요. 감염자만……."

신재인이 민망해하는 얼굴로 날 쳐다봤다. 나도 신재인을 쳐다보자, 신재인 특유의 단호한 눈빛이 돌아왔다.

"이 청록색, 이게 강해본 씨의 정신을 더 또렷하게 해 줄 거예요. 강해본 씨는 지금 감염자고, 언제 인간성을 잃고 야생동물처럼 날뛰게 될지 모릅니다. 이성을 잃을 것 같을 때, 이 청록색 주사, 기억하세요."

신재인이 주사 키트를 닫더니 내밀었다.

"일단은 이 주사로 버티는 수밖에 없어요. 그리고 여기 이, 빨간색 주사는…… 정말 목숨이 위험할 때만 사용하세요. 힘이 세지는 대신, 본능만 남아요. 말 그대로 동물… 아니, 괴물이 됩니다. 청록색이랑 정반대예요."

난 주사 키트를 받아들었다. 얼떨떨하게 고개를 드니 신재인과 눈이 마주쳤다. 문득 멍하니 바보 같았을 내 표정에, 난 황급히 눈에 힘줬다.

"전, 전…… 정말 원치 않았어요. 반대했어요. 정말 반대했어요. 그 아이…… 그런데 강해본 씨가 워낙 특별한, 아니 단 한 명뿐인 연구 결과를 보여서……."

우울한 눈이었던 신재인이 갑자기 고개를 파르르 저었

다. 1초 만에 날카로운 눈빛으로 돌아온 그녀가 다시 제 말투대로 말했다.

"가세요. 얼른. 저도 갈게요."

난 문을 나섰다가, 다시 방으로 들어갔다. 난 문을 등진 채로 그렇게 신재인을 빤히 쳐다봤다.

신재인이 물음표 뜬 얼굴로 쳐다봤다.

* * *

신재인을 인질로 삼은 건 탁월한 선택이었다.

S관에 도착했고, 사람들이 총을 겨누고 있었다. 오며 가며 봤던 의사와 간호사들. 도대체 정체가 뭔지, 죄다 소변규처럼 총을 갖고 다녔다.

신재인의 목을 감아쥔 채로 그녀를 앞세우고 있으니 내 몸이 다 가려졌다. 그래서 더 편했다. 난 의사, 아니, 의사 같지 않은 녀석과 대치한 채로 있었다.

놈들 하나하나와 눈을 마주쳤다. 그들은 날 겁내고 있었다.

잠시 대치하고 있자니 소변규가 뛰어왔다. 송곳 같던 표정에서 웃는 얼굴로 단숨에 변했다.

"강해본 씨, 아 이것 참…… 사람 곤란하게 왜 이래요? 진정해요."

여유 부리며 다가오는 소변규의 웃는 낯짝이 가증스러웠다. 난 신재인 뒤에 숨어 있었다.

"얼굴 좀 봅시다. 응? 고개 좀 내밀어 봐요."

내가 신재인 옆으로 고개를 내밀자, 소변규의 눈이 휘둥그레졌다.

"저 새끼 얼굴……! 헬멧 어디 있어?!"

난 그 뭔지도 모를, 내 얼굴을 감싸고 있던 걸 던져버린 지 오래였다. 소변규는 맨얼굴의 날 보니 당황한 기색이 역력했다.

맨얼굴은 아주 상쾌했다. 전보다 훨씬 소리도 잘 들리고, 냄새도 잘 맡을 수 있었다.

소변규의 독한 눈이 신재인으로 옮겨갔다.

"너지? 네가 까발렸지? 이 병신같은 년."

"넌 의사도 아냐."

"저 괴물을 뭘 믿고……."

"사람이야! 아직 사람이라고!"

"사람? 허? 근데 인질을 잡아? 사람이?! 사람이 사람을 인질을 잡아?"

너희는 새끼들아, 나도 말하고 싶었다. 하지만 여전히 목소리는 나오지 않았다.

"우리, 다 같이 방법을 찾으면 돼……. 멀쩡히 살아있는 아이한테까지 이러는 건……."

"이러다 다 뒤져!!"

소번규의 일갈에, 잠시 조용해졌다.

"저깟 괴물 좀 쓰면 어때서? 아들내미? 괴물 아들내미 좀 써서, 천 명 만 명 살리면 되잖아!"

숨이 가빠왔다. 내 안에서 뭔가 터질 것 같았다.

"미친 새끼……."

신재인의 늑대같은 눈이 번뜩였다.

"난 너 같은 살인 병기가 아니야, 난…… 의사야!!"

"지랄. 처음부터 띠꺼웠어."

소번규가 총을 겨누었다.

"넌 즉결심판이야, 이 씨양년아."

소번규의 손가락이 움직이려 할 때, 내가 먼저 신재인을 옆으로 던졌다. 소번규의 총이 불을 뿜을 때, 신재인이 쓰러지고 총알은 신재인의 팔을 스쳐 내 옆구리를 관통했다. 그사이 난 놈들에게 달려들었다.

제일 먼저 소번규의 손을 쳐 총을 떨어뜨리고, 주먹을

마구 휘둘렀다. 싸우는 법도 모르고 때릴 줄도 모르지만 난 본능적으로 팔을 흔들어댔다. 내 손에 맞는 녀석들을 날아가거나 넘어져 정신을 잃었다. 몇 발의 총알이 팔이나 다리를 스치는 것 같기도 했지만 난 아픈 것도 모르고 녀석들을 때렸다.

열댓 명은 되는 놈들을 순식간에 때려눕혔다. 그사이 소번규가 떨어진 권총을 집으려 하고 있었다. 난 한달음에 녀석의 앞으로 뛰었다.

권총을 발로 밟자, 손이 깔린 소번규는 고통일지 울분일지 모를 소리로 악다구니했다.

"왜 문제 일으키고 지랄이야! 하라는 대로, 시키는 대로만 하면!! 다 행복하잖아!"

난 가만히 있었다. 물론 나도 뭐라고 말 하고 싶었다. 시키는 대로 따른 대가가 내 가족이냐고, 나도 항변하고 싶었다.

소번규가 주저앉아 있는 신재인을 노려봤다.

"이러면 다 죽여야 해. 알아들어? 이 빌어먹을 의사 년아! 이러면 못 고친다고, 다 죽여야 한다고! 지금 하나라도 더 고치려고 이러는 거잖아?!"

소번규의 눈이 내게로 옮겨왔다.

"널 믿는 게 아니었어. 괴물새끼, 괴물은 결국 괴물이야. 고칠 수 없어. 살릴 수 없다고!"

"그렇게 다 죽이면,"

신재인이 웅크린 몸을 폈다.

"너야말로 괴물이겠지."

소번규는 크아악 울부짖었다. 그때 신재인이 달려와 소번규의 턱주가리에 사커킥을 먹였다. 묵직한 한 방에 소번규는 정신을 잃었다.

난 잠깐 멍하니 있었다. 아픈 듯 자신의 발등을 어루만지던 신재인이 문득 날 올려 보았다. 굳은 채 잠깐 내 눈을 주의 깊게 보던 그녀가 안도의 한숨을 내쉬었다.

"미안해요. 저도 자꾸만 의심이 드는 건…… 이해해 주세요."

난 대답 대신 고개를 끄떡였다. 신재인 특유의 눈빛이 반짝였다. 그녀는 이 난리를 수습할 사람이 필요하고, 또한 이렇게 된 이상 책임도 져야 한다며 이곳에 남아야겠다고 했다.

"저도 처음으로 돌아가야지요."

* * *

가는 길은 시끄러웠다. 경보가 울리고, 많은 방해꾼이 있었다. 난 총에 맞기도 하고 싸우기도 하면서, 내 새끼를 찾아 헤맸다.

병실마다 문을 뜯었다. 단단한 철문이었지만 발로 몇 번 차면 떨어져 나갔다. 날뛰는 감염자들은 무서운 눈으로 날 쳐다봤지만 덤벼들진 않았다. 같은 감염자를 알아보는 것 같았다. 다만 코를 쿵쿵거리다 밖으로 나가려는 모습을 보였다. 그걸 막아서면 그땐 싸움이 시작됐다. 엄청난 힘과 민첩한 몸놀림에, 매번 고전했지만, 다행히 난 주황색 주사로 그들을 잠재울 수 있었다.

팔이나 다리가 하나씩 없는 감염자도 있었다. 온몸이 흉터투성이인 감염자도 있었다. 도대체 무슨 실험을 하는 건지. 다만 그들은 하나같이 의식이 없었다. 그냥 비틀거리는, 생각 없는, 텅빈 눈을 하고 있었다.

어떤 문 앞에 다다랐을 때, 왠지 모를 기운에 심장이 뛰기 시작했다. 두근거리다가도 차분해지는 것 같기도 하면서, 어쩔 줄 모르겠다가도 진정되는 것 같았다.

오랜 기간 그리워했던 냄새, 아들이다. 단숨에 문을 부수고 들어가니, 그 작은 온몸에 뭔 동그란 것들이 붙은 채로 잠들어 있었다. 불쌍한 내 새끼, 이 작은 몸에 이따위 걸 붙여놓은 놈들이 미웠다. 너무 미워서 어쩔 줄 모를 정도로 기분이 좋지 않았다. 그 기분은 점점 솟아오르더니 정수리에 이르렀다. 눈에 불이 붙은 것 같았다. 미간이 꿈틀거렸다.

그때 난 다급하게 주사 키트를 열어 청록색을 맞았다. 손이 떨려 주사 놓기도 힘들었다. 약효는 빠르게 작용했다. 덕분에 진정됐다.

붙어있는 것들을 조심스럽게 떼고 잠든 아이를 들었다. 작은 것이 숨 쉴 때마다 그 숨이 고스란히 전해졌다. 아이를 들고 나가려는 그때, 밖에서 풍기는 복잡한 기운이 수상했다. 난 살짝 고개를 내밀었다.

총알이 내 머리를 스치고 지나갔다.

밖은 완전 무장한 특공대가 진을 치고 있었다. 순식간이라 제대로 못 봤지만 서른 명은 되는 것 같았다. 난 벽에 바싹 붙어 앉았다. 숨이 차올랐다. 아이를 안은 손에 힘이 들어갔다.

아이를 다시 침대에 뉘었다. 잠들어 있는 모습은 보고 있으면 더 보고 싶어지지만, 꾹 참고 뒤돌았다.

철문을 들고 달렸다. 그러기로 마음먹는 데까진 오래 걸리지 않았다. 바로 달려 나가 철문을 휘두르고, 놈들

속으로 들어가 쓰러진 놈을 잡아 휘두르고, 정신 차려 보니 놈들은 쓰러져 있었다.

"자, 이제 정지!"

소번규 목소리였고, 뒤였다. 돌아보니 또 스무 명은 되는 특공대가 있었고, 소번규가 있었다. 그리고 녀석은 내 아이를 들고 있었다.

몸통 깊은 곳이 끓어올랐다. 명치 깊은 곳으로부터 붉게 타오르던 그것이 목줄기에 옮겨붙었다. 지글지글 끓는 듯한 무언가가 식도를, 기도를 도화선처럼 태우며 올라오는 듯했다.

그때 드디어 소리가 껴어어얽 목을 뚫고 뛰쳐나왔다.

끊이지 않았다. 내가 들어도 이상한 괴성에 내 귀마저 아팠다. 난 숨이 다할 것처럼 소리를 내뱉었다.

그러고 나니 이제야 말문이 트였다. 난 숨을 몰아쉬다 말했다.

「내 새끼 손대지 마.」

소번규는 잠깐 움찔했지만 아이를 더 단단히 잡았다.

"어차피 네가 하는 말 하나도 못 알아들어. 강해본, 아니 이 괴물아. 이제 넌 그냥 괴물이야."

소변규는 사격 지시 신호처럼 손을 들었다.

"모르겠어? 내가 꼭 이렇게까지 말을 해야겠어? 아무도 네가 인간이라고 생각 안 해. 너희 가족들조차도! 왜 내가 이런 말 하게 만들어서, 나를 나쁜 사람인 것처럼 만드냐?"

「애 내려 놔!」

"뭐라고 짖는 거야……? 이제 포기해! 지금이라도 조용히, 시키는 대로 해! 인류를 위한 거야! 너희 두 명으로, 나머지 여기! 수많은 가족이 감염에서 벗어날 수도 있는 거잖아? 응?"

「애 좀 내려 놔, 제발. 나 하나면 되잖아. 애는 보내줘. 아직 세상에…….」

"혹시나 해서 말인데, 이 애, 벌써 실험체야. 아직도 헛된 희망 같은 거 있으면 포기하라고 말하는 거야."

벌써 실험체라…….

믿고 싶지 않았다. 상식적으로 말이 안 됐다. 아이를 가지고 뭔가를 하려면 최소한 부모가 허락해야 하는 거잖아. 난 그래도 아이는 아직 멀쩡할 거라고 생각했다. 그래서 저 녀석이 시키는 대로, 하라는 대로 해야겠다고 마음먹었다.

"마지막 기회야. 안 그러면 그냥 쏜다. 그러면, 네가 죽고, 치료제 개발은 늦어지겠지."

소번규는 계속 나불대고 있었다. 얼른 치료약 개발하자는 둥, 인간 되어서 애는 또 낳으면 되지 않냐는 둥, 말 같지도 않은 소리를 나불댔다.

그때, 아이가 눈을 떴다.

내 새끼, 불쌍한 내 새끼의 눈은, 깨진 듯 충혈돼 있었다. 통하지 않는 목소리로나마 나는 아이의 이름을 불렀다.

그 순간, 아이가 소번규의 목덜미를 향해 돌진했다. 소번규의 손이 아이를 막더니, 뿌리쳤다. 허공에 뜬 내 새끼가 순간 느리게 보였다. 그 틈에 보인 소번규의 손엔 이빨 자국이 있었다.

특공대가 당황한 틈에 난 그 안으로 뛰어들었다. 아이를 붙들며, 특공대 무리를 헤집었다. 난 녀석들한테서 벗어나 다른 병실로 들어갔다. 아이는 날 알아보는 건지, 충혈된 눈이지만 날 똑바로 보고 있었다.

그때 밖에서 소번규 목소리가 들렸다.

"아니야, 나 아니야! 이거 아니라고!"

점점 거칠어지는 숨소리와 함께, 그의 목소리도 변해

갔다.

"이 새끼들이, 뭐 하는 짓이야? 가만히 있어. 가만히 있으라고 이 새끼들아!"

이어 복도가 소란스러워졌다. 치고받는 소리, 부딪히는 소리, 진동, 그리고 여러 번의 총소리 끝에 잠잠해졌다.

그사이 나는 아들에게 주황색 주사를 맞혔다. 잠들어 있는 녀석의 얼굴은 여느 때와 다를 것 없이 사랑스러웠다. 반쯤은 변했고 반쯤은 그대로인 녀석의 몸을 보고 있자니 가슴이 저몄다.

이제야 좀 실감이 나는 것 같았다.

병실마다 비치된 호출용 태블릿을 들어 신재인을 찾았다. 다행히 응답이 왔다. 그녀는 어딘가로 이동 중이었다. 어차피 못 알아들을 테니, 말하는 대신 아이를 보여 줬다. 잠시 말없이 아이의 상태를 관찰하던 신재인은 이내 낙담한 얼굴이 되었다.

"살아 있어 주세요. 저도 꼭, 방법을 찾을게요. 그때까지… 우리 꼭, 다시 만나요."

다만 별다른 말은 없었다. 물론 나도, 잠든 아이를 보니, 그래, 어떻게든 살아야겠다, 더욱 다짐하게 됐다. 그때…….

쾅!

문이 구겨졌다. 또 한 번 쾅! 문은 떨어져 나가기 직전이었다. 황급히 아이를 안아 들고 구석으로 숨는 순간, 핑음과 함께 떨어져 나간 철문이 침대를 덮쳤다.

소번규가 있었다. 잔뜩 달아오른 핏대가 목을 감싼 채로, 깨진 듯 충혈된 눈알로, 날 노려보고 있었다. 갈갈이 찢어진 옷 때문에, 몸 곳곳이 곰팡이처럼 변해가는 게 보였다.

"너…… 이새…… 끼…….”

소번규의 눈이 태블릿에 닿았다. 화면 속 신재인의 얼굴을 보더니, 그의 눈이 불꽃을 뿜었다. 녀석은 주먹을 날렸다. 이미 태블릿은 부서졌는데도, 소번규는 계속 주먹질했다. 녀석의 이마에 핏대가 굵게 섰다.

그때 내가 먼저 달려들었다. 덜컥 겁이 나면서 선빵을 날려야 할 것만 같았다. 아이를 구석에 내려놓고 바로 몸을 날렸는데, 녀석은 빠르게 몸을 틀더니 내 공격을 피하며 날 잡았다. 녀석과 난 뒤엉켜 복도로 굴렀다.

처음엔 서로 때렸다. 녀석도 날 붙들고, 나도 녀석을 붙들고, 말 그대로 마구 때렸다. 서로 방어도 없이, 주고받는 것도 없이, 그냥 무차별적으로 때렸다.

고통이 골을 울렸다. 점점 힘에 부쳤다. 녀석은 지치지
않았다. 평상시에 강한 녀석은 감염됐을 때 더 세지는 모
양이었다. 난 더 맞지 않기 위해 녀석에게 바짝 붙었다.
그러자 녀석은 날 쉽게 넘겨버렸다.

어느새 녀석은 날 깔고 앉았다. 녀석이 내리꽂는 주먹
을 맞으니 정신이 아득해졌다. 두 팔로 막아도, 막으면
막는 대로 때렸다. 난 점점 무너져갔다.

녀석은 날 보더니 씨익 웃었다. 처음에 날 보며 웃던,
그 웃음과 같았다.

그러더니 내 얼굴에 정통으로 주먹을 꽂았다.

온몸에 힘이 빠지며 굳어갔다. 그 뒤로도 몇 대는 더
맞은 것 같았다. 얼굴이 무너진 것 같았다. 겨우 보이는
시야에서 소번규는 슬쩍 일어나더니 주변을 둘러봤다.
놈의 피부는 눈에 띄게 변해 있었다.

그때 난 모든 힘을 끌어모아 손가락을 움직였다. 주
사 키트에서 빨간색을 꺼내 내게 주사하는 데까지 망설
임은 없었다.

그리고 정신을 잃은 것 같다.

* * *

깜빡거리는 의식 속에서, 몇 가지 잔상이 남아 있었다.

눈에 피가 묻었는지, 하도 얻어맞아 눈이 터졌는지, 세상이 온통 핏빛이었다.

잠깐 누워 있는 동안 소변규는 내 아이가 있는 방으로 가려 했다. 그때 난 다시 녀석에게 덤벼들었다. 서로 때리고 붙잡다가, 난 녀석의 손가락을 부러뜨리고, 엄지로 눈을 누르고, 깨물고, 발목을 밟고, 목을 꺾고, 허리를 접었다.

그렇게 구겨진 채로도 녀석의 눈은 살아 있었다.

다시 정신을 차렸을 땐, 내 아이 앞이었다. 아이를 보니 정신이 돌아오는 것 같았다. 그때 난 이번엔 온 정신을 끌어모아 손가락을 움직였다. 청록색 주사를 놓으니, 시야의 핏빛이 걷히며 다시 맑아졌다.

어느새 시간이 꽤 흐른 것 같았다. 난 아이를 안고 창문도 없는 병실을 돌아다니다가, 커튼이 쳐진 방을 찾았다.

커튼을 걷어내니, 햇빛 가득한 경치 좋은 바다였다. 헬리콥터와 배가 가득했다.

아이가 눈을 떴다. 녀석은 나를 보다가, 나와 같은 곳

을 봤다. 얌전하게도 가만히 안겨 있는 녀석을 내려놓으
니, 내 손을 붙잡은 채로 가만히 서 있었다.

　난 아이에게 말했다.

　「이제, 엄마 찾으러 가자.」